어느 완벽한
2개 국어
사용자의 죽음

MORT D'UN PARFAIT BILINGUE
by Thomas Gunzig

Copyright ⓒ 2001 by Editions Au Diable Vauverts
Korean Translation Copyright ⓒ Munhakdongne Publishing Corp., 2010

This Korean edition is published by arrangement with
Editions Au Diable Vauverts through Il Caduceo Literary Agency
and Book Cosmos Agency.
All rights reserved.

이 책의 한국어판 저작권은 Il Caduceo Literary Agency와 북코스모스 에이전시를 통해
Editions Au Diable Vauverts와 독점 계약한 (주)문학동네에 있습니다.
저작권법에 의해 한국 내에서 보호를 받는 저작물이므로
무단 전재와 무단 복제를 금합니다.

이 도서의 국립중앙도서관 출판시도서목록(CIP)은
e-CIP 홈페이지(http://www.nl.go.kr/cip.php)에서 이용하실 수 있습니다.
(CIP제어번호: CIP2010000796)

어느 완벽한
2개 국어
사용자의 죽음

Mort d'un Parfait Bilingue

o 토마 귄지그 장편소설 — 윤미연 옮김

문학동네

사라와 나오미에게

"적이 뭉치면 후퇴하고, 흩어지면 공격하라."

베트남 전쟁 영웅, 보응우옌잡 장군

"인간의 성욕은 본질적으로 정신적 외상에서 비롯된다."

정신분석학자 조이스 맥두걸, 『천의 얼굴을 가진 에로스』

"우리의 아이들은 운 좋게도 이 시대에 태어났다."

비방디 그룹 전 회장 장 마리 메시에의 자서전 『J6M.com』

차례

한국 독자들에게 _ 010

어느 완벽한 2개 국어 사용자의 죽음 _ 015

옮긴이의 글 | 병든 세계와 짝사랑 _ 331

한국 독자들에게

어떻게 해서 글을 쓰게 되었는가? 행운인지 불행인지 어쨌든 책을 한 권 출간한 사람이라면 의례적으로 받는 질문이리라. 내 경우 이 질문에 대한 대답은 과거의 한 시절, 내 청소년기에서 찾을 수 있다. 그 나이 때는 대부분 야심만 가득할 뿐 형편없이 게으른 법이다. 나 역시 장차 외교관이 된 영광스러운 내 모습을 꿈꾸는 것 말고는 별로 하는 일이 없었다. 나는 만날 피곤에 절어 퍼질러 자고, MS-DOS 프로그램이 깔린 286 컴퓨터와 텔레비전에만 빠져 있는 평범한 학생이었다.

그러던 어느 날 한 한국 소녀를 알게 되었다.

여러분에게 잘 보이기 위해서라거나 그 비슷한 의도로 이야기를 꾸며내는 게 절대 아니다.

이건 실제로 있었던 일이다.

정말이지 아름다운 소녀였다.

내 또래의 소녀, 나처럼 완전히 가망 없는 청춘을 보내고 있는 소녀, 미래는 암울하기만 하고 지금 이 순간이야말로 생의 최고의 순간이라고 믿는 소녀.

돌이켜보건대, 그 소녀는 클루조 감독의 영화 〈진실la Vérité〉에서 브리지트 바르도가 연기한 도미니크라는 인물과 비슷했던 것도 같다. 모든 남자가 갈망하는 여자, 그리고 그들에게 더없이 열려 있는 여자. 하지만 그녀를 진심으로 사랑하는 남자, 그러니까 내게는 더없이 냉담한 여자.

소녀에게 미치도록 반한 나는 그녀에게 깊은 인상을 줄 방법이 없을까 고심했다. 하지만 나는 잘생기지도 않았고, 키가 크거나 체격이 건장하지도 않은데다, 성격조차 내성적이고 소심한 편이었다.

그러던 어느 날 소녀가 내게 말하기를, 책 읽는 걸 아주 좋아한다는 것이었다. 그녀는 필립 지앙의 열렬한 팬이라면서, 만일 그와 결혼하게 된다면 "그의 아이를 셋은 낳고 싶다"고 했다.

내가 글을 쓰기 시작한 건 그렇게 해서였다. 한 한국 소녀에 대한 사랑 때문에.

유감스럽게도 이 이야기의 결말은 꽤나 형편없다. 내가 얻은 거라고는 벨기에 특유의 칙칙하고 추운 빗속에서 스치듯 지나가 버린 입맞춤 말고는 아무것도 없으니까.

그녀는 나보다 나이가 많고 몸무게도 많이 나가는 럭비선수 와 결혼했고, 그와의 사이에서 아이를 하나 낳았다.

나는 그후로 몇 년 동안 나 자신이 마치 알코올중독에 걸린 노 동자와의 결혼과 임신으로 만신창이가 된 롤리타와 재회한 험버 트 험버트처럼 느껴졌다.

그러니까, 간단히 말해서……

중요한 건 내가 글쓰기를 멈추지 않았다는 것이다.

왜 그랬을까? 그 이유는 나도 모르겠다. 아마도 내게 약간의 희망 같은 게 남아 있었던 건지도.

그리고 나는 이 소설을 완성했다. 애초에 내가 생각했던 것은 모험과 전쟁을 다룬 대서사시 같으면서도 허버트 셀비 주니어의 소설만큼이나 복잡하게 뒤틀린 이야기였다.

내가 거기에 도달했는지는 모르겠다.

어쨌든, 그 한국 소녀는 이 소설을 읽지 않았다.

이제 내게 남은 그녀의 흔적이라고는 인터넷 상에서 낯모르 는 이들과 대화를 주고받는 그녀의 다소 서글프게 느껴지는 '페 이스북' 뿐이다.

오늘, 이 소설이 한국에서 번역되어 나온다는 사실에 나는 찜찜하게 미뤄두었던 숙제를 마침내 끝낸 것만 같다.

　농담이 아니다.

토마 귄지그

1

1978년 3월, 그 끔찍한 사건들이 일어났던 당시 나를 알던 사람들은 내가 그렇게 호락호락한 위인이 아니었다고 말할 것이다. 하지만 사실 나는 주먹이 센 편도 아니고, 그렇다고 민첩하거나 유연하지도 않았으며, 발이 빠르지도 않았다. 오히려 싸움에는 소질이 없는 편이었다. 요컨대, 나는 몸을 만능열쇠처럼 단련시켜 필요할 땐 언제든 어깨를 탈구해가며 남의 집을 제집처럼 드나들거나 미군 군수품 창고에서 빼돌린 M16을 분해해 자동차 차축에 감춰둘 줄 아는 이 도시 대다수 사내들과는 공통점을 전혀 찾아볼 수 없는 인간이었다. 나는 절대로 그들 같은 부류가 아니었다. 하지만 반드시 경계해야 할 아주 교활한 인간이었다. 나는 살면서 크게 관심을 끌 만한 일은 아무것도 하지 않았다. 그렇지만 온갖 추잡하고 비열한 짓거리에 수여하는 학위가 있다면 박사 학위라도 너끈히 받았으리라. 나는 돈을 빼돌릴 줄도 알고, 코카인에 가루 세제를 섞을 줄도 알았다. 그리고 갖은 까탈을 부리며 여자를 불러달라고 떼를 쓰는 관광객들의 비위도 척척 맞춰줄 수 있었다. 빨간 머리를 요구하면 빨간 머리를, 갈색 머리를 요구하면 갈색 머리를 갖다바쳤다. 애꾸눈을 원한다고? 그쯤이야. 1톤 정도 나가는 뚱땡이를 데리고 놀고 싶다고? 오케이, 문제없어. 머리부터 발끝까지 색기가 촬촬 흐르는 진짜 갈보를 원해? 좋아, 즉시 대령합죠.

나는 사람을 죽일 수도 있었다. 하지만 그것만큼은 되도록 피했다. 정말로, 달리 어찌해볼 도리가 없는 절박한 상황이 아니라면. 그 시절에 딱 한 번 사람을 죽였다. '완두콩' 피에르 로베르. 모크타르라는 슬로베니아 태생 하사관의 여동생과 결혼한 작자였다. 모크타르는 전쟁 기간에 완전히 맛이 가버렸다. 터키인들이 그의 발가락을 모조리 부러뜨리고, 다른 스물다섯 명의 군인들과 함께 그를 스바르빅 역 화장실 변기에 처박아 죽이려 했기 때문이다. 그는 거기서 간신히 빠져나왔지만, 그때부터 머리가 약간 이상해졌다. 그리고 자기 여동생 수지의 남편인 '완두콩' 피에르 로베르에게 지독한 원한을 품고 있었다. 그 이유는 나중에 설명하겠다. 어쨌든 그래서 모크타르는 '완두콩'의 목에 꽤

짭짤한 돈다발을 내걸었다.

　그 작자를 죽이는 건 정말로 구역질 나는 일이었다. 중고 텔레비전 가게를 운영하는 그는 가게 한구석을 살림집으로 개조해 거기서 지내고 있었다. 그의 가게를 찾아가 벨을 누를 때만 해도, 뭘 어떻게 해야 할지 도무지 갈피를 잡을 수가 없었다. 내가 아는 것이라고는, 어떻게든 그자를 죽여야 한다는 것뿐이었다. 그가 문을 열었을 때, 나는 다짜고짜 그에게 달려들었다. 우리는 마치 개싸움을 하듯 엉켜붙어 이리저리 뒹굴면서 가게 안을 엉망으로 만들었다. 꽃병, 거울, 진열장이 쓰러지면서 박살이 났다. '완두콩'은 나를 밀쳐내고 가게 안쪽으로 달아났다. 나는 그를 뒤쫓아갔다. 열 대가 넘는 텔레비전 수상기들에서 똑같은 화면과 소리가 흘러나오고 있었다. 인공수정으로 태어난 아기에 관한 뉴스였다. '완두콩' 로베르의 주먹은 빠르고 정확했다. 눈이면 눈, 코면 코, 복부나 흉골, 어디든 노리는 대로 들이꽂았다. 권투 선수 출신인 게 분명했다. 하지만 나는 배가 너무 고팠고, 그를 해치우지 않으면 내가 굶어 죽을 판이었다. 그래서 마침내 그를 해치워버렸다. 내 주먹이 목표 부위에 가닿을 때마다 내 눈앞에 두툼한 햄 샌드위치가 보였다. 그후로 몇 주 동안은 손에 쇳덩어리를 매달고 다니는 것 같았다. 나는 돈을 받자마자 배부터 채웠다. 그리고 서둘러 은행으로 달려가 계좌를 트고 받은 돈을 입금해두었다. 그 돈으로 추위와 굶주림을 모면할 수 있었다. 한동안 나는 편안하게 지냈다.

2

　한여름의 도시는 화덕에 올려놓은 사과 같았다. 타는 듯한 볕이 머리 바로 위에서 아프리카 흰개미 떼처럼 코와 귀와 팔뚝에 게걸스레 달려들었다. 사람들은 집구석에 틀어박혀 발가벗은 채로 에어컨 앞에 앉아 바카르디코크를 홀짝거리면서 일기예보와 일본 만화영화나 보고 있어야 했다. 어쩔 수 없이 외출을 한 사람들은 역도 선수처럼 인상을 찌푸리고 있었다. 몸집이 작고 힘없는 노인들에게 그런 날씨는 재앙이나 다름없었다. 그들의 쪼그라든 심장은 끓는 물에 데친 늙은 성게 같았고, 땀에 전 구급차 운전사들은 시간도 벌고 수고도 덜 겸 폭염에 노인들이 쓰러져도 즉시 실어나르지 않고 기다렸다가 한 번에 서너 명씩 실어갔다. 내가 사는 아파트 아래층에는 마담 스카폰이라는 몸집이 자그마한 노파가 살았다. "그놈의 가스와 핵에너지 때문에 사계절이 엉망이 되어버렸어." 이탈리아인 남편과 사별한 그녀는 나를 볼 때마다 투덜댔다.

겨우내 추위 때문에 꽁꽁 얼어붙어 있던 갖가지 냄새가 들쑤시고 일어나 대기를 가득 채웠다. 들쩍지근한 탈취제 냄새, 잠자는 개들의 냄새, 수액 냄새와 불에 그을린 잔디 냄새, 엔진오일 냄새, 과일과 야채 냄새, 온갖 종류의 치즈 냄새, 썩은 물 냄새, 주변 산에서 훅 끼쳐내려와 코를 찌르는 먼지 냄새.

'완두콩' 피에르 로베르와의 일이 있은 지 얼마 안 됐을 때였다. 수중에 돈은 있었지만 우울했다. 그즈음 나는 날마다 하사관 모크타르와 함께 오후를 보냈다. 그의 신세 한탄은 『일리아드』와 『오디세이』처럼 끝없이 이어졌다. 그의 여동생 수지는 여러 가지 골치 아픈 문제를 일으켜 그를 괴롭히고 있었다. 그는 수지가 남편을 잃은 뒤로 군인 패거리와 몰려다니며 몸을 팔고 있다고 확신했다. 아무도 알아들을 수 없는 억양으로 말하는 그 군인들은 몇 주 전부터 시내에서 숙영하고 있었다.

"더러운 터키 놈들." 모크타르가 내 허벅지를 우악스럽게 움켜잡으며 말했다. "내 여동생이 그 쓰레기 같은 터키 놈들에게 몸을 대주고 있다니."

우리는 '우뚝 선 배'의 탁자에 앉아 있었다. 여관이나 화물 창고로도 쓰이고 마작 클럽으로도 종종 이용되는 '우뚝 선 배'는 다오 민이라는 과묵한 베트남 남자가 일 년 전에 문을 연 식당이었다. 다오 민은 이곳에 자리를 잡기 전에 베트콩 해군으로 복무한 자였다. 그는 '천 개의 옥수수' 전투에서 수하 부대원들의 대부분이 물에 빠져 떼죽음을 당한 쥐새끼들처럼 북베트남의 땅굴에 갇혀 몰사한 악몽을 겪은 후 이곳으로 와서 정착했다. 다오 민은 기적적으로 땅굴에서 빠져나왔다. 하지만 그후로 심한 밀실공포증에 시달렸다. 그래서 '우뚝 선 배' 안에서 누군가 네 개의 창문 중 하나를 닫기만 해도 새파랗게 질려 베트남어로 미친 듯이 울부짖었다. 그와 하룻밤을 보낸 어린 창녀가 전하는 바에 따르면, 그는 몸을 웅크리고 두 주먹을 불끈 쥔 채 잠이 들었는데, 자는 내내 쥐가 되어 죽어가는 꿈을 꾸느라 그 캐러멜 색 피부가 땀으로 흠뻑 젖었다고 했다. 하지만 그는 요리를 아주 잘했고, 질투에 사로잡힌 경쟁자가 '우뚝 선 배'의 돼지고기 야채볶음에서 그레이하운드의 송곳니가 나왔다는 소문을 퍼뜨렸음에도 그의 사업은 나날이 번창했다. 다오 민이 그처럼 성공한 데는 그의 비상한 장사 수완도 한몫 했을 것이다. 그는 눈부시게 아름다운 아가씨들을 미소 짓는 메뚜기처럼 이 탁자에서 저 탁자로 팔딱팔딱 뛰어다니게 해서 식당을 4월의 개양귀비 들판처럼 만들었다.

미니트립은 바로 그곳에서 일했다. 1976년 12월, 서리와 눈으로 완전히 뒤덮인 한겨울에 내가 그녀를 처음 만난 곳도 그곳이었다. 그녀는 그 추운 겨울에 뜨겁게 타오르는 불꽃처럼 내 앞에 나타났다. 그녀는 다오 민의 메뚜기들 중 여왕 메뚜기였다. 그녀의 머리칼에서는 계피 향과 감초 샴푸 냄새가 났다. 그녀의 머리칼은 코발트빛 기름 폭포처럼 셔츠 깃 위로 쏟아져내렸고, 짙은 색의 깊은 눈은 늑대와 회색 곰과 야생 연어 떼가 사는 시베리아 숲을 연상시켰다. 그녀의 목소리는 감미롭고 매력적이었다.

"식사를 하실 건가요, 술을 드실 건가요?" 그녀가 나에게 물었다.

바로 그 순간 나는 어떤 녀석이 녹슨 칼로 내 정맥을 따는 것 같은 기분이었고, 고여 있는 석유만큼이나 시커먼 내 피는 부글부글 끓어오르면서 그 아가씨의 발치로 퍼져나갔다.

그날 이후로 나는 그곳을 뻔질나게 드나들었고, 마침내 그녀와 꽤 친해졌다. 그녀는 내 테이블에 앉아 온갖 이야기를 늘어놓았다. 키우는 고양이 이야기, 신발 이야기, 바람둥이 애인 이야기. 그리고 자기 이야기를 듣고 있는 내 태도가 기가 막히게 훌륭하다고 칭찬하면서, 다오 민이 만든 밀크셰이크의 거품을 빨대로 빨아 마셨다. 그 때문에 나는 헛다리를 짚었다. 일주일 후, 나는 그녀와 결혼해 주택단지에 있는 멋진 집에서 머리카락이

까맣고 목소리가 상냥한 아이들을 낳아 기르며 행복하게 사는 꿈을 꾸게 되었다.

미니트립은 굉장한 여자였다. 세상에서 가장 형편없는 멍청이와 함께 사는 그녀는 나를 가장 친한 남자 친구로 여겼다. 바로 그게 화근이었다. 그리고 그것이 몇 달 후에 안겨다준 결과는 생애 마지막 날까지 내 정수리에 갈고리처럼 박혀 있게 될 터였다.

그 식당에는 냉방장치가 없어 홀에 앉아 있기가 힘들었다. 손님들은 그나마 그늘이 져서 좀더 시원한 홀 안쪽의 작은 방으로 피신할 수밖에 없었다. 그것도 아니면, 하사관 모크타르처럼 더위를 느낄 틈도 없이 계속 마셔대는 방법도 있었다. 라디오에서는 짐짐 슬레이터의 개똥 같은 노래가 끝없이 흘러나왔다. "이제 날 사랑하지 마, 당신은 그렇게 말하지, 하지만 당신을 사랑하지 않는 건 내게 죽음이나 마찬가지야. 당신을 사랑해, 죽도록 사랑해, 죽도록, 죽도록." 미적지근한 구역질이 내 목구멍에서 기어올라왔다. 모크타르의 이야기는 그사이 퍼마신 술 때문에 점점 비현실적인 방향으로 나아가고 있었다. 그는 자신의 인생을 엉망진창으로 만든 쉰 명의 군인을 없애주면 나에게 거액을 주겠다고 했다. 그는 나를 형제라고 부르면서, 내가 한 적이 없는 수천 가지 일을 들먹이며 연신 고맙다는 말을 퍼부어댔다. 그는 자기 어머니의 죽음, 형제의 죽음, 아버지의 죽음, 그 외에도

헛간에서 흠씬 두들겨맞고 강간당하고 살해당한 사람들, 비밀
임무를 수행하다 호송차 안에서 도살당하는 양 떼처럼 죽어간
수십 명의 죽음에 대해 말했다. 그의 이야기를 듣는 동안 나는
점점 더 기분이 나빠져 그가 떠들어대는 도중에 밖으로 나와버
렸다. 썩어 문드러질 것 같은 '우뚝 선 배'의 공기에 비하면, 태
양이 뿜어대는 뜨거운 열기는 아무렇지도 않게 느껴졌다.

3

사람들이 차 문을 있는 대로 활짝 열어젖히고 달아나듯 내린 걸 보면, 차는 식당 입구 앞의 땡볕 아래 한 시간은 족히 세워져 있던 게 틀림없었다. 빨간 바탕에 흰 띠를 두른 차는 전자레인지처럼 뜨겁게 달구어져, 차 안에 있는 모든 것을 지글지글 굽고 있었다. 소니뮤직의 왜소한 일본 남자가 원래는 휴대용 시디플레이어였던 게 분명하지만 이제는 철새 시체로밖에 보이지 않는 물건의 잔해를 역겨운 듯 내려다보고 있었다. 그 남자 옆에 있는 후안 라울 지미네즈는 머리 뿌리에서부터 샘솟듯 쏟아져내리는 땀을 거대한 손등으로 훔치고 있었다. 일명 '따귀 벤'이라고 불리고, '토끼 이쑤시개' '초시계' '파리 끈끈이'라고도 불리는 애꾸눈 모이즈 벤 아론은 보닛에 기댄 채 자신의 조깅화 코끝에 묻은 흙먼지로 장난을 치고 있었다.

제일 먼저 나를 발견한 것은 왜소한 체구의 일본 남자였다. 그가 후안 라울 지미네즈에게 신호를 보냈다. 그러자 후안 라울 지미네즈가 득달같이 달려와 내 앞을 막아섰다. 그는 잠시 나를 노려보더니, 자기들과 함께 갈 데가 있다고 말했다. 그의 눈썹이 땀에 젖어 번들거렸다. 그는 마치 전날 저녁에 겨우 말하는 법을 배운 바다코끼리처럼 아주 힘들게 자신의 생각을 말로 옮겼다. 그런 말투 때문에 그는 사람들에게 놀림을 받았고, 놀림당할 때마다 이성을 잃고 길길이 날뛰었다. 사실 그에게는 그럴 만한 분명한 이유가 있었다. 그가 캄보디아 수용소들에서 두각을 나타낸 건 지독한 어린 시절을 보낸 덕분인 듯했다. 후안은 타이어 더미 속에서 자랐다. 자동차 정비소를 했던 그의 아버지는 그가 고분고분 말을 듣지 않으면 폐엔진오일을 마시게 했고, 폭스바겐 범퍼로 마구 두들겨패거나 정비소 마당에 즐비한 차들 중 하나를 골라 트렁크 안에 가두었다. "더러운 호모 새끼, 이젠 후장에 말뚝도 못 박겠군!" 열여덟 살의 후안 라울 지미네즈가 피융 하고 환상적인 소리를 내며 날아간 단 한 발의 총알에 두개골이 박살나 바다에 엎어진 아버지를 향해 내뱉은 첫마디였다. 그의 폭력성과 완력은 전설이 되었다. 소니뮤직의 왜소한 일본 남자에게 고용되었을 때, 그는 행운이 자신에게 미소를 짓는 것 같았다. 그리고 일본인은 백과사전처럼 손이 두툼한 후안을 옆에 두면서 좀더 편안하고 느긋한 기분을 느꼈다.

나는 달아나려 해봤자 아무 소용이 없다는 걸 알았다. 그들은 어떻게든 나를 다시 찾아낼 것이고, 그 결과는 전혀 달라지지 않을 테니까. 나는 손이 떨리는 걸 억누르면서 불에 타는 듯 뜨거운 차에 올라탔다. 후안 라울 지미네즈는 내 오른쪽에, 왜소한 일본 남자는 내 왼쪽에, 그리고 모이즈 벤 아론은 운전석에 앉았다. 우리는 출발했다.

차는 아주 천천히 굴러갔다. 모이즈 벤 아론은 신중했다. 그는 한쪽 눈으로만 봐야 하는 사람들이 으레 그렇듯이 사방을 두리번거리면서 지나칠 정도로 조심스럽게 운전했다. 내 옆에 앉은 소니뮤직의 왜소한 일본인은 몹시 흥분한 기색이었다. 그는 눈썹을 잔뜩 찌푸린 채 "스시 고토 타나베, 스시 고토 타나베, 스시 고토 타나베……"를 연신 되뇌면서, 녹아버린 자신의 휴대용 시디플레이어를 만지작거렸다. 그러다 갑자기 고개를 내 쪽으로 돌리고는, 말에서 떨어진 사무라이 같은 눈으로 보았다.

"어이, 이 빼질이 자식, 듣자하니 너, 멍청한 짓거리를 아주 좋아한다며?"

나는 대답하지 않았다. 룸미러로 모이즈 벤 아론이 히죽거리는 게 보였다. 그의 성한 눈은 도로를 응시하고 있고, 나머지 한쪽 눈은 하늘 어딘가를 노려보고 있었다. 그는 정상적인 인간이 아니었다. 그는 사람들이 곤경에 빠지는 것을 훈제 소시지만큼이나 좋아했다. 내 윗옷 주머니에는 스탠리 칼이 들어 있었다. 그걸 써야 할지도 모른다는 생각이 언뜻 들었다. 그러다 후안 라울 지미네즈와 시선이 마주쳤다. 탄광 갱도만큼이나 시커먼 눈. 그 눈을 본 순간, 지금 당장은 쓸데없는 소란을 일으키지 않는 게 현명하다는 걸 깨달았다.

"네 녀석이 그녀의 앞니를 몽땅 부러뜨렸다는 게 사실이야?"

모이즈 벤 아론이 여전히 미소 띤 얼굴로 내게 물었다.

"그 여자가 당신한테 그렇게 말해?"

"누구에게랄 것도 없이 온 세상 사람들한테 그 얘길 떠벌리더군. 그녀 말로는, 마지막으로 만났을 때 네 녀석이 갑자기 정신이 홱 돌아 미친놈처럼 달려들더니 자기 앞니를 몽땅 부러뜨렸다던데?"

나는 모이즈가 싫었다. 특히 그가 손바닥 들여다보듯 뭐든 훤히 알고 있다는 게 영 마음에 들지 않았다. 그는 암페타민이나 동화촉진제, 근육강화제 같은 온갖 스테로이드 약물에 항상 취해 있었고, 잠만 들었다 하면 끔찍한 악몽에 시달렸기 때문에 절대 잠을 자지 않았다. 그는 소니뮤직의 왜소한 일본 남자의 차를 운전하지 않을 때는 여기저기 어슬렁거리며 돌아다니거나 파리 끈끈이 같은 얼굴의 피부병을 치료하면서 시간을 때웠다. 그 더럽고 흉측한 낯짝과 잠도 자지 않고 사방을 쑤시고 돌아다니는 괴팍함 때문에 아무도 그를 좋아하지 않았다. 그에 관해서는 아주 고약한 소문이 떠돌았다. 벤 아론은 똥을 먹고 사는 벌레다, 벤 아론은 개똥과 버스 바퀴가 씹을 해서 태어난 자식이다, 벤 아론은 '초시계'라고도 불리는데 그건 여자랑 할 때 넣고 싸고 빼기까지 딱 이 초가 걸리기 때문이다, 벤 아론은 얼굴에 난 도장부스럼을 터뜨리다 실수로 눈을 찔러 애꾸가 되었다⋯⋯ 그를 만난 사람들은 누구라도 이런 소문 중 적어도 한 가지는 사실이라는 것을 확인할 수 있었다. 하지만 소니뮤직의 자그마한 일본 남자는 벤 아론이 자신의 마르지 않는 샘 같은 정보통이었기 때문에, 그리고 후안 라울 지미네즈는 애완동물을 좋아하듯 벤 아론에게 특별한 애착을 갖고 있었기 때문에, 그 두 사람 모두 그런 소문에는 전혀 신경쓰지 않는 것 같았다.

"이제부터 아주 상냥하고 고분고분하게 굴어야 할 거야." 일본 남자가 말했다.

"누구한테?"

왜소한 일본 남자는 내 쪽으로 몸을 기울이면서 말했다.

"넌 짐짐 슬레이터의 여자와 잤어, 이 한심한 자식아. 널린 게 여잔데 하필이면 왜 그 여자를 건드렸냐? 게다가 그걸로도 모자라 그 바비 인형처럼 작고 예쁜 얼굴까지 아작을 냈다. 그거 아냐? 그러니 이제 뒷수습을 해야 하지 않겠어? 그가 널 만나보고 싶대. 그래서 널 그의 집으로 모셔 가는 거야. 만약 그가 너한테 커피를 가져오라고 하면 넌 냉큼 커피를 갖다바쳐야 해. 기라고 하면 무조건 기어야 하고, 네 새끼손가락을 자르라고 하면 군말 없이 잘라야 한다고. 이제부터 넌 뭐든 그가 시키는 대로 해야 한다, 이 말이야. 상황이 어떻게 돌아가고 있는지 이제 감이 좀 오시나?"

후안 라울 지미네즈는 와이퍼가 작동하는 듯한 이상한 소리를 한 번 내고는 히죽히죽 웃기 시작했다. 후안 라울 지미네즈에게 고약한 상황을 즐기는 법을 가르쳐준 건 모이즈 벤 아론이었다.

4

그가 사는 구역은 정말 멋진 곳이었다. 도시 위쪽에 위치한 그곳은 아카시아 향과 생강 냄새, 라틴아메리카산 담배 냄새를 짙게 풍기는 나무들이 울창하게 우거진 비탈 위에 거푸집처럼 달라붙어 있었다. 언덕은 남남동쪽을 바라보았고, 햇살마저 언덕 아래 계곡의 가난한 부랑자들보다 부자들을 더 좋아하는 듯, 기운을 북돋워주는 산들바람과 함께 그 지대를 골고루 비춰주고 있었다. 그곳에는 깔끔한 현관, 화려한 파라솔이 점점이 흩어진 정원, 새로 틀니를 해넣은 남자들이 사는 집, 인형 같은 작은 개들이 지그재그로 걷는 넓은 보도, 세균 한 마리 달라붙지 않을 만큼 완벽하게 세차된 차, 도도한 자태를 뽐내며 피어 있는 꽃, 차고, 수영장 같은 커다란 전면 유리벽, 지나칠 정도로 비굴한

동양인들이 운영하는 테니스장 등이 있었다. 규칙적으로 작동하는 스프링클러와 주민들이 마음 놓고 잠잘 수 있도록 주기적으로 순찰을 도는 민병대원들 때문에 이따금 고요함이 깨질 뿐, 모든 것이 평화롭게 조화를 이루었다.

그리고 갈퀴로 깨끗이 정리해놓은 잔디밭들의 단조로움을 깨뜨리는 콘크리트 방공호의 시커먼 입구들이 여기저기 자리잡고 있었다. 방공호들 대부분은 1975년 말경 서둘러 만든 것이었다. 생화학 무기를 탑재한 미사일 공습이 있을지도 모른다는 소식이 텔레비전을 통해 호들갑스럽게 보도된 뒤였다. 언덕의 거주자들은 배 속의 내장을 세차게 쏟아내리는 공포를 느꼈다. 그들은 박테리아로 뒤덮인 피부, 수천 구의 시체처럼 발아래 우수수 떨어져 나뒹구는 윤기 없는 머리카락, 자벨수* 거품처럼 텅 빈 늙은 불알, 그리고 캘리포니아 건포도처럼 말라비틀어진 난소를 상상했다. 하지만 우려했던 생화학 무기 공습은 없었다. 단지 탄두가 탑재되지 않은 미사일이 한 차례 발사되었을 뿐인데, 그것마저 한 전투기 조종사가 공중에서 간단히 격추했다. 조종사는 그 짧은 영광의 순간 덕분에 지역 텔레비전 방송국의 퀴즈쇼 사회자로 발탁되었고, 사람들의 집으로 전화를 걸어 가전제품과 돈을

---

* 프랑스 자벨 지방에서 섬유 공업용 표백제로 만든 표백액.

따게 해주었다. 하지만 그 사건으로 공습에 대한 집단적 강박감과 공포가 깊이 뿌리내리기에 충분했고, 방공호들은 테니스장만큼이나 정성스럽게 관리되었다.

5

짐짐 슬레이터는 나를 자리에 앉히고는 술잔을 건넸다. 그는
자신의 콘서트 포스터로 사방 벽을 도배해놓은 거실 안을 말없
이 서성이더니, 이윽고 널따란 정원이 내다보이는 유리벽 앞에
가서 멈춰섰다. 나는 입을 다물고 있는 수밖에 없었다. 그 작자
가 나에게 뭘 원하는지, 왜 한 무리의 마약 중독자들을 보내 내
무릎을 단숨에 박살내지 않았는지 궁금했다. 그 편이 훨씬, 훨씬
더 확실했을 텐데. 후안 라울 지미네즈, 모이즈 벤 아론, 그리고
소니뮤직의 일본 남자가 이탈리아제 소파에 앉아 나를 마주 보
고 있었다. 짐짐이 내 쪽으로 몸을 돌렸다. 그는 정말로 불행해
보였다. 두 눈은 붉게 충혈되고 거무스레하게 눈그늘까지 져 있
었다. 그의 그런 모습은 음반 재킷에서 본 것만큼 잘생기지는 않

았지만 더 인간적으로 보였다.

"그래, 그녀가 만나고 있었던 친구가 바로 자네로군." 그가 말했다. 하지만 말하는 게 아주 힘든 것 같았다. 그는 침을 꿀꺽 삼키고 양손의 검지로 관자놀이를 지그시 누르더니 천천히 말을 이었다.

"자네를 탓할 수야 없지. 물론 당시에는 원한을 품었지만. 그때 기분으로는 자네를 당장 죽여버리고 싶었어. 화가 나서 미칠뻔했으니까. 이가 다 부러지고 코에서 피가 줄줄 흐르는 그녀의 모습을 보니 완전히 돌아버리겠더군. 그래서 혼자 중얼거렸지. '그녀를 이 꼴로 만든 그 쥐새끼 같은 놈을 잡아다가 톡톡히 대가를 치르게 해주겠어.' 나는 내 에이전트에게 연락해 그 자식을 당장 잡아 내 앞에 데려오라고 지시했어. 그동안 한숨도 자지 못했어. 정원 의자에 앉아 탄식하며 곰곰 생각했지. 미니트립은 매 시간 나에게 전화를 걸어 자네 욕을 했어. 그리고 지금 후회하고 있다고, 자기가 어쩌다가 이런 일에 휘말리게 되었는지 모르겠다고, 우리가 처음 만난 그날처럼 지금도 날 사랑한다고, 나와 둘이서 멀리 여행을 떠나고 싶다고 했어. 그리고 베네치아로 가서 그리티팰리스 호텔에 묵으면서 곤돌라를 타고 뱃놀이를 하자고 약속했지. 그 외에도 온갖 것을 약속했어. 난 아주 오랫동안 의자에 앉아 곰곰 생각했지. 그래서 내가 내린 결론은 바로 이거야. 이런 일이 일어난 건 모두의 잘못이라고. 우선 난 미니 트립한테 좀더 신경을 쓰지 않았던 게 잘못이고, 그녀는 유혹에 넘어가는 잘못을 저질렀고, 그리고 자네는 그녀를 유혹하는 잘 못을 저질렀어. 세 사람 모두에게 잘못이 있으니 결국 비긴 셈이지. 그래서 나는 의자에서 일어나 숨을 크게 내쉬고 이 일을 깨끗이 잊어버리겠다고 마음먹었어.

그런데 의자에 다시 앉아 이것저것 여러 각도에서 재검토해 보니, 뭔가 영 껄끄럽고 찜찜한 구석이 남아 있는 것 같더란 말씀이야. 처음에는 그게 뭔지 도무지 알 수가 없었어. 그래서 이 건 비긴 게임이라고 나 자신을 다시 추슬렀지. 하지만 나도 모르게 이렇게 중얼거리고 있었어. '제아무리 훌륭한 철학자라 해도 지혜에 합치되지 않는 뭔가가 언제나 내면에 약간은 남아 있는 법이다. 지혜란 자연스럽게 타고나는 게 아니라 수도승처럼 갈고 닦아야 얻어지는 거니까.' 그러고 나서 나는 또 이렇게 중얼거렸어. '철학, 그건 똥이다. 철학은 엉덩이가 짓무르도록 오랫동안 의자에 주저앉아 점점 생각에서 헤어나오지 못하게 하는, 아무짝에도 쓸모없는 것일 뿐이다.' 자, 내 정원에서 일어난 일은 바로 그거야. 나를 껄끄럽게 만들었던 그 작은 무엇은 오전이 지나고 오후가 다 가도록 계속 커져갔어. 마치 해바라기처럼 말이지. 자, 그랬던 거라고. 그 결과 이제 그 작은 뭔가가 완전히 자리를 잡아 들어앉았고, 나는 이제 자네를 용서하고 싶지 않아졌어."

"예술가들은 말을 정말 잘한다니까." 모이즈가 소파에 앉은 채로 말했다.

후안 라울은 마치 신을 보는 것처럼 짐짐을 우러러보고 있었다.

"요약하자면, 나는 간단히 죽여버릴 수 없을 정도로 자네를 미워한다 이거지. 자네가 그렇게 쉽게 난관에서 벗어난다면 내 기분이 몹시 언짢을 거야. 그러니까 내 집 차고에 자네를 가둬두고 몇 시간 동안 흠씬 두들겨팬다 해도 내 기분이 크게 나아지지 않을 거라는 얘기지. 난 이 사건을 여러 각도로 아주 꼼꼼하게 분석해봤어. 그리고 나 자신에게 물었지. '난 그자를 이 정도로 미워해. 그렇다면 뭘 어떻게 해야 분이 풀릴까?' 그래서 내 에이전트에게 다시 전화를 걸어 모든 사정을 이야기했지. 그랬더니 그가 말하더군. '철천지원수에게는 가장 어려운 일을 맡겨라. 오키나와 속담이지.' 내가 그 의미를 이해하지 못하자 그가 자세히 설명을 해줬어. 그러고는 요즘 내가 몹시 염려된다더군. 경쟁이 점점 더 심해져서 내 음반 판매량이 부진하다는 거야. '당신 노래가 잘 안 팔리는 건 전적으로 군인들을 사로잡지 못해서야. 싸우는 게 직업인 그들을 위해서는 사랑 노래가 아니라 다른 걸 불러야 하지. 진창 속을 달려가 눈앞의 인간들에게 총구를 들이밀고 주저 없이 방아쇠를 당기고 싶게 만드는 그런 노래를 불러야 한다고.' 그래서 나도 정말 그러고 싶다고, 사람들이 원하는 노래를 부르고 싶다고 말했지. 나는 까탈스러운 철부지가 아니고, 군인들을 위해 노래를 불러야 한다면 기꺼이 그렇게 하겠다고 말이야. 그는 자기도 내 마음을 잘 알지만 문제는 나한테 있는 게 아니라고 하더군. 그렇다면 도대체 뭐가 문제냐, 난 전혀 모르겠다고 했지. '문제는, 어떤 여자가 이미 그런 노래를 부르고 있다는 거야. 카롤린 르몽시드라는 새파란 계집아이가. 그 여가수는 전방의 군부대를 찾아다니며 위문 공연을 하고 있어. 무대 위에서 아주 격렬하고 자극적인 터보 포크를 부르지. 군인들은 그녀의 노래에 미친 듯이 열광하고 가족들에게 그녀의 음반을 사서 보내달라고 편지를 써. 게다가 그녀의 노래를 자주 틀어주지 않는 라디오 프로그램들에는 항의 편지가 쇄도하고 있지.' 그의 말을 들으니, 정말이지 온몸에 힘이 쫙 빠지더군. 항의 편지를 보내다니. 나한테는 여태껏 그렇게 열광적인 팬이 한 명도 없었는데. 나는 모욕감을 느꼈지. 난생처음 자근자근 짓밟힌 것처럼 처절하게 모욕감을 느낀 거야. 나는 에이전트에게 말했어. '이러면 어떨까? 그녀가 위문 공연을 하지 못하게 된다면……'"

짐짐은 갑자기 입을 다물고 내 쪽으로 돌아섰다. 나의 반응을 기다리는 것 같았다.

"당신을 위해서 그녀가 사라지는 게 좋겠군요." 내가 말했다.

"빙고!" 왜소한 일본 남자가 말했다.

"그 여자한테는 안된 일이지만, 쥐도 새도 모르게 그런 일이 일어난다면 정말로 좋겠지." 짐짐이 말했다.

"철천지원수에게는 가장 어려운 일을 맡겨라." 일본 남자가 시를 읊듯이 말했다.

나는 짐짐의 시선이 기이한 금속성 광채로 번쩍이는 것을 보았고, 모이즈와 후안과 일본 남자의 재미있다는 눈빛을 보고 그들이 내게 뭘 기대하는지 정확히 알아차렸다.

6

나는 그날 하루를 완벽하게 기억한다. 그날은 재수 옴 붙은 날처럼 아침부터 기분 나쁜 일들이 줄줄이 터졌고, 결국 나는 사랑하는 여자의 앞니를 모두 부러뜨리고 말았다. 그해의 더위가 처음 시작된 날이었다. 열대 고기압권의 한복판에서 힘을 집결한 엄청난 더위가 마치 가미가제 특공대처럼 우리를 습격해오고 있었다.

그녀와 나는 오후 한시경 '우뚝 선 배' 이층의 비교적 깨끗한 방에서 만나기로 미리 약속했다. 우리가 만날 때마다 항상 그랬듯, 그날도 미니트립은 신경이 무척 날카로웠고 불안하고 공격적인 태도를 보였다. 우리는 그날 만나기 전에 이미 전화로 대판 싸웠다. 그녀는 짐짐 슬레이터와 헤어질 생각이 전혀 없다면서,

우리 관계에 어떤 의미가 있는지 아직도 확신할 수 없고 아직 나를 제대로 알지도 못한다고 말했다. 처음에는 나도 점잖게 나갔다. 그녀의 입장을 충분히 이해한다면서, 정말로 곰곰이 생각해볼 일이긴 하지만 그렇다고 그게 우리의 만남을 새삼스럽게 문제 삼을 이유는 못 된다고 말했다. 그녀가 주저하던 것을 기억한다. 나는 작은 증기기관차처럼 점점 빨라지는 그녀의 숨소리를 듣고 있었다. 이윽고 그녀는 이제 자기를 만나러 오지 말라고 말했다. 나는 온갖 그럴싸한 말로 그녀를 달래고 설득하려 해봤지만, 그녀는 더 아무 말도 듣고 싶어하지 않았다. 어떤 개자식한테 구불구불한 양철 판으로 이마를 얻어맞은 기분이었다. 화가 났다. 나는 그녀를 갈보처럼, 잡년처럼 취급했다. 그녀 역시 내가 내뱉는 욕지거리에 한 치도 뒤지지 않을 추잡하고 상스러운 말을 한 꾸러미씩 퍼부어대며 화답했다. 그녀가 입을 뗄 때마다 나는 "뭐? 뭐? 뭐?"라고 대꾸했다. 그럴 때마다 그녀는 온갖 악담과 욕지거리로 융단폭격을 가했다. 그러면 나도 지지 않고 잽싸게 되받아쳤다. 그녀가 전화를 끊고 난 후에도 나는 뚜뚜거리는 수화기에 대고 마구 욕을 퍼부었다. 제정신이 아니었다. 나는 집에서 뛰쳐나갔다. 태양이 발사된 포탄처럼 붉게 타오르고 있었다. 나는 분을 참지 못해 내내 혼잣말을 웅얼거리면서 '우뚝선 배'까지 갔다. 다오민은 내가 들어서는 걸 보고는, 뭔가 심상치 않은 일이 벌어졌음을 대번에 눈치챘다. 그러고는 지금 당장 나에게 필요한 게 뭔지 안다고 말했다. 그는 정신과 의사 같은 표정으로 계산대 뒤에서 어딘가 미심쩍어 보이는, 연한 붉은빛이 도는 한국 술을 꺼내 두 개의 잔에 따랐다. 그는 그걸 월계수나 생강으로 빚은 술이라고 믿었다. 하지만 내 입맛에는 내장이 터져 죽은 토끼로 담근 술 같았다. 어쨌든 다오 민이 장담한 효과는 즉시 나타났다. 나는 믿을 수 없을 정도로 기분이 좋아져서, 뭐든 할 수 있을 것 같았다. 투포환이나 투창 대회에 나갈 수도 있을 것 같고, 3천 미터 장애물 경주도 할 수 있을 것 같았다. 이상했던 건, 내가 여기저기 사방에 부딪히고 벽과 탁자들이 벌떡벌떡 일어나 내게 달려들기 시작했다는 것이다. 다오 민은 나에게 한국말로 이야기했다. 그는 '천 개의 옥수수' 전투를 회상하면서 뼈가 툭툭 불거진 조그만 주먹으로 계산대를 쾅쾅 두드리고 허공에 저주의 표시를 그리다가, 끝내는 눈물을 펑펑 흘리며 울고 말았다.

미니트립이 들어왔을 때 내가 뭘 하고 있었는지는 전혀 기억이 나지 않는다. 그때 내가 탁자 위에 올라가 있었는지, 탁자 아래 기어들어가 있었는지, 다오 민을 얼싸안고 있었는지, 아니면 혼자 씨부렁거리고 있었는지 도무지 모르겠다. 어쨌든 내 앞에 우뚝 멈춰선 채 실종되었다 살아 돌아온 사돈의 팔촌이라도 보

42

는 양 나를 보는 그녀를 보았을 때, 나는 눈앞에 있는 게 그저 그녀의 환영이기를 바랐다.

"마약하는 인간들은 하나같이 구역질 나." 그녀가 말했다.

나는 '하지만' '아니' '잠깐' '오해' '설명' 같은 몇 단어가 뒤죽박죽 뒤섞인 말만 간신히 뱉어냈다. 그 말들은 몇 주 만에 집에 돌아와 수도꼭지를 틀었을 때 터져나오는 소리와 비슷하게 들렸다. 그녀의 얼굴에는 슬픔과 경멸의 표정이 기묘하게 뒤섞여 있었다.

"불쌍한 인간 같으니라고. 당신에 대해 떠도는 말이 헛소문이 아니라는 걸 진작 알아차렸어야 했는데……"

나는 약간 비틀거리면서 일어났다. 우리 주위는 의자들과 술병들이 어지럽게 나뒹굴고 냅킨들이 이리저리 흩어져 난장판이었다. 다오 민은 의자에 앉아 극장에서 로맨틱 코미디 영화라도 보는 것처럼 우리 두 사람을 쳐다보고 있었다. 미니트립은 계속 인간쓰레기, 패배자, 빌어먹을 놈, 잡놈, 난봉꾼, 개자식이라는 말을 퍼부어댔고, 나는 가만히 듣고만 있었다. 그러다가 마침내 그녀에게 세 걸음 다가갔고, 그녀가 뒤로 물러나지 못하게 블라우스 앞자락을 움켜쥐었다. 블라우스는 부드럽고 하늘거리는 재질이라 단번에 찢어졌다. 미니트립은 나를 향해 눈송이처럼 가벼운 주먹을 마구 휘둘러댔다. 나는 그녀의 얼굴 한복판을 가격

했다. 그녀의 콧구멍에서 피가 흘러내렸다. 그녀의 얼굴이 새하
얘졌다. 나는 다시 한번 펀치를 날렸다. 그녀의 앞니가 두두둑
부러지면서 얼굴이 피범벅이 되었다. 그녀는 버스에 깔려 찌그
러진 소형 자동차처럼 보였다.

7

지금 내가 있는 이곳에는 즐거움이라곤 없다. 하지만 이 이야기는 하고 싶지 않다. 내 운명에 자기 연민을 느끼게 될지도 모른다는 두려움 때문이다. 게다가 자신을 가엾게 여겨 늘어놓는 신세 한탄은 모든 사람을 짜증 나게 하게 마련이다. 하지만 나를 이 지경으로 만든 일련의 사건을 돌이켜볼 때, 내 삶이 완전히 전복되기 시작한 순간이 언제인지 확인해보고픈 욕구만큼은 억누를 수가 없다. 내가 짐짐 슬레이터의 제안을 어쩔 수 없이 받아들인 그 순간이었을까? 아니면 미니트립의 얼굴을 박살내고 이를 몽땅 부러뜨린 그때였을까? 그도 아니면 모크타르와 마담 스카폰이 카롤린 르몽시드 제거 계획을 세우던 그때였는지도 모른다. 모크타르와 손을 잡은 건 결코 좋은 생각이 아니었다. 그

슬로베니아 하사관은 냉혹해 보이는 외모 속에 요구르트만큼이
나 흐물거리는 여린 마음을 숨기고 있었다. 결과적으로 볼 때,
다오 민이 끼어들게 놔둔 것 역시 좋은 생각이 아니었다.

매일 아침, 나이를 가늠하기 어려운 한 여자가 칸막이 커튼을
젖히고 단백질, 포도당, 소금물로 만든 아침식사를 갖다준다. 아
직도 좀처럼 익숙해지지 않는 식사다. 그녀는 우악스러운 손길
로 나를 왼쪽이나 오른쪽으로 뒤집어놓고는 창을 반쯤 연다. 그
리고 창가에 서서 내 침대에서는 보이지 않는 어떤 풍경에 넋을
놓고 담배를 천천히 피운다. 그러면 나는 그녀가 뿜어내는 담배
연기에서 니코틴 냄새를 그럭저럭 재활용해 들이켠다. 나에게
남은 유일한 여가 활동은 추억을 갖고 노는 것이다. 마치 비디오
테이프를 되돌려 보듯이 추억을 되돌려 보는 것. 하루 종일 영상
들을 빠르게 재생시키거나 정지시킨다. 내가 특히 좋아하는 장
면들이 있다. 그 중에서도 단연 최고는 미니트립의 손 장면이다.
더 나은 음향, 더 나은 영상, 더 나은 감독, 더 나은 오리지널 시
나리오로 촬영된 장면.

그때는 내가 '완두콩' 로베르를 죽이기 전이었고, 따라서 생
활고가 해결되기 전이었다. 나는 가진 돈을 탈탈 털어 집세를 냈
다. 또다시 거리로 나앉느니 차라리 집에서 굶어 죽는 게 나았

46

다. 때때로 이층에 사는 마담 스카폰이 계란 한 알이나 빵을 좀 주었지만, 그걸로는 충분하지 않았다. 어느 날 나는 가게에서 닭 날개를 훔쳤다. 닭 날개는 정말 작아서 양말목에 찔러넣을 수 있었다. 그후로 몇 달 동안 과일도 야채도 없이 닭 날개로만 연명했다. 그러던 어느 날, 우연히 텔레비전에서 〈바운티 호의 반란〉이라는 영화를 보게 되었다. 그걸 보고 나니 조만간 내가 괴혈병에 걸릴 거라는 확신이 들었다. 나는 틈만 나면 치아가 잇몸에 잘 붙어 있는지 확인했다. 그러다 봉지 수프와 과일 샐러드 팩을 훔치기 시작했고, 병에 걸릴까 겁이 난 나머지 그걸 몇 톤씩이나 먹어댔다. 수프, 샐러드, 수프, 샐러드, 나는 멈추지 않았다. 하루에도 서너 번씩 그 빌어먹을 가게를 들락거렸다. 내가 돈을 주고 산 거라고는 낱개로 파는 성냥뿐이었다. 하지만 꼬리가 길면 밟히는 법. 마침내 가게 주인은 나를 의심하기 시작했고, 쥐새끼 같은 스파이를 고용해 가족을 데리고 쇼핑하러 온 손님처럼 위장시켜 내 뒤를 졸졸 따라다니며 감시하게 했다. 가게 출구에는 건장한 어깨 두 명이 나를 기다리고 있었고, 계산원들은 내가 질 드레*라도 되는 양 나를 보았다. 그들은 내 몸을 뒤져 봉지 수프 두 개와 샐러드 팩 두 개를 찾아냈다. 가게 주인은 만일 또다시

---

* 샤를 페로의 동화 「푸른 수염」의 모델이 된 연쇄살인범. 수많은 소년들을 강간, 살해했고, 그것이 발각되어 화형에 처해졌다.

자기 가게 주위를 얼씬거리면, 문 앞의 두 남자가 창고로 끌고 가 내 무릎뼈를 가루로 만들어 다시는 두 발로 걸어다니지 못하게 손봐줄 거라고 엄포를 놓았다. 나는 '우뚝 선 배'로 가 신세 한탄을 늘어놓았다. 미니트립과 아직 아무 일도 없던 때였다. 미니트립은 맥주를 따라주고는 다정하게 내 머리칼을 손으로 쓸어넘기며 위로해주었다. 그 순간, 나의 등골을 따라 표범 한 마리가 전광석화 같은 속도로 기어올라오면서 척추 뼈마디마다 불같이 뜨거운 발톱 자국을 남겼다. 내 생애 가장 아름다운 순간이었다.

나를 돌봐주고 있는 여자의 이름을 모르겠다. 때때로 병실에 들르는 병원장과 키 작은 여자 수련의는 그녀를 늘 '부인'이라고 부른다. "별문제 없습니까, 부인?" "안녕하세요, 부인? 오늘 날씨가 참 고약하죠?" 등등. 하지만 나는 그녀를 '니코틴'이라고 부른다. 그녀가 아침마다 담배를 피우기 때문이다. 그녀에게 묻고 싶다. "이봐, 니코틴, 대체 여기서 뭘 하고 있는 거야? 남자는 있어? 아이들은? 그 나이에도 오르가슴을 느낄 수 있나? 그 나이에도 갑자기 남자 생각이 나서 몸을 주체하지 못할 때가 있어? 부드럽게 해주는 남자가 좋아, 아니면 짐승처럼 거칠게 다뤄주는 남자가 좋아? 아침에 하는 게 좋아, 밤에 하는 게 좋아?

침대에서 하는 게 좋아, 아니면 텔레비전을 보면서 소파에서 하는 게 좋아?"

니코틴에게도 분명히 머릿결에 윤기가 흐르던 시절이 있었을 것이다. 하지만 노동과 온갖 근심걱정에 시달리며 나이를 먹을 만큼 먹은 덕분에, 이제 그녀의 머리카락은 머리통을 텁수룩하게 덮은 잿빛 털 뭉치에 지나지 않는다. 쓸쓸한 겨울 하늘을 연상시키는 희뿌연 잿빛. 하지만 그녀의 팔뚝은 아주 튼튼하고 힘이 세다. 그리고 그녀가 와서 내 몸을 뒤집을 때면 어마어마한 젖가슴이 내 얼굴을 짓누른다. 하나…… 둘…… 셋, 그녀의 앙가슴에 내 코가 푹 파묻힌다. 비누 냄새와 깨끗하게 세탁된 속옷 냄새…… 그러고 나면 어느새 나는 뒤집혀 있다. 어떤 때는 벽 쪽으로, 어떤 때는 창 쪽으로.

입술 양 끝에 세로로 팬 주름 때문에 그녀의 얼굴은 왠지 슬퍼 보인다. 그리고 거기에 오전의 흐릿한 눈빛과 밝은 담황색 피부를 덧붙이자. 누구라도 이미 알아차렸으리라. 니코틴이라는 여자는 농담 같은 건 절대 하지 않는다는 것을. 그녀는 직업인이고, 나는 그녀의 직업을 위해 존재하는 대상이다. 그녀는 나를 좋아하지 않는다. 그렇다고 싫어하는 것도 아니다. 그녀는 나를 간호하고, 관리하고, 검사하고, 확인하고, 살펴보면서 말한다. "자, 자, 그래, 그렇지, 이렇게, 옳지, 자, 이제 됐어, 그래……"

그러고 나서는 창 쪽으로 돌아서서 반 쪼가리 담배에 불을 붙이고는 창밖의 고약한 날씨를 바라본다.

8

1978년 3월의 그 사건들이 일어나기 전, 나는 도심으로 진입하는 간선도로 옆에 위치한 아파트 삼층에 세들어 살았다. 주기적으로 군용 화물차들이 일렬로 늘어서서 내 창 아래를 지나갈 때면, 집 안의 가구들은 부르르 떨면서 요동을 쳤고 하루 종일 디젤 냄새가 배어 가시지를 않았다. 그럴 때마다 아파트 이층에 살던 마담 스카폰은 군인들을 향해 고래고래 악담을 퍼부어댔다.

"살인자, 살인자들. 너희는 아이들까지 잡아다가 고문하지, 네놈들은 여자들을 닥치는 대로 강간해, 모조리 재판에 회부당해 교수형을 받아야 해, 죽일 놈들, 살인마들⋯⋯"

그러고 나서는 숨을 헐떡거리며 내 집으로 올라와 문을 두드리면서 혹시 진동 때문에 피해를 입지는 않았는지 확인해보라고

성화를 해댔다. 그리고 아주 조그만 균열이라도 생기면 그들을 상대로 소송을 걸 수 있다면서, 자기 집에 있는 리모주 도자기 접시 세트는 하나도 온전한 게 없고, 찻잔받침 하나는 4월 전투에 동원된 군인들이 집 앞을 지나갈 때 박살이 났으며, 기르던 작은 새는 탱크가 포신을 돌릴 때 심장마비를 일으켜 죽었고, 고양이는 군인들의 무전장치 때문에 암에 걸려 죽었다는 등의 이야기를 끝없이 늘어놓았다. 그녀의 수다를 듣고 있으면 기분이 정말 더러워졌다. 그렇지만 나는 되도록 친절한 태도를 보이면서 그녀가 하는 말에 귀를 기울이지 않을 수 없었다. 순간의 짜증을 참고 친절하고 점잖은 태도를 보여주기만 하면, 당장 필요한 것들을 한 무더기 얻을 수가 있었다. 소금, 계란, 설탕, 셔츠 다림질. 그녀는 남을 도와주는 걸 무척 좋아했다. 그녀 말에 따르면, 요즘 같은 세상에는 힘없는 사람들끼리 돕고 살아야 하고, 서로 돕지 않으면 우리는 결국 야만 상태로 돌아갈 수밖에 없단다. 호모 호미니 루푸스,* 그녀가 말했다. 네, 맞아요, 맞아, 지당하신 말씀입니다, 나는 맞장구를 쳤다. 제 셔츠를 다려주셔서 감사합니다. 오믈렛과 커피도 감사하고요.

---

* '인간은 다른 인간에게 늑대다.' 영국 철학자 토머스 홉스가 한 말로, 인간은 자연 상태에서는 생존을 위해 서로를 갉취하고 타인을 희생시킬 수 있는 존재라는 뜻이다.

짐짐을 만나고 나서 후안 라울, 모이즈, 소니뮤직의 일본 남자가 나를 집으로 데려다주었다. 나는 완전히 기가 꺾여 있었다. 짐짐은 내가 '완두콩' 로베르를 해치운 사실까지 훤히 알고 있었다. 그가 내게 말했다. "카롤린 정도는 별것 아닐 거야. 자네는 이제 프로니까." 나는 그에게 사실은 그렇지 않다고, 나는 프로가 아니라고, 그건 우연한 사고나 다름없었다고, 배가 너무 고파서 어쩔 수 없이 딱 한 번 살인을 저질렀을 뿐이라고, 그 일 때문에 지금도 괴로워하고 있다고 대답해야 했을 것이다. 하지만 나는 그런 말은 한마디도 하지 않았다. 단지, "네, 그래요, 좋습니다, 당신이 옳아요, 당신 말이 다 맞습니다. 난 당신에게 빚이 있어요……"라고 말했을 뿐. 사람이 공황 상태에 빠져 있을 때 자기가 무슨 말을 하는지도 모르면서 지껄여대는 말이었다. 나는 그가 생각을 바꾸어 후안 라울에게 내 눈알을 뽑아버리라고 하거나 다른 무시무시한 명령을 내릴까봐 잔뜩 겁에 질려 있었다. 집으로 돌아오는 동안 나는 사시나무처럼 떨었다. 어찌나 떨었던지 뼈마디가 욱신거리고 추워서 죽을 지경이었다.

　마담 스카폰이 자기 집 문 앞에서 나를 붙잡았다.

　"어머, 어디가 안 좋은 것 같군요. 어디 아파요? 제발 내 고양이가 걸렸던 그 끔찍한 병은 아니라면 좋으련만. 당신도 알다시

피, 그놈들이 사용하는 무전장치 때문에 우리 고양이가 그 병에 걸렸거든."

그러고는 자기 고양이가 암에 걸려 죽었다는 이야기를 다시 늘어놓기 시작했다. 그녀는 나에게 당장 정신이 번쩍 들 만큼 좋은 게 있다면서 자기 집으로 들어오라고 했다. 나는 그녀의 호의를 받아들였다. 그녀의 아파트 안은 아니스와 자벨수 냄새로 진동했다. 그녀는 고양이 그림이 수놓인 작은 쿠션들로 뒤덮인 소파에 나를 앉혔다. 노인들의 아파트는 모두 똑같다. 티끌 없이 깨끗하고 빈틈 없이 깔끔하게 정돈된 아파트. 불결함, 그건 죽음이다. 무질서, 그것 역시 죽음이다.

"편하게 있어요. 이럴 줄 알았으면 집 안 청소라도 좀 해놓을 걸 그랬네."

그녀가 부엌에서 작은 목소리로 외쳤다. 벽에는 전원을 그린 풍경화들, 투우사가 그려진 스페인 접시 세트, 그녀 남편의 사진들이 걸려 있었다. 그녀는 말도 못하게 진한 커피를 설탕도 우유도 없이 권했다. 그 커피는 뇌의 아랫부분을 망치로 한 번 후려친 것 같은 효과를 낳았다.

"정신이 번쩍 들죠, 그죠? 진짜 이탈리아 커피거든."

그녀는 이렇게 말하면서 내 맞은편에 앉았다.

"당신을 보니 살바토레가 생각나네요."

그녀는 콧수염을 기른 남자 사진을 가리키면서 말했다.

"저이도 일을 마치고 돌아올 때면 지금의 당신 같았어요. 온몸을 와들와들 떨고 손은 얼음장처럼 차가웠죠. 그럴 때면 이게 유일한 약이었어요. 이 커피, 전나무 술을 한 방울 떨어뜨린 이 커피 한 잔이면 그런 증상이 감쪽같이 사라졌으니까. 난 남편에게 물었어요. '그런데 당신, 직장에서 도대체 뭘 하는 거야? 군수품 운반 일이 사람을 이 지경까지 만들 만큼 힘든 일이야?' 그러던 어느 날, 그러니까 남편이 죽기 얼마 전에 나한테 이런 말을 하더군요. '난 사실 군수품 운반 일을 하는 게 아니야. 난 충격 실험을 하고 있어.' 그래서 내가 되물었죠. '충격 실험이라니. 충격 실험이란 게 도대체 뭔데?' 아무리 캐물어도 그는 끝끝내 아무 대답도 해주지 않았어요. 군사기밀이라면서 날 무시했죠. 하, 하, 하. 하긴 남편이 이야기해줬어도 내가 첨단 무기나 군사 기술에 대해 뭘 얼마나 이해할 수 있었겠어요? 그래서 나도 더 캐묻지 않았죠. 그러자 그이는 정말로 날 완전히 무시했어요. 그러다가 결국 문틀에 구두끈으로 목을 맨 모습으로 발견되었지만. 남편은 구두끈이 몸무게를 감당할 수 있도록 여러 겹으로 꼬아 단단하게 매듭을 지어놨어요. 그렇게 만드는 데 한 시간은 족히 걸렸을 거야. 구두끈은 그 자체로 아주 멋진 수공예품이었어요. 남편은 손재주가 뛰어났거든. 어쨌든 그 화창한 아침,

살바토레는 더는 이 세상 사람이 아니었어요.

　나는 그의 동료들을 만났어요. 그날그날 입에 풀칠하며 살아가는 궁상맞은 군수품 운반 노동자들과 군인들을 말이에요. 하지만 아무도 입을 열려 하지 않았어요. 내가 충격 실험에 대해 말하자, 그들은 깜짝 놀란 기색이었어요. 난 책임자를 만나 자초지종을 듣고 싶었어요. 그래서 며칠 동안 참모본부 앞에서 무작정 기다렸죠. 하지만 아무 소용 없었어요. 그러던 어느 날, 한 젊은 남자가 우리 집 초인종을 누르더군요. 남자는 몹시 난처한 표정이었어요. 그리고 이렇게 말하더군요. '스카폰 부인, 돌아가신 살바토레 씨에 관해 알려드릴 게 있어서 이렇게 찾아왔습니다.' 나는 그에게 안으로 들어오라고 했어요. 그 사람은 자리에 앉기도 전에 두서없는 말을 늘어놓기 시작했어요. '부군의 일은 실수입니다. 대단한 실수는 아니고 그냥 흔히 일어날 수 있는 작은 실수죠. 하지만 군대는 실수를 용납하지 않습니다. 아주 하찮은 실수라 해도 말입니다. 그러니 실무 책임자들은 모든 걸 끝까지 부인할 겁니다. 자신들의 실수를 절대 인정하려 들지 않을 거예요. 그렇기 때문에, 만일 제가 말씀드리러 오지 않았더라면 부인께서는 영원히 아무것도 몰랐을 겁니다. 하지만 저는 배울 만큼 배웠고 양심도 있는 사람입니다. 이대로 입을 다물고 모른 척하고 있는 건 제 양심이 허락하지 않아서 이렇게 부인을 찾아온 겁니다. 자, 그럼 이제 모든 걸 말씀드리겠습니다. 지금부터 이십 년 전, 그러니까 부군께서 군에 처음 들어왔을 때, 부군은 잡역부나 다름없었습니다. 탱크 내부를 청소하는 일을 담당했으니까요. 하지만 탱크 내부를 청소한다는 건 정말로 쓸데없는 짓입니다. 때때로 탱크 한 대에 너덧 명이 이틀에서 사흘 동안 처박혀 땀을 흘리고, 식사를 하고, 그보다 더한 일도 하기 때문에 눈 깜짝할 사이에 더러워지니까요. 부군께서는 잠시 동안 바로 그런 일을 했습니다. 그러다가 '연구개발부'에 급하게 사람이 한 명 필요했습니다. '연구개발부'에서는 부서 사람들 간에도 완전히 비밀인 극비 프로젝트가 진행될 때가 있지요. 그런데 '연구개발부'의 한 연구원이 충격 실험의 유용성에 관해 국방부 관료 한 명을 설득해 마침내 연구에 착수하게 된 것이었습니다. 부군한테 맡겨진 임무는 고양이 충격 실험이었습니다. 매일 아침, 고양이들이 가득 든 상자가 부군께 배달되었습니다. 그러면 부군은 그 고양이들을 작은 탁자에 묶어두었지요. 그리고 그 고양이들의 두개골을 산 채로 절개한 다음, 드러난 골 위로 다양한 높이에서 쇠공을 떨어뜨렸습니다. 부군은 하루 종일 그 일을 반복했습니다. 그러다 퇴근 무렵이 되면 '연구개발부' 연구원이 와서 부군이 기록해놓은 수치들을 적어 갔습니다. 통계를 내기 위해서죠. 네, 그랬습니다. 그러던 어느 날, 부군께선 해고를 당한 건지 아니면 다른 부서로 옮겨가게 된 건지, 여하튼 '연구개발부'에서 완전히 사라졌습니다. 그 부분에 관해서는 저 역시 아무것도 모릅니다. 하지만 실험에 쓸 고양이들의 주문 명세표, 부군의 봉급 명세서, 그런 것들을 폐기할 생각은 아무도 하지 못했습니다. 행정 부서라는 곳이 원래 하늘에서 떨어진 운석만큼이나 쓸모없고 한심한 일을 하는 곳이잖아요. 그리고 그 누구도 부군한테 아무런 지시도 내리지 않았고, '연구개발부'에서 사라진 잡역부에 불과한 군무원이 그후로 뭘 하고 있는지에 관해 관심을 갖는 사람도 없었기 때문에, 또 그 누구도 각 부서의 업무와 관련된 내용에 대해서는 어떤 질문도 해서는 안 된다는 군 내부의 불문율 때문에, 스카폰 부인, 여하튼 부군은 어딘지 모를 곳에서 고양이들의 두개골에 쇠공을 떨어뜨리는 일을 계속했습니다. 전과 다른 게 있었다면 이제는 아무도 통계를 내기 위해 그곳을 찾지 않는다는 것뿐이었죠.'"

작은 노부인의 눈에는 겨울처럼 스산하고 슬픈 빛이 아른거렸다.

"남편은 나한테 그런 얘기를 한 번도 해준 적이 없어요. 끔찍하게 고문당해 죽은 그 수천 마리 고양이들이 그의 의식을 갉아먹고 있었던 거예요. 조금씩 조금씩. 그러다 결국 그 고양이들이 뭔가를, 하느님만 아실 가구 아래에서 기어나온 하느님만 아실

거미를 날카롭게 자극했고, 그는 자신의 거미와 함께 살아가느니* 자기 집 문틀에 매달리는 쪽을 선택했던 거예요, 자신의 구두끈으로 말이죠. 군대가 내게 진 빚은 바로 그거예요."

---

* 프랑스어로 'avoir une araignée dans le plafond(찬장 안에 거미가 있다)'는 관용적으로 '머리가 돌다'라는 숙어로 쓰이는데, 이를 가지고 말장난을 한 것이다.

9

내가 이 침대에 누워 있은 지도 두 달쯤 된 게 분명하다. 의사와 간호사들이 주고받는 말로 내 짐작이 정확한지 유추해보았다. 그 결과, 내가 카롤린과 함께 달렸던 그 순간부터 지금까지약 두 달이라는 시간이 흐른 게 틀림없다는 결론이 나왔다. 그대재앙이 일어나기 전의 순간들에 관해서는 별로 생각나는 게없다. 세차게 퍼붓던 비, 지독하게 추운 밤, 끔찍한 폭발음, 무릎까지 빠지던 진창, 그리고 하늘에서 쏟아지던 폭탄 파편들과 눈밭을 나뒹구는 시체들을 헤치면서 숨이 턱까지 차올라 내 앞에서 달리던 자그마한 카롤린 르몽시드. 빨갛고 파란 장식들로 번쩍거리는 무대의상이 흠뻑 젖고 찢어져 몸에 찰싹 달라붙어 있던 모습. 그녀의 왼쪽 어깨에 난 깊은 상처. 그녀가 한순간 나를 향해 돌아섰던 것이 기억난다. 그녀의 입이 벌어지며 나에게 뭐라고 말하려 했다. 그게 무슨 말이었는지는 알 수가 없다. 왜냐하면 바로 다음 순간, 피유우웅! 나는 여기, 이 침대에 누워 있었으니까. 눈꺼풀도 움직일 수 없고, 단지 "으으으으으음…… 으으음…… 으으으음" 소리만 낼 수 있는 상태로. 확신할 수 있는 한 가지는, 내가 22일 전에 의식을 되찾았다는 것이다. 정말로 소름 끼치는 한순간, 나는 내가 죽었다고 믿었고, 죽음이란 바로 이런 것, 어둠과 즈즈즈즈즈거리는 심연의 소리라고 생각했다. 더는 내 몸이 느껴지지 않았다. 그래서 내게는 이제 육신이 없으며, 나라는 존재는 영원히 어둠 속을 떠다니는 영혼일 뿐이라고 생각했다. 불확실하긴 했지만 그런 느낌은 꽤 오랫동안 지속되었다. 결국 나는 신이나 천국 또는 지옥에 대해 내가 가졌던 모든 생각이 지독하게 어리석은 것이었고, 사후세계 따위는 없을 뿐만 아니라 심판도 영원한 행복도, 그 무엇도 없다는 결론에 이르렀다. 깜깜한 어둠과 즈즈즈즈즈거리는 심연의 소리만이 있을 뿐. 하지만 그런 생각을 한 후, 내 주위에 똥오줌 냄새가 떠돌고 있음을 알아차렸다. 혼란스러워졌다. 아무것도 존재하지 않는 무의 세계에 어떻게 똥오줌 냄새가 떠돌 수 있는지 도저히 이해가 가지 않았다.

나는 정신을 집중해 도움을 요청하기 시작했다. 물론 "살려

줘"라는 소리는 나오지 않았다. "으으으음, 으으으음" 소리뿐이
었다. "으으으음, 으으으으음"이 내가 낼 수 있는 유일한 소리였
기 때문에 한참 동안 그 소리를 계속 냈고, 그게 마침내 어떤 결
과를 가져올지 궁금해서 점점 더 소리를 높였다.

마침내 내 옆쪽에서 누군가 "제기랄, 아가리 닥치지 못해!"라고
소리를 지르면서 불을 켰을 때, 나는 내가 영혼도 아니고(왜냐
하면 사람들은 영혼에게 그런 식으로 말하지 않으니까), 죽은
것도 뭣도 아니고, 내 옆에서 즈즈즈즈즈 소리를 내는 기계에 가
는 튜브들로 연결된 채 침대 두 개가 놓인 병실에 누워 있음을
분명히 깨달았다. 내 얼굴 바로 위에서 머리에 붕대를 친친 감
은 창백한 얼굴의 뚱뚱한 남자가 화를 내며 나를 내려다보고 있
었다.

"그들이 나한테 하얀 알약 반 알을 줬어. 그걸 먹고 나서도 잠
을 자지 못했지. 그러자 그다음 번에는 하얀 알약 한 알을 통째
로 주더라고. 하지만 그걸 먹고 아파 뒈지는 줄 알았어. 하마터
면 심장이 터져버릴 뻔했다고. 그 약은 진통제와 함께 먹어서는
안 되는 거였어. 그래서 내가 말했지. '진통제는 관두고 그냥 그
알약이나 줘요.' 그러자 그들이 이렇게 말하더군. '당신은 골절
상을 입은데다 머리에 포탄 파편까지 박혀 있어서 밤에 통증이
아주 심할 겁니다.' 나는 잠만 잘 수 있다면 통증 따윈 상관없다

고 말했지. 의사는 내가 요구한 대로 해줬어. 진통제는 빼고 하얀 알약만 줬다, 이 말이야. 그걸 먹고 나니 눈알 안쪽에 잉걸불을 놓은 것 같더군. 두 알을 한꺼번에 먹고야 잠을 이룰 수 있었지. 그리고 머리에 포탄이 박힌 채로 산책하는 꿈을 꾸었는데, 어딘가에 부딪칠 때마다 그게 펑펑 터지는 거야. 아주 기분 나쁜 꿈이었어. 하지만 꿈을 꿀 수 있다는 건 어쨌든 좋은 거지. 그런데 자네, 몇 주 내내 입도 뻥긋 못 하던 자네가 갑자기 소리를 지르기 시작한 거야."

그 뚱뚱한 남자는 내 위에 있는 벨을 요란하게 누르기 시작했고, 잠시 후 젊은 여자가 병실로 들어왔다. 야간 근무를 하는 수련의인 듯했다. 귀엽게 생기긴 했지만 피곤에 절어 기진맥진한 데다, 해부학을 한창 복습하는 중에 호출당한 게 몹시 못마땅한 듯 얼굴을 잔뜩 찌푸리고 있었다.

"식물인간이 깨어났어. 병실이 떠나갈 정도로 소리를 질러대는 통에 어디 잠을 잘 수가 있어야지."

여자 수련의가 나를 내려다보았다. 나는 다시 "으으으으음, 으으으으음" 소리를 내기 시작했다.

"알았어요, 알았어. 하지만 지금 여기는 나밖에 없어요. 전문의는 한 명도 없다고요. 게다가 다른 병실로 옮기려 해도 빈 병실이 없어요. 뭔가 조치를 취하려면 내일 아침까지 기다려야 해요."

젊은 여자는 이렇게 말하고는 병실을 나갔다. 뚱뚱한 친구는 군 병원의 열악한 환경에 대해 잠시 불평을 늘어놓더니, 내게 다가와 내 입에 하얀 알약 한 알을 쑤셔넣었다.

"미안해, 하지만 난 정말로 잠을 자야 한다고."

10

　짐짐 슬레이터와 만나고 난 이튿날이 결정적이었다. 사실 그날은 1978년 3월의 폭발사건으로 나의 법인격이 말소되는 과정에서 중요한 한 단계에 해당했다. 나는 마담 스카폰과 모크타르의 만남이 운명의 실수였다고 단언한다. 아마도 운명이 바로 그날 처리해야 할 다른 일이 있어 그처럼 터무니없는 사건들이 일어나게 내버려둔 게 아니었을까. 어떤 일이 있어도 마담 스카폰과 모크타르가 만나는 일만큼은 절대 일어나지 않게 했어야 했다. 그걸 막지는 못했다 하더라도, 최소한 두 사람이 서로에게 호감을 느끼는 일만큼은 막았어야 했다. 특히 그들이 함께 내 문제를 해결해보겠다고 나서는 사태가 일어나게 해서는 안 됐다. 그리고 마지막으로, 내가 그들 말을 듣고 앉아 있는 상황이 벌어지게 해서는 절대, 절대로 안 됐다. 하지만 바로 그날, 나는 누군가가 안전핀을 뽑은 수류탄을 내 입에 물려놓은 듯한 기분이었다.

내 삶이 이상한 방향으로 흘러가기 시작했음을 뼈저리게 후회하며 더러운 기분으로 잠에서 깨어났던 것을 기억한다. 그리고 시대마다 태어나기에 좋은 장소와 피하는 게 상책인 장소가 있다는 생각을 잠시 했다. 나는 자리에서 일어나 냉장고 앞에 십오 분 동안 그대로 서서, 조그만 냉동실을 안타까운 눈으로 쳐다보았다. 여기서 내 남은 날들을 편안히 보낼 수도 있었을 텐데, 하는 아쉬움과 갈망에 사로잡힌 채. 그러고 나서 시원한 맥주 한 병을 꺼내들고 침대로 돌아가 앉아, 내가 피해야 할 곳은 바로 여기, 지금 내가 있는 곳이라는 결론을 내렸다.

오후가 시작될 무렵이었다. 아파트 안은 아름다운 오렌지빛에 잠겼고, 저 아래 보도에서는 한 남자가 여자에게 농담을 걸며 시시덕거리고 있고, 나무 타는 냄새가 거리에서 올라오고 있었다. 아름다운 빛과 맥주 때문에 기분이 조금씩 나아졌다. 나는 고향 집에 편지를 쓰려고 종이를 꺼냈다. 하지만 "부모님 전상서"라고 쓰고 나자 더 쓸 말이 없었다. 나는 종이를 잘게 찢어 침대 위에 흩뿌리고는, '우뚝 선 배'로 가서 잠시 피신해 있어야겠다고 마음먹었다. 거기서 약간의 위안을 찾을 수 있을 거라는 희망을 안고.

집에서 나오다가 아파트 현관을 쓸고 있는 마담 스카폰과 마주쳤다.

"아, 안녕하세요? 어제보다 안색이 나아 보이네요. 어제 사람들이 봤더라면 적선이라도 했을 거예요. 어제는 마치 악마라도 만나고 온 사람처럼 꼴이 말이 아니었다니까……"

그녀가 남편 이야기를 들려준 뒤로 나를 이전처럼 대하지 않는 게 느껴졌다. 이제 나를 우연히 되찾은 핏줄처럼 여겨, 그동안 잃어버린 시간을 만회하기 위해 급속도로 친해지려 애쓰면서 한꺼번에 정을 쏟아부으려는 것 같았다. 내가 왜 그랬는지는 모르겠다. 어쨌든 나는 그녀에게 '우뚝 선 배'에 함께 가지 않겠느냐고 말을 건넸다. 그녀는 얼굴을 붉히면서, 아파트 현관이 어디로 도망가지는 않을 테니 청소는 나중에 해도 되겠죠, 라고 말했다. 그러고는 옷을 갈아입으러 달려 올라가더니, 검은색 원피스와 검은색 외투, 검은색 모자를 쓰고 나타났다.

"상중이라 아무 옷이나 입고 외출할 순 없거든요."

그렇게 해서 나는 '우뚝 선 배'의 오렌지색 플라스틱 탁자에 다시 앉아 있게 되었다. 모크타르는 자기가 살아온 이야기를 늘어놓고 있고, 마담 스카폰은 연민 어린 표정으로 고개를 끄덕이고 있었다. 슬로베니아인은 진지하고도 담담한 어조로 말을 이어나갔다.

"우린 천 명쯤 되었어요. 모두 슬로베니아 사람이었지요. 우리 대부분은 어렸을 때 몬테네그로와 중앙아시아에서 전투에 참여한 경험이 있었어요. 그들이 우리가 사는 마을들로 온 건 바로 그 때문이었죠. 그리고 커다란 화물 수송기에 우릴 태우고는 생판 듣도 보도 못한 곳에 무장도 시키지 않은 채 떨어뜨려놓았습니다. 장교들은 소총이나 기관총을 갖고 있었지만 우리한테는 대검 한 자루 쥐여주지 않았습니다. 졸병들한테는 항상 그런 식이죠. 기본적인 장비조차 툭하면 잊어버리고 챙겨주지 않죠. 우리는 농가를 찾아가 쇠스랑이든 갈퀴든 손에 잡히는 대로 들고 농부들을 찔렀어요. 너무 겁이 나서 낙타처럼 술을 마셔야 했죠. 총에 맞아 죽을 거라는 두려움이 몇 리터의 알코올에 씻겨 사라질 때까지. 처음에 우리는 바스마치*들과 맞서 싸웠습니다. 그런데 그후에 명령이 바뀌어, 우리는 어찌된 영문인지도 모르는 채 바스마치 군복을 입고 새로운 적들과 싸우고 있었죠. 우린 사자처럼 용맹스러웠습니다. 부인도 그 이야기 들어본 적 있죠? 그 빌어먹을 부스코프 대령, 코카서스의 늑대, 비밀리에 터키 놈들의 지원을 받았던 그 작자 이야기 말입니다. 그는 마치 온 나

---

* 터키어로 '폭도'라는 뜻. 소비에트 정권에 저항해 중앙아시아에서 봉기를 일으킨 터키족 이슬람교도들을 뜻한다.

라가 자기 비위를 맞추며 설설 기어야 한다는 듯 거만했죠. 우린 모두 만취해 있었고 무기도 거의 없는 상태였어요. 하지만 쇠스 랑과 절굿공이로 맞서면서 그자를 시르다리아 강* 언저리로 몰 았습니다. 한 가지 확실한 건, 남자에게는 도전이 필요하다는 겁 니다. 도전할 대상이 없는 남자는 사막의 모래 한 줌이나 다를 바 없어요. 자신이 처한 상황에 굴복하는 남자의 피는 염소젖으 로 변하죠. 부당한 명령에 복종하는 남자, 그건 태양에 바짝 타 들어간 농작물이나 다름없습니다. 우리는 영웅이었습니다. 그런 데 갑자기 해산령이 떨어졌습니다. 군대가 없어지자 우리는 고 향으로 돌아가야 했지요. 우리 중 일부는 그 갑작스러운 명령에 너무나 허탈해서 그곳을 쉽게 뜨지 못했습니다. 하지만 대부분 은 수중에 돈 한 푼 없이, 반은 기차를 타고 반은 걸어서 고향으 로 돌아갔지요. 수천 킬로미터나 되는 거리를 걸어서 말입니다. 사람들이 하나둘 귀향길에 오르면서 결국 스물다섯 명만 남게 되었습니다. 그 스물다섯 명 중에 나도 끼어 있었죠. 그런데 그 만 우리가 기차를 잘못 탄 거였습니다. 기차는 우리도 모르는 사 이에 스바르빅을 향해 달려가고 있었지요. 아침에 기차 안에서 눈을 뜰 때마다 우린 점점 더 많은 터키 군인들 무리에 둘러싸여

---

* 중앙아시아 최대의 강.

있었습니다. 터키인들에게도 동원 해제령이 내려진 거였죠. 우리는 낡은 바스마치 군복 상의에 헐렁한 바지 차림이라 쉽게 눈에 띄었습니다. '야, 이게 도대체 어떻게 된 일이야? 여기 와서 이것 좀 봐!' 한 터키인이 소리치자 백 명가량의 터키 군인들이 우르르 달려들더니 우리를 화장실로 끌고 갔습니다. 또다른 터키 놈이 말했죠. '이제 곧 알게 될 거야, 너희가 부스코프에게 한 짓의 대가가 어떤 것인지……' 그들은 우리의 옷을 벗겼습니다. 그들이 우리에게 무슨 짓을 했는지 자세히 이야기하지는 않으렵니다. 어쨌든 놈들은 내 발가락을 모조리 부러뜨렸습니다. 두 놈이 날 붙잡고 다른 한 놈이 내 발가락을 차례차례 부러뜨렸죠. 그러더니 화장실 변기 속에 내 머리를 처박아 죽이려 했어요. 그들은 노래를 불렀습니다. '꾸룩, 꾸룩, 꾸루룩, 부스코프 대령의 건강을 위하여.' 그러고 나서 그들은 떠났고, 정신을 차리고 주위를 둘러보니 내 친구들은 모두 죽어 있었습니다. 화장실 변기에 머리가 처박힌 채로요. 나만 빼고 전부. 운 좋게도 내가 처박힌 변기는 수세장치가 망가져 있었어요. 나는 생쥐처럼 몸을 웅크리고 그곳을 빠져나왔습니다. 그후로 한 일 년을 그렇게 숨어 살았어요. 여기저기서 닥치는 대로 도둑질을 하고, 하수구 안에서 잠자고, 기차와 배를 갈아타면서. 그러다가 결국 이곳까지 흘러들어오게 된 겁니다. 정말 기적이었습니다. 진짜로. 나

70

는 이곳에서 사업을 시작했습니다. 사람들도 사귀게 되었고요. 사업이 아주 잘되어서 내 누이를 이곳으로 불러들이기까지 했지요. 정말로 기적 같은 일이었습니다."

마담 스카폰은 모크타르의 이야기를 경청하고 나서, 자기 남편과 충격 실험에 관한 이야기를 들려주었다.

"맙소사, 그럴 수가." 모크타르가 말했다.

그녀는 고개를 끄덕이면서 자기들 두 사람은 여러모로 많이 닮았다고 말했다. 전쟁이 그들을 비스킷처럼 산산조각 내고, 부드럽고 얇은 실크처럼 갈기갈기 찢어놓고, 차에 깔려 으스러진 토끼처럼 길가에 내동댕이쳤다고.

"맞아요." 모크타르가 말했다. "비스킷처럼, 실크처럼, 으스러진 토끼처럼, 정말 정확한 표현입니다."

11

의사들이 나에게 주사하는 온갖 화학물질의 혼합액은 조절 기능이 완전히 망가진 듯한 내 육체를 깨우기보다는 기억을 자극하는 데 더 많이 쓰이고 있다. 들쩍지근한 액체와 정맥주사와 천천히 흘러들어오는 약물 수프 속에서, 나의 뇌는 오늘까지도 정체불명으로 남은 에너지를 길어올리고 있다. 꼼짝 못 하고 누워 지내는 날들이 길어질수록, 1978년 3월 그날 밤 미친 듯이 달리던 기억은 점점 더 또렷해진다. 처음에는 쏟아지는 폭탄 파편과 진창을 헤치고 내 앞에서 달리는 카롤린의 윤곽만 보였다. 그리고 좀더 세부적으로, 그녀의 왼쪽 어깨에 난 상처가 보였다. 흠뻑 젖은 살갗에 세로로 커다랗게 벌어진 검붉은 홈. 그리고 무슨 말을 하려고 나를 향해 돌아서던 그녀의 얼굴. 거기에 새로운 조각들이 조금씩 조금씩 덧붙었다. 제일 먼저, 내 얼굴과 양쪽 귀에 살을 에는 듯한 추위가 느껴졌다. 두터운 군용 파카를 입고도 머리부터 발끝까지 사시나무 떨듯 떨렸다. 내 뒤쪽으로, 가공할 폭격과 빗발치는 포탄 세례 속에서도 작은 목조건물 하나가 기적적으로 서 있었다. 그리고 좀더 멀리, 어디서 날아왔는지 알 수 없는 조명탄의 섬광 아래 최전방에 파놓은 참호들의 버팀목이 보였다. 그리고 내 앞에서, 우리를 둘러싼 상황과는 전혀 어울리지 않는, 빨갛고 파란 금속장식으로 반짝이는 드레스를 입고 미끄러운 진창 언덕을 능숙하게 기어올라가는 카롤린. 내 기억은 거기서 멈춘다. 그녀가 나에게 뭐라고 소리치는지 알아듣지 못한 채.

나는 침대에 누워 병원의 하얀 천장을 바라보면서 끊임없이 자문하고 있다. 1978년 3월의 그날 밤, 나는 카롤린을 죽이려 했던 걸까. 화학물질로 인해 인위적으로 떠오른 기억은 정말로 이상한 구조를 갖고 있다. 상황과 사람들에 대한 묘사는 선명한 반면, 당시 나 자신의 정신 상태가 어땠는지는 전혀 알 길이 없다.

카롤린을 생각하지 않으려고 기억을 억누를 때면, 그 대신 '완두콩' 피에르 로베르에 대한 기억이 떠오른다. 매번 내 두개골 속에 결코 아물지 않을, 구역질 날 정도로 흉측한 상흔을 남겨놓는 기억이다. 모크타르가 살인을 할 수 있었던 것은 슬로베니아에 있는 가족을 불러들여 함께 살아야 한다는 일념 때문이었다. 그는 오래도록 찾아 헤맨 끝에 마침내 여동생을 찾아냈다. 그의 여동생은 마케도니아의 작은 마을에서 한 신부의 도움을 받아 이름을 바꾼 채 숨어 살고 있었다. 그 사제는 들판을 배경으로 성녀 테레사나 성모마리아, 심지어는 성 히에로니무스*처럼 옷을 입은 그녀를 화폭에 담았다. 모크타르는 엄청난 돈을 들여 위조 서류들을 마련하고 수상쩍은 밀수업자들에게 정해진 금액을 꼬박꼬박 상납해, 드디어 여동생을 이곳에 오게 했다. 나는 역까지 따라가, 수입한 암소처럼 초점 없는 시선에 뚱뚱하고 침통해 보이는 한 여자를 그가 껴안는 걸 보았다. 그는 나에게 그 여자를 류블랴나**의 루비라고 소개했다.

수지는 빠르고 쉽게 적응했다. 너무 빠르고 너무 쉽게. 수입 암소는 초원의 여왕이 되었다. 그녀는 오빠 돈으로 작은 아파트를 세 얻어 하루가 멀다 하고 손님들을 초대했다. 도대체 어디서 만났는지 모를 새로운 남자친구들, 그리고 끓는 물에 데친 것 같은 애송이들을 늘 옆에 달고 다니는 살짝 맛이 간 여자들을. 수지는 그들에게 성대한 저녁식사를 대접하고, 선물을 하고, 손뼉을 치면서 슬로베니아 노래를 불러주었다. 모크타르는 죽도록

---

* 최초의 라틴 성경 번역가로, 15세기 유명 화가들의 그림에 자주 등장한다.
** 슬로베니아의 수도.

일했다. 아무리 열심히 일해도 늘 돈이 모자랐다. 그는 쉬지 않고 암거래를 했다. 그래서 종종 내 도움을 필요로 했고, 그럴 때마다 나는 입에 풀칠이라도 하기 위해 그의 부탁에 기꺼이 응했다. 그의 여동생은 그때까지 부당하게 고통 받으며 살아온 자신의 시궁창 같은 삶에 일종의 복수를 하고 있는 것 같았다. 그리고 내가 보기에 모크타르에게는 여동생이 행복하게 사는 모습을 보는 것이 유일한 낙인 듯했고, 가족을 위해서라면 그에게 돈 같은 건 전혀 중요하지 않은 것 같았다. 그래서 나는 조용히 입 다물고 있었다. 어떤 기적이 찾아와 그의 눈을 번쩍 뜨게 해줄 날이 오기를 기다리면서 충고를 자제했다.

그 기적은 '완두콩' 피에르 로베르의 모습으로 찾아왔다. 로베르는 텔레비전을 파는 장사꾼이었다. 하지만 그는 장사보다는 텔레비전 보는 걸 더 좋아했기 때문에, 그의 가게는 늘 파산 일보 직전이었다. 그는 텔레비전을 너무 많이 보는 바람에 눈이 아주 작아져, 급기야는 브라운관 빛에 있는 대로 쪼그라든 완두콩 두 알처럼 변해버렸다. 그런데 모크타르의 여동생 주변을 얼쩡거리던 사내 녀석들 중에 그의 친구가 한 명 있었다. 어느 날 저녁, 어떻게 된 일인지 '완두콩' 로베르는 갑자기 텔레비전들을 팽개쳐두고 수지가 끊임없이 벌이던 그 작은 파티에 참석했다. 명랑한 슬로베니아 암소 수지와 코를 맞대려고 텔레비전 리모컨

들로 가득 찬 동굴에서 기어나오는 건 그 작자에게 분명 일종의 첫경험이자 모험이었다. 열정적으로 노래하는 젊고 탱탱한 육체를 보자, 그때까지 차가운 화면밖에 사랑한 적이 없던 그의 가슴 속에 환희의 불길이 활활 타올랐고, 길고긴 시간 동안 신체기관 깊은 곳에 잠들어 있던 갖가지 호르몬이 화들짝 놀라 깨어났고, 사라졌다고 믿었던 모든 반사궁*들이 다시 자리를 잡았고, 마침내 그 호르몬과 반사궁들에 이끌려 떠오른 온갖 끈적끈적한 생각들이 피에르 로베르의 상상력으로부터 방울져 떨어지기 시작했다. 그때부터 그는 장사를 더욱더 등한시했고, 수지를 "나의 영원한 태양" "나의 생명" "둘도 없는 내 사랑" 아니면 간단히 "내 사랑"이라고 부르며 열정적인 연애편지를 썼다. 그런 편지들에 답장하길 꺼리는 슬라브 민족 특유의 조심성을 가졌음에도, 그녀는 자신이 그 남자에게 불러일으킨 열렬한 사랑과 불타는 열정에 마음이 흔들렸다. 게다가 오빠가 마케도니아 신부와 그녀를 억지로 떼어놓은 뒤로 마음과 침대 모두 텅 비어 있는 상황이었다. 너무도 텅 비어서, 간혹 그녀는 자기가 정상인지, 남편도 자식도 없이 똑같은 뜨개실을 끝없이 짰다 풀었다 하거나 교회에서 똑같은 기도를 되풀이하면서 쪼글쪼글 말라버린 무화

---

* 특정한 반사에 관여하는 신경의 경로.

과처럼 늙고 시든 채로 인생을 종치는 건 아닌지 불안해했다.

'완두콩' 로베르는 친구들에게 조언을 구했다. 그들은 당장 달려가 그녀를 무조건 자빠뜨려야 한다고, 수지 같은 속물은 어떻게 하면 남자가 자기를 덮치게 만들까밖에 생각하지 않는다고, 그런 부류의 여자들은 '노'라고 말하는 게 바로 '예스'라고, 그건 틀림없는 사실이라고 장담했다. 그리고 앞으로 두 사람 사이에 일어나는 일은 하나도 빠짐없이 자신들에게 보고해야 하며, 일 년치 케이블티브이 시청료를 걸고 맹세해야 한다고 말했다. '완두콩'은 두려움에 떨었지만 그들의 말이 옳다는 것을 믿어 의심치 않았고, 모든 걸 빠짐없이 이야기하겠다고 약속했다.

한편 수지는 여자 친구들과 많은 시간을 보내고 있었다. 그녀들은 '완두콩'이 귀여운 남자이며 그의 외모가 매력적이라고 생각했다. 그가 텔레비전들에 파묻혀 시간을 보내는 건 수줍음을 많이 타기 때문이고, 수줍음을 타는 남자야말로 최고의 결혼 상대이고, 그는 돈도 좀 있는 것 같으니 그녀가 온실이 딸린 아늑한 집에서 실내장식을 새로 하고 연한 장밋빛으로 벽을 칠하고 제2제정 시대* 풍의 안락의자들을 사들이며 살 수 있을 거라고

---

* 1852년 나폴레옹 3세가 제위에 오른 후부터 프로이센-프랑스 전쟁에서 그가 포로가 된 직후까지의 시대. 프랑스 시민사회가 번영을 이루고 산업혁명이 궤도에 올라 프랑스의 유행이 전세계적으로 선두를 달렸다.

말했다.

마침내 수지와 '완두콩'은 주위 사람들의 온갖 격려와 장담에 힘입어, 수지의 여자 친구들이 의도적으로 마련한 일종의 소풍에 가서 상황이 흘러가는 대로 몸을 맡겨버렸다. 그때 두 사람이 언덕 등성이에 앉아 6월의 햇살에 가슴을 데우며 무슨 말을 주고받았는지는 아무도 몰랐다. 그런데 그로부터 겨우 일주일 후, '완두콩'은 가게가 망하든 말든 뿌얀 먼지를 뒤집어쓴 텔레비전 수상기들을 내팽개쳐두고는, 수지의 집으로 들어가 자리를 잡고 빈대처럼 들러붙었다. 당시 그 가련한 인간들의 대모 같은 존재였던 모크타르는 그들을 위해 음식이며 집세며 용돈 등 모든 것을 아낌없이 대주었다. 중요한 건 누이의 행복이라고, 누이의 행복은 곧 자신의 행복이며 누이가 행복해야 자기도 행복할 수 있다고, 만약 누이가 자기한테 한쪽 다리를 잘라달라고 한다면 쟁반에 받쳐 기꺼이 내줄 거라고, 누이는 자신에게 남은 유일한 혈육이며 삶의 의미이자 희망이라고 되뇌면서.

나는 구역질이 났다. 수지가 이곳에 도착한 그 순간부터 모크타르의 뇌가 물렁거리는 캐러멜로 변해버린 것 같았다. 하지만 나는 아무 말도 하지 않았다. 수지와 로베르가 결혼할 거라는 사실을 알았을 때조차. 아니, 그들의 결혼식에 참석해 두 사람이 행복에 겨운 표정으로 탁자 위에서 춤을 추고 모크타르가 마련한 어마어마하게 비싼 웨딩케이크를 꿀꺽꿀꺽 삼키는 모습을 보면서 박수갈채를 보내기까지 했다. 하지만 나는 그 결혼식 피로연에 뭔가 있다는 걸 분명히 알고 있었다. 그 무언가 때문에 피로연은 새로운 세상에 내려앉는 새벽보다는 황량한 벌판의 저물녘과 더 많이 닮아 있었다. 그리고 불행히도 그후에 일어난 일들은 내 생각이 옳았음을 증명해주었다.

몇 주 지나지 않아 일이 복잡하게 꼬이기 시작했다. 처음에는 아무것도 알아차리지 못했다. 단지 수지의 모습을 이전처럼 자주 볼 수 없을 뿐이었다. 갓 결혼한 새색시에겐 당연한 일이라 아무도 이상하게 여기지 않았다. 그러나 시간이 좀더 흐르자, 사람들은 그녀가 살짝 맛이 간 여자 친구들과 끓는 물에 데친 것 같은 애송이들을 더는 초대하지 않고 그들의 초대에도 응하지 않는 이유가 무엇인지 슬슬 궁금해졌다. 슬로베니아식 야회, 소풍, 비밀, 황홀경과 완전히 작별한 수지는 이제 집 안에만 틀어박혀 텔레비전 앞에 앉아 전직 전투기 조종사가 진행하는 퀴즈 게임쇼에서 사람들이 커피메이커와 전기 오븐을 상품으로 따가는 걸 멍하니 보고 있었다. 모크타르는 수지가 행복하다고 확신했다. 그녀는 자기 집 실내를 연한 장밋빛으로 다시 칠했고, 제2제정 시대의 가구들을 들여놓았고, 온실을 만들기 위해 건축업자들을 만나고 있었다. 하지만 무언가 잘못되어가고 있었다. 아주 주의 깊은 관찰자만 알아차릴 수 있을 정도로 미묘한 뭔가가. 수지의 눈 속엔 먼 구름이, 얼굴 표정엔 한없는 역겨움이, 목소리엔 비정상적인 떨림이 깃들어 있었다. '완두콩' 로베르는 모크타르에게 자주 전화를 걸어 돈을 요구했고, 로베르가 빌리고 갚지 않은 돈의 액수는 점점 불어났다. 그는 모크타르에게 빌린 돈으로 1967년형 파란색 세단을 구입했다. 그리고 말루인 해안가로 떠밀려온 흰돌고래처럼 외로이 소파에 쓰러져 있는 수지를 내팽개쳐둔 채, 세단을 타고 으스대며 시내를 돌아다녔다.

그런 상태가 꽤 오랫동안 지속될 수도 있었을 것이다. 적어도 모크타르가 로베르 때문에 완전히 거덜이 날 그날까지. 하지만 어느 날 저녁 모든 것이 뒤집어졌다. 모크타르는 매제의 전화를 받았다. 로베르는 오뉴월 엿가락처럼 질질 늘어지는 목소리로 "그 좆같은 시내의 좆같은 동네"에서 수지를 본 사람이 있는지 물었다. 그러고 나서 몇 분 뒤, 수지가 오빠 집으로 불쑥 들이닥쳤다. 그때 모크타르는 신에게 맹세코, 강철같이 단단한 어떤 손이 자신의 목을 비틀어 죄는 것을 느꼈다.

머리는 산발을 하고 얼굴은 퉁퉁 부어오른 채, 밝은 색 원피스는 피투성이인 수지가 문턱에 서서 망연자실 모크타르를 보고 있었다. 그녀의 몸은 미세하게 떨렸고, 왼팔은 몸을 따라 애처롭게 축 늘어뜨려져 있었다.

"나는 집 안에서 꼼짝도 할 수 없었어. 내가 집 밖으로 나가면 그 사람이 돌아버리니까. 그가 그러더라. '더러운 년! 순전히 몸이 달아서 네가 밖에 싸돌아다니고 싶어하는 거 다 알아. 다른 사내놈들이랑 그 짓이 하고 싶어서 아주 죽겠지. 다 알아, 네 눈을 보면 훤히 들여다보이니까. 나는 계집년들이 어떤 족속인지 알아. 텔레비전에서 수없이 봤거든. 너 같은 년들은 일단 결혼하고 나면 옴짝달싹 못하게 갇혀버린 신세가 되었다고 생각하지. 그래서 이웃집 남자나 우체부나 신발 장수가 감옥에서 빼내줄 거라고 꿈꾸기 시작하는 거야. 난 불 위에 올려놓은 우유를 지키듯 널 감시해야 해. 내 말 알아들어?' 그래서 난 집에 틀어박혀 있었어. 그 사람은 외출할 때면 전화기를 뽑아서 술 진열장 안에 넣고는 열쇠로 잠갔어. '밖으로 한 발짝만 나가도 난 단번에 알아차릴 수 있어. 그땐 너를 총으로 쏴 죽이고 나도 자살해버릴 거야. 씨팔! 너는 내 마누라야. 그리고 난 마누라한테 얼간이 취급당할 생각은 추호도 없다고.' 그런 말을 듣다보니, 그 사람이 나한테 하는 말에 진실이 담겨 있다고 생각하게 되었어. 그가 나더러 더러운 잡년이라고 말한다면 난 틀림없이 더러운 잡년일 거라고, 그가 나더러 불 위에 올려놓은 우유 같다고 한다면 그것도 틀림없이 맞는 말일 거라고 말이야. 오늘 아침 미사일을 격추했던 조종사가 진행하는 퀴즈쇼를 보고 있는데, 생방송으로 진행되는 그 프로그램에서 전화를 걸고 있는 집이 바로 우리 집인 거야. 물론 우리 집 전화기는 술 진열장 속에 갇혀 있었고. 그래서 부엌칼로 자물쇠를 억지로 따야 했어. 하지만 간신히 진열장을 열고 전화기 코드를 꽂았을 때, 전화는 이미 끊겨 있었어. 게다가 진열장은 엉망으로 망가져버려 숨길 방도도 없었고. 집으로 돌아온 로베르는 미친 사람처럼 펄쩍펄쩍 뛰면서 누구와 통화를 했는지 바른대로 대라고 다그쳤어. 퀴즈쇼 이야기를 했지만 믿으려 하지 않더라고. 그러다 그의 작은 두 눈이 갑자기 무시무시하게 돌변하는 거야. 금방이라도 토끼 목을 따서 죽일 것 같은 족제비의 눈이었지. 그가 사납게 달려들었고 난 죽지 않으려고 발버둥을 쳤어. 손톱으로 할퀴고 이로 물어뜯었어. 그러다 간신히 도망쳐나온 거야."

처참한 몰골로 찾아온 여동생을 보고 모크타르의 가슴은 천 갈래 만 갈래 찢어졌다. 죽은 부모의 얼굴이 떠올랐고, 부스코프 연대의 학살 장면이 다시 떠올랐다. 스바르빅 역 화장실 변기에 처박혀 죽은 친구들도 떠올랐다. 그리고 자기가 사랑하는 사람들에게 고통을 주는 인간은 절대 가만두지 않겠다고 홀로 맹세했던 기억이 떠올랐다. 모크타르는 침실을 수지에게 내주고 자기는 소파에서 잤다. 잠자는 동안 전투 장면, 지하실에서 당했던 고문, 사형 집행 장면, 그리고 사형 집행인의 두건을 쓰고 번쩍이는 무기들의 차가운 반사광 속에서 웃고 있는 '완두콩' 로베르의 얼굴이 집요하게 들러붙어 그를 괴롭혔다.

다음 날 아침 모크타르는 자기 집으로 나를 불렀고, 문 너머로 들려오는 수지의 울음소리를 들려주고는 매제를 없애주면 돈다발을 주겠다고 했다. 나는 배가 고파 죽기 일보 직전이었고, 주머니에는 땡전 한 푼 남아 있지 않았다. 수지의 고통스러운 오열과 돈의 유혹에 나는 즉시 제의를 받아들였다. 그렇게 해서 내가 한 남자를 죽이게 된 것이다. 돈과 여자의 흐느낌 때문에. 때때로 나 자신을 위로하기 위해 혼자 중얼거린다. 그 일은 굳이 내가 아니었더라도 결국 일어날 수밖에 없었을 거라고, 이전부터 이미 그는 죽음의 씨앗을 여기저기 뿌리고 다닌 거라고.

12

나는 두 가지를 할 수 있다. 그 중 한 가지는 아주 쉽다. "으으
<u>으으음, 으으으으음</u>" 소리를 내는 것이다. 그건 안녕하세요, 잘
가요, 고마워요, 어떻게 지내세요 등등을 표현하는 데 쓰인다.
내 대화 수준은 중풍 걸린 개보다 나을 건 없지만 금붕어보다는
훨씬 낫다. 진화계통수*로 따져보면 그 차이는 수백만 년에 해
당한다. 결코 무시할 수 없는 차이다. 다른 한 가지는 얼마 전에
야 비로소 할 수 있게 되었다. 왼손 새끼손가락 움직이기. 불과
일주일 전부터였다. 그걸 하려면 고도의 정신 집중이 필요하다.
마침내 해낼 때마다 뉴턴이나 아인슈타인이나 다윈이 인간의 미

---

* 생물의 계통과 유연관계를 수상으로 표현한 것.

래에 새로운 길을 열었을 때 느꼈을 법한 뿌듯함을 느낀다. 물론 여러 조건이 완벽하게 들어맞아야 한다. 적어도 한 시간 전에는 내 몸에 영양분이 충분히 공급되어 있어야 하고, 화학 치료의 기본적인 네 원소를 복용하되 진정제는 먹지 않은 상태여야 하는 것이다. 무엇보다 '새끼손가락'만 생각해야 한다. 쓸데없는 생각은 조금도 해서는 안 되고, 근심걱정도 머릿속에서 최대한 몰아내야 한다. 만약 정신을 제대로 집중하지 못해 조금이라도 잡생각을 하면, 내 새끼손가락은 두 달 전처럼 꼼짝 못하는 고깃덩어리 같은 육신의 작은 말단으로 되돌아가버린다.

너무도 하찮아 보이는 동작이지만, 그래도 내 몸 상태를 고려할 때 획기적인 전환점임은 분명하다. 1978년 3월의 그 사고로 내 신경계가 합선으로 불이 나가버린 크리스마스트리의 꼬마전구들처럼 됐다면, 이제는 조금씩 감각을 되찾고 끊어진 부분들을 다시 연결하면서 재작동을 준비하고 있다고 해야 할 것이다. 새끼손가락의 기적이 바로 그 증거다. 무엇보다도 실망에 굴복해서는 안 된다. 암흑의 시기일수록 낙관주의가 필요한 법이다.

나는 새끼손가락을 움직일 수 있게 되었다는 사실에 고무되어, 아주 작은 감각에도 주의를 기울이고 기억을 복원해 정리하면서 낮 시간을 보내고 있다. 나를 이 병원 침대에 누워 있게 만든 사건들의 열쇠를 얻으려고 그 기억에 편집광처럼 몰입하면서. 그렇게 해서 마침내 내 의지와는 전혀 무관했던 외부 요인이 어떻게 내 운명을 결정짓게 되었는지 이해하게 되었다. 하지만 그 어울리지 않는 요소들의 혼합 과정에 촉매제 역할을 한 것이 바로 내 유약한 성격이었음을 이제는 안다. 다른 사람들이 모든 걸 가차 없이 버리고 떠났을 때도, 나는 하늘이 내 머리 위로 무너져내리기를 얌전히 앉아 기다렸다. 내 힘으로는 그 상황을 전혀 변화시킬 수 없다고 확신하면서.

모크타르와 마담 스카폰이 연인 사이가 된 건 틀림없이 내 의지를 넘어선 사건이다. 그리고 그들의 관계가 발전하는 데 내가 어떤 역할을 했는지 나로서는 전혀 알 길이 없다. 내가 짐짐 슬레이터와 만난 다음 날 '우뚝 선 배'에 그 작은 노부인을 데려간 것 말고는. 하지만 그런 일이 일어날 줄 어떻게 알았겠는가? 사실 모크타르와 마담 스카폰의 만남은 모든 예상과 논리를 뒤엎었다. 그것은 우정도 아니었고, 똑같이 고통스러운 과거를 가졌다는 사실에 감격한 동병상련의 감정도 아니었다. 그들의 만남은 사랑의 급류, 앞을 가로막는 모든 장애물을 단숨에 휩쓸어버리는 격렬하고 힘센 사랑의 급류였다. 마담 스카폰이 늙었다거나, 그녀의 살결이 장미 꽃잎보다는 참나무 널빤지를 닮았다거나, 그녀의 몸이 제대로 작동하지 못해 끊임없이 고장을 일으켜 폐기 처분될 날만 기다리는 기계 같다거나, 그녀의 인생 내력이 그녀를 지독한 편집광으로 만들었다는 사실은 모크타르에게 전혀 중요하지 않았다. 그 모든 것은 그에게 조금도 중요한 문제가 아니었다. 모크타르는 마담 스카폰을 사랑하게 되었다. 그녀를 너무도 격렬하게 사랑하고 욕망한 나머지, 화장실에 그녀가 깜박하고 두고 간 머리핀만 보아도 발기가 되어 고통스러울 지경이었다.

"이봐." 모크타르가 내게 말했다. "난 여태까지 내가 사랑이 뭔지 잘 안다고 생각했어. 사랑이라는 단어를 생각하면 자연스럽게 한 여자가 떠올라. 그녀는 너무 아름다워서, 산악지대의 태양처럼 쳐다보기만 해도 눈이 시릴 정도였지. 그녀의 아버지는 염소를 닮고 어머니는 암퇘지처럼 생겼는데 그녀 같은 자식이 나왔으니 그야말로 기적이었지. 그녀 아버지가 사정을 하던 바로 그 순간, 신이 손가락으로 그의 불알을 살짝 튕겨줬던 게 틀림없어. 어쨌든 나는 그 여자를 사랑한다고 믿었어. 그래서 다른 모든 사내들처럼 그녀 주변을 맴돌면서 눈에 들려고 무진장 노력했지. 그녀 집 앞에서 오랫동안 서성이며 기다리기도 하고, 꽃을 보내기도 했어. 그녀의 방 창문 아래에서 노래도 불렀지. 그러다 마침내 그녀가 그 숱한 사내들을 마다하고 내게 마음의 문을 열었어. 난 마을 밖에 있는 헛간에서 은밀하게 만나자는 약속을 얻어냈지. 그녀를 내 품에 안으니 아틸라*가 된 기분이었어.

일 초 일 초가 지날 때마다 그녀가 사라지기라도 할까봐, 최선을
다해 그녀를 애무했어. 난 생각했지. '이건 불가능한 일이야, 난
지금 꿈을 꾸고 있는 거야.' 하지만 점점 더 용감해져서 그녀에
게 옷을 벗으라고 했어. 그러자 그녀는 살짝 교태를 부리면서 말
했어. '안 돼요.' '몰라요.' 여자들은 하나같이 자기가 약속 장소
에 나오고 싶어서 나온 게 아니라고 말하지. 하지만 결국 옷을
벗더군. 그렇게 해서 신이 불알을 건드려준 사내의 딸이 실오라
기 하나 걸치지 않은 몸으로 내 앞에 있게 되었지. 나는 사도가
된 것 같았어. 난 선택받은 자였고, 성자 중의 성자였어. 복음서
를 쓸 수도 있을 것 같았지. 그런데 갑자기 이상한 느낌이 나를
사로잡는 거야. 내 앞에는 인류 역사상 가장 아름다운 여자가 알
몸으로 서 있었어. 그런데도 나는 욕정에만 사로잡혀 있었지. 나
는 헛간의 작은 천창 너머 푸른 하늘과 여름, 풀들을 어루만지는
바람을 바라보았어. 그리고 생각했지. 저 여자, 나는 저 여자를
사랑하는 게 아니라고. 그때 문득 그녀가 장기와 근육과 혈관과
기관, 온갖 종류의 반사신경이 솜씨 좋게 배치되고 결합된 존재
에 불과하다는 생각이 들었어. 그러자 끔찍한 구역질이 치밀어
오르더군. 그런데 있지, 마담 스카퐁에게는 그런 생각이 전혀 들

---

* '신의 재앙'이라 불리며 유럽을 공포의 도가니로 몰아넣었던 훈족의 왕.

지 않아. 내 눈에 보이는 건 그녀의 영혼이야. 그녀의 영혼은 내 심장을 다시 따뜻하게 덥혀줘. 중요한 건 겉모습이 아니라 내면 이야."

모크타르, 그는 훗날 나에게 고백했다. 마담 스카폰을 본 순간 사랑에 빠졌다고. 그가 표현한 그대로를 옮기자면, 그녀와 그의 영혼이 만나는 순간 서로 아귀가 딱 들어맞은 것 같았다. 반면 마담 스카폰은 모크타르의 까칠한 영혼에 다가가기까지 더 많은 시간이 걸렸다. 그녀의 나이와 살아오면서 겪은 시련이 그녀의 가슴속에 때로는 어둡고 때로는 환한, 예측 불가한 모순된 감정의 미궁을 아로새겨놓은 것이다. 모크타르와 처음 만난 날, 그녀는 집으로 돌아가 울었다. 이유를 모르는 채, 몸속에 있는 눈물이란 눈물은 모두 쏟아냈다. 그 뒤 얼마 지나지 않아, 그녀는 늙은 여자들이 잘 걸리는 불가해한 병에 걸렸다. 모크타르는 그녀의 소식을 묻기 위해 나에게 끊임없이 전화를 해댔고, 전화를 하지 않을 때면 그녀를 직접 찾아가 차와 슬로베니아 과자를 만들어주고, 그녀의 아파트를 청소해주고, 그녀에게 자기 가족의 비극적인 내력을 들려주고, 그녀의 가족 이야기에 귀를 기울였다. 전쟁과 군대를 혐오하면서도, 그는 자신이 군인 출신이라는 것을 자랑스럽게 여겼다. 그리고 며칠 뒤, 그는 더 주저하지 않고 사랑을 고백했다. 마담 스카폰은 즉시 그를 내쫓았다가 불러들이고, 정작 그가 다시 오면 문을 열어주지 않고, 그가 만들어 온 슬로베니아 과자가 상했다고 괜한 트집을 잡고, 여윈 품 안에 그를 끌어안고 젊은 여자처럼 열정적으로 입을 맞추다가 이내 살 바토레에 대한 기억을 배신한 것에 수치심을 느끼고, 자신의 행동을 후회하고 원망하면서 다시 그를 내쫓았다. 바로 그날 밤, 그녀는 자기 옷장에서 제일 아름다운 원피스를 꺼내입고 모크타르의 집으로 갔다. 처음에는 그에게 온갖 욕설을 퍼부었다. 그녀는 앞날이 구만리인 젊은 남자가 할머니뻘 되는 나이에 그것도 모자라 과부이고, 이제는 병이 나서 조만간 죽을지도 모르는 여자를 사랑해서는 안 된다고 말했다. 그러고는 그날 오후에 그랬던 것처럼 그를 으스러져라 끌어안았다. 그녀의 몸은 불같이 뜨겁게 타오르면서 서른 살로 되돌아갔다. 욕망의 기계장치는 다시 움직이기 시작했고, 그 무엇으로도 멈출 수 없는 폭주 기관차처럼 달렸다. 그녀는 모크타르의 바지를 벗기고 그의 성기를 게걸스럽게 먹었다. 그는 황제처럼 최고의 오랄 섹스를 받았다. 그들은 껴안은 채 마룻바닥 위를 마구 뒹굴면서 두 사람 사이를 가로막는 천들을 거칠게 잡아당겼다. 아름다운 원피스가 찢어졌다. 하지만 원피스의 주인은 아랑곳하지 않았다. 모크타르는 사랑에 대해, 재회한 영혼들에 대해 말했고, 그의 말은 마담 스카폰의 가슴에 그대로 꽂혔다. 그녀는 텔레비전 연속극 주인공처럼 "사랑해, 사랑해, 사랑해"라고 화답했다. 어찌된 영문인지 알 수는 없지만, 마침내 그들은 침대 위에 있었다. 마담 스카폰의 가슴에 가까스로 남아 있던 남편에 대한 사랑과 죄의식은 산산이 부서져 반쯤 열린 창문을 통해 사라졌다. 그녀는 밀림의 영혼이었다. 그녀는 노호하는 바다요, 폭풍우였다. 아주 오랜 시간이 지난 후 드디어 고요가 찾아왔고, 모크타르는 잠이 들었다. 그는 사랑하는 여자의 머리칼 내음이 밴 꿈을 꾸었다. 그가 살아오면서 꾼 가장 아름답고 평화로운 꿈이었다.

하지만 가장 열정적인 사랑 이야기 뒤에는 험난한 시련이 따라오게 마련이다. 특히 그 사랑의 주인공이 마담 스카폰과 모크타르만큼 복잡한 인성을 가진 경우에는 더더욱. 이튿날 아침, 슬로베니아 군인 출신의 남자는 텅 빈 침대에서 눈을 떴다. 그는 사방으로 전화를 걸었지만, 방금 자기 곁을 떠난 여자를 찾아내지 못했다. 그는 암거래를 하다가 얽히고설키게 된 인맥을 동원했다. 열두어 명의 남자들에게 그 작은 노부인의 인상착의를 설명해주고, 제일 먼저 그녀를 찾아 데려오는 사람에게는 상금을 주겠다고 약속했다. 하루 낮이 지난 후, 남자들은 도시의 모든 병원을 샅샅이 뒤지고, 모든 이웃과 술집 주인들에게 수소문을 했다. 그렇게 해서 마침내 열다섯 살 소년이 마담 스카폰을 찾아냈다. 소년의 까막눈이나 다름없는 형이 도시 외곽의 한 허름한 호텔에서 보이로 일하고 있었는데, 바로 그 호텔에서 그녀를 찾아낸 것이다. 그 가련한 여인은 터무니없이 비싼 돈으로 호텔 방을 얻고 모크타르의 남근에 미쳐 날뛴 자신의 행동을 회개하려 했다. 모크타르는 지체하지 않고 호텔로 달려갔다. 그리고 자신을 제지하는 호텔 안내인의 면상에 주먹을 날려버리고 강제로 문을 열고 들어가, 죽어가는 그리스도와 같은 열정으로 연인을 얼싸안았다. 마담 스카폰은 저항하면서 그에게 모든 걸 잊어야 한다고, 그날 밤 내내 어두운 방 안에 자살한 남편의 얼굴이 보였다고, 아직 남편을 잃은 고통에서 헤어나지 못했기 때문에 다른 남자와 잘 수 없다고, 두 사람 사이에 일어난 일은 남편에 대한 개인적인 모독이라고, 자기를 당장 조용히 내버려둬달라고 말했다. 모크타르는 부스코프 대령, 바스마치, 스바르빅을 떠올렸고, 그런 헛소리를 듣고 있기에 인생은 너무 짧다고 생각했다. 그는 마담 스카폰을 격정적으로 끌어안았고, 침대와 싸구려 인조대리석으로 장식된 좁은 욕실 사이에서 사랑을 나눴다. 그녀는 그를 할퀴고, 물어뜯고, 그만 하라고 소리쳤지만, 달리고 있는 기관차에 대고 소리를 질러대는 거나 마찬가지였다. 그녀는 그가 끝마치도록 내버려두었다. 그리고 그의 잠든 모습을 바라보면서, 그의 황소처럼 굵고 억센 목덜미와 숱 많고 짙은 머리칼과 소녀같이 섬세한 눈썹을 보면서 눈물을 흘렸다. 바로 그 순간, 마담 스카폰은 모크타르와 사랑에 빠졌음을 느꼈다. 그녀는 남편에 대한 추억을 다른 해묵은 기억들 옆에 조심스레 내려놓았다. 그리고 슬로베니아 남자의 얼굴에 한 손을 올려놓고 따뜻한 욕조 속에 잠기는 듯한 감미로움을 느끼면서, 앞으로 새롭게 펼쳐질 이야기에 몸을 내맡겼다.

13

앞서 말했듯, 나의 현재 상황은 내 성격의 결함에서 비롯된 것이기도 하지만 내 의지와는 무관한 요인들 때문이기도 하다. 내가 짐짐 슬레이터와 죽음의 대면을 하고 난 다음 날, 그러니까 모크타르와 마담 스카폰이 만난 바로 그날은, 다오 민이 자신과 상관없는 일에 끼어들기로 결심한 날이기도 했다. 사건과 요인을 분류하고자 하는 나의 시도를 끝까지 밀어붙이기 위해 재차 분명히 밝혀두는데, 슬로베니아 하사관과 내 이웃 노파가 만난 것은 내 의지와 무관하다. 물론 그 베트남 요리사가 일련의 사건에 뜻하지 않게 끼어든 것은 순전히 내 성격상의 결함 탓이긴 하지만.

몇 명 되지 않는 소규모의 베트남 공동체는 '우뚝 선 배'에 정기적으로 모여 고국의 음식을 함께 나눠먹으며 고향의 맛을 되새기고, 모국어로 웃고 떠들고 정치인들을 헐뜯어가면서 몇 시간씩 마작을 즐겼다. 마작 고정 멤버 중에는 항상 정성스레 외모를 가꾸고 다니는 젊은이가 있었는데, 다오 민은 그를 총애했다. 청소 용역 일을 하는 그는 언덕에 사는 부자들의 변기와 욕조를 윤이 나게 닦고, 구리 그릇이나 수도꼭지, 펌프를 박박 문질러 번쩍번쩍 광을 내고, 양탄자를 햇볕에 내걸고 힘차게 두드리면서 명성을 쌓아오고 있었다.

그는 머리가 아주 비상해서, 상대방이 무슨 패를 쥐고 있는지 훤히 꿰뚫어보고 제 마음대로 판을 쥐고 흔드는 마작의 고수였다. 다오 민이 믿고 있기로 그는 사이공 대학에서 우수한 성적으로 핵물리학 학위를 받았지만, 이곳에 온 후로는 전공을 전혀 인정받지 못했다. 그래서 그처럼 고학력자임에도 불구하고 온갖 잡일을 하면서 입에 풀칠을 해야 했고, 그런 자신의 현실을 견딜 수 없어했다. 그는 자신의 고매하고 천재적인 신경조직을 아랑곳 않고 짐바리 짐승처럼 부려대는 고용주들에게 때때로 험한 생각까지 품게 되었고, 그들의 평판에 치명타를 입힐 방법을 자주 궁리했다. 그런 연유로, 그는 무수한 험담과 가십과 음담패설로 가득 찬 '우뚝 선 배'에 오는 것을 유일한 낙으로 삼았다. 그가 내용을 약간 더 부풀려 전하는 이야기를 듣고 있노라면, 언덕에 사는 부자들은 파렴치함과 악취미라는 관점에서 보면 소돔과

고모라 사람들을 능가하고도 남을 족속이 분명하다는 생각이 절로 들었다.

그 젊은이는 물수건처럼 알코올에 흠뻑 젖어 사는 사업가 밑에서 일하다가 짐짐 슬레이터 수하로 들어가게 되었다. 짐짐 슬레이터는 자신의 재산 목록에 동양인 하인 한 명이 추가되는 걸 근사하게 여겼다. 모크타르는 내가 처한 곤경을 다오 민에게 귀띔해주었다. 그러자 다오 민은 그 가수에 관한 상세 정보를 입수하는 것이 내게 얼마나 유익하고 중요한 일인지 장황하게 떠들어댔다. 아프타 열병과 보툴리누스균 중독을 예로 들면서, 내 인생을 썩어들어가게 하는 인간들은 그 열대병과 같고 그들에 대해 아무것도 모르고 있다가는 결국 그들 손에 쥐도 새도 모르게 죽을 거라는 것이었다. 나는 그 말에 설득당해 그 마작 챔피언을 만날 의향이 있다고 대답했다. 잠시 후 다오 민은 한 젊은이를 데리고 다시 나타났다. 밴텀급 정도로 보이는 덩치에, 몸에 맞지 않는 싸구려 양복을 입어서인지 어딘지 모르게 어색하고 불편해 보이는데다, 공산체제에서 대량 생산된 도수 높은 안경을 써서 눈이 기형적으로 커 보이는 젊은이였다.

다오 민은 우리를 식당 안쪽으로 몰고 갔다. 그곳은 캐슈너트 냄새가 배어 있는 일종의 뒷방으로, 푹 꺼진 낡은 소파가 놓여 있었다. 다오 민은 소파에 우리를 앉히면서, 여긴 아주 조용하기 때문에 은밀한 이야기를 나누기에는 그만이라고 했다. 작달막한 기술자는 어딘지 모르게 불안해 보였다. 그는 고목 잔가지들을 부러뜨리듯 손가락 관절을 딱딱 꺾으면서, 문에 난 조그마한 구멍으로 식당에 드나드는 사람들을 계속 엿보았다.

"난 불안해, 불안하다고. 그들은 물불을 가리지 않아요. 무슨 짓이든 할 수 있다니까요. 그러니까 이건 미지수가 너무 많은 방정식이에요. 예상되는 점근선*이 전혀 마음에 들지 않아. 이 끝장난 도시의 후미진 뒷골목에서 목이 잘려나간 내 모습처럼 생겼거든. 내가 지금 무슨 말을 하는지 이해하겠어요?"

내가 눈길을 주지 않자, 그는 소파에 앉은 채 몸을 흔들면서 또다시 손가락 관절을 뚝뚝 꺾기 시작했다.

"내 말뜻은, 그러니까 그들은 수단과 방법을 가리지 않는다, 이겁니다. 그들은 카롤린이라는 여가수의 순회공연에 퀴즈쇼를 진행하는 전직 조종사와 텔레비전 제작팀이 동행할 거라는 사실을 알아냈어요. 그건 엄청난 광고 효과를 가져올 겁니다. 세기의 순회공연, 우리 손자 세대도 그 녹화방송을 보게 되겠지요. 카롤린 르몽시드는 이 전쟁의 진정한 상징이 될 겁니다. 우린 몇몇 승리와 패배, 그리고 만취 상태의 장군들이 씨부렁댄 몇몇 선언

---

* 좌표 평면에서 X값이 양이나 음으로 점점 커짐에 따라 어떤 곡선이 일정한 직선에 한없이 가까워질 때, 그 직선을 곡선에 상대하여 이르는 말.

을 기억하게 되겠죠. 하지만 그 모든 것을 넘어서, 날아오는 총 알과 포탄으로부터 병사들을 보호해주는 건 카롤린의 목소리일 것이고, 탱크에 깔려 온몸이 아작나기 전에 봐야 할 건 카롤린의 모습일 것이고, 애인들에게서 온 연애편지보다 더 큰 위안을 주는 것도 바로 카롤린일 겁니다. 당신과 미니트립 사이에 일어난 일, 그건 짐짐의 자존심을 건드렸다는 점에서 의미심장한 사건이에요. 그런데다 점점 높아지고 있는 카롤린의 인기가 불에 기름을 들이부은 격이 된 거죠. 그런 문제들과 맞물려 형편없이 곤두박질치고 있는 자신의 인기 때문에 짐짐은 점점 더 기분이 나빠진 겁니다. 하지만 무엇보다 텔레비전 제작팀이 카롤린의 순회공연마다 따라다닐 거라는 이야기는 짐짐을 공동묘지에 생매장시킨 거나 다름없는 거예요. 그에게는 파라오를 덮치는 일곱 재앙이자, 거역할 길 없는 묵시록이죠. 요즘 짐짐은 날마다 난도질당하는 듯한 끔찍한 복통 때문에 자주 한밤중에 잠에서 깨요. 그러고는 숨을 못 쉬겠다고 계속 칭얼댑니다. 그럴 때마다 나는 어린아이 다루듯 그에게 따뜻한 우유를 먹이고 시간이 늦었으니 자야 한다고 다독여야 하죠. 그 일본 남자도, 그의 두 친구도 당신에 관해서라면 속속들이 알고 있을 겁니다. 그들은 당신을 옴짝달싹 못하게 붙잡아둘 방법을 알아요. 그리고 당신이 어서 일을 처리하도록 사람을 보내 '자신들의 뛰어난 기억력을 환기시킬 필요가 있다'는 얘기도 자주 하고 있어요. 그들은 안하무인인데다 잔인무도한 자들이에요. 사람 목숨을 파리 목숨보다 우습게 아는 놈들이라고요. 물론 나도 그들을 피해갈 수는 없죠. 그들은 내가 다오를 알고 다오가 당신을 안다는 것도 알아요. 그게 뭐 대수냐고 생각할 수도 있겠지요. 하지만 그렇게 그들이 신경이 날카로울 때는, 그 대수롭지 않은 게 예측 불가능한 결과를 낳을 수도 있어요. 내가 불안해하는 건 바로 그 때문입니다. 내 목이 잘려나갈 거라고 예상하는 것도 바로 그 때문이고."

키 작은 베트남 청소부는 다시 손가락 관절을 딱딱 꺾었다. 불안 때문에 그의 미간에 깊은 세로 주름이 잡혔다. 그는 나에게 고향에 있는 부모와 자신의 연구 논문에 대해 말했고, 초점이 흐릿한 사진을 보여주며 그 사진 속 남동생에 대해서도 이런저런 이야기를 들려주었다.

그후로 우리는 다시 만나지 못했다. 우리가 만나서 그런 이야기를 나누고 며칠이 지난 후, 그는 시체로 발견되었다. '우뚝 선배'의 쓰레기통 옆, 피를 흘리며 뻣뻣하게 굳어 있는 작은 몸뚱이의 모습으로. 그의 점근선이 예견한 대로 목이 잘린 게 아니라, 잭나이프에 얼굴을 난도질당한 채였다. 그것은 죄책감이라고는 모기에게 등을 뜯긴 코끼리만큼도 못 느끼는 후안 라울이 자신의 솜씨임을 알리기 위해 남긴 잔인한 표식이었다.

14

어제까지만 해도 지구에서 어설픈 천체망원경으로 관측한 화성처럼 아득하게 느껴지던 내 손가락이 오늘은 방금 부화한 도마뱀 새끼만큼이나 힘이 넘친다. 어떤 화학물질이 이런 기적을 가능케 한 것일까? 내 정맥 속에 방울방울 떨어진 어떤 신비로운 칵테일? 그건 별로 중요하지 않다. 나는 미친년 같은 '니코틴'의 음울한 얼굴에 주먹을 한 방 날리는 꿈을 꾸기 시작했다. 그녀는 점점 더 자주 '모놀로그 공연'에 빠져들고 있다.

"멍청한 자식, 불쌍한 얼간이. 도대체 무슨 생각을 하고 있는 거야? 네가 누구라고 생각하는 거냐고? 너도 네 꼬락서니를 봤겠지. 아무짝에도 쓸모없는 놈, 축 늘어진 자지하며……"

그녀는 이렇게 말하고는 내 팔을 세게 한번 꼬집는다. 꽉, 아야! 그러고 나면 둥그스름한 보랏빛 멍이 드는데, 그 멍이 사라지려면 꼬박 하루가 걸린다. '니코틴'의 얼굴은 알프스 정상만큼이나 차갑고, 목소리는 깨진 얼음 모서리만큼이나 날카롭다. 그녀는 자기 안에 내재된 폭력성의 발작과 맞서 싸우고 있는 것 같다. 그러다 갑자기, 그녀가 마구 쏟아내던 욕지거리의 물결이 잦아든다.

"개새끼, 개……"

어떤 강렬한 증오의 물결이 그녀를 자극하는 것 같다. 그녀는 팔을 반쯤 들어올리고 오른손에 하얀 자갈을 꽉 움켜쥔 채, 침대 쪽으로 한 걸음 다가온다. 자신이 내 얼굴을 내려칠 거라는 걸 내가 이미 예상하고 있을까봐 몸을 떨고 있다. 그러다 마지막 순간에 생각을 바꾸면서 숨을 몰아쉬고, 나를 불쌍히 여기는 표정으로 바라보며 고개를 가로젓는다.

"불쌍한 개새끼."

그러고는 힘차게 움직이는 내 새끼손가락과 삐삐거리는 기계음만 남겨두고 병실을 나가버린다.

손가락의 활기찬 움직임을 따라 내 기억도 움직이면서, 요실금 환자의 괄약근처럼 비틀리고 수축하고 이완하기를 되풀이한다. 1978년 3월, 세상을 뒤집어엎을 듯이 엄청난 굉음이 울리던 그날 밤의 내 존재가 기억 속에서 일제사격처럼 되살아난다. 그리고 어느 날, 나의 지난 삶에서 가장 놀라운 기억이 떠올랐다. 그것은 엄청난 기억, 바다만큼이나 광활하지만 여전히 내 뇌장의 잿빛 물질 속에, 뇌막의 구불구불한 어둠 속에 웅크려 숨어 있어 보이지 않았던 기억, 내 뼛속 깊이 새겨진 어떤 기억이었다. 내가 카롤린을 사랑했다는 기억. 그리고 그보다 훨씬 더 열렬하게, 여전히 그녀를 사랑하고 있다는 기억. 내가 그 기억을 떠올린 건, 명왕성의 기온이 급상승하는 바람에 태양이 얼어붙어 있던 지구 표면을 뜨겁게 달구다 결국 온갖 광물들을 폭발시켜 어마어마한 불길이 솟구쳐올라 끔찍한 침하가 일어난 것과도 같았다. 나는 사랑한다, 사랑한다, 사랑한다, 사랑한다, 사랑한다, 카롤린을, 너는 태양, 나는 명왕성. 너는 뜨거운 불가마, 나는 함몰되는 늪, 나는 녹아내리는 물질, 나는 대기 현상, 너는 불타는 별, 나는 하얗게 달구어진 자갈. 카롤린, 내 기억 속에 놓인 잉걸불, 온기 없는 화물짝이며 음울한 채색삽화이며 수치스러운 차선책들에 지나지 않은 미니트립 무리에 대한 기억을 네게 바쳐진 창백한 만물처럼 태워 없애는 너는 내 사랑, 카롤린.

15

적의 폭력 앞에서
총부리 앞에서
죽음 앞에서
이곳의 용맹한 병사보다
더 강한 건
아무것도 없다.

그들이 우리의 마을들을 파괴할 때
우리 아이들의 배를 가를 때
무시무시한 얼굴들 앞에서
살육의 핏빛 앞에서

우리네 소녀보다
더 온유한 건
아무것도 없다.

그래, 우리도 똑같이 파괴해주마,
마을에는 마을
돼지에는 돼지
그리고 거침없는 단 한 번의 몸짓으로
아이에는 아이,
우리를 화나게 한
적을 용서해선 안 되니까.
그래, 그렇고말고.

카롤린은 리듬에 맞춰 한 발 한 발 내디딜 때마다 몸을 좌우로
흔들면서 낮은 목소리로 노래를 부르고 있었다. 이 뮤직비디오
의 연출자는 이륙중인 F-16 전투기의 영상을 배경에 넣고(이
영상에는 분명하진 않지만 암시적인 뭔가가 있었다), 간주가 연
주되는 동안에는 군인들의 모습을 넣었다. 총과 탄띠를 땅바닥
에 풀어놓고, 철모를 깔고 앉아 담배를 나눠 피우면서 서로의 등
을 툭툭 두드려주는 장면들.

카롤린의 얼굴은 창백함이 강조되었고, 회색 눈동자가 더욱 신비로워 보이도록 평상보다 좀더 과다 노출되어 있었다. 나는 그녀가 바로 그런 유령 같은 자신의 모습을 좋아해 첫 음반 재킷에도 그 이미지를 그대로 썼던 것을 기억한다. 하지만 그 사진은 그녀의 얼굴에서 입체감을 지워 실물보다 훨씬 더 나이 들어 보이게 했다. 아마 그 때문에 사람들은 그녀를 스물너덧 살쯤으로 생각했을 것이다. 그 사진에서는 도저히 열아홉 살로 보이지 않았다.

그녀는 젊음을 좋아하지 않았다. 그녀가 그 사진을 좋아했던 것도 바로 그 때문이다. 그녀에게 젊음은 일종의 질병이었다. 회복하기까지 오랜 세월이 걸리는 병, 다양한 증상이 나타나는 가운데 언제나 고통스럽고 때로는 수치심을 불러일으키는 병. 하지만 그녀의 지난 삶은 바흐의 어느 서곡처럼 마음을 가라앉혀주는 안정된 규칙성을 갖고 있었다. 다정하게 정을 나누는 곤충들과 간질에 걸린 듯한 작은 설치류들, 짝짓기를 하는 암사슴들, 그리고 그녀에게 인생이란 악이라고는 찾아볼 수 없는 월트디즈니 애니메이션 같은 것이라 느끼게 해주는 애벌레들의 즐거운 행렬로 가득한 아름다운 숲 근처의 초등학교. 그후 그녀는 명문 중고등학교에 다녔고, 거기서 두 명의 남자친구를 사귀었다. 열다섯 살 때 그녀는 첫번째 남자친구를 만났다. 그 남자친구와 잠을 자지는 않았지만 껴안고 입을 맞춘 적은 많았다. 애무로 말하자면, 소년은 소녀의 가슴만 만졌다. 그는 자연과학에 심취한 남학생처럼 세심하게 그녀의 젖가슴을 몇 시간이고 계속 주물러댔다. 그리고 거기서 완전한 충족감을 느꼈다. 둘이 헤어지기 얼마 전에야 비로소 소년은 좀더 아래쪽에도 관심을 갖고 탐사하려 했다. 하지만 더 많은 것을 발견하고 개척할 수 있었음에도 언제나 치모가 시작되는 부분에서 멈추었다. 그가 그 선을 넘지 않아, 카롤린의 몸 안에는 안도의 감정("열다섯 살, 아직 너무 어려서 안 돼……" 그녀는 입으로는 그렇게 말했다)이 뒤섞인 야릇한 아쉬움("그의 손길은 벨벳 같았는데……")이 남았다. 그 아쉬움은 오랫동안 그녀의 에로틱한 상상에 영향을 미쳤음이 분명하다.

나머지 한 명은 그녀가 열여덟 살 무렵에 알게 된 남자였다. 이전의 삼 년간은 리비도라는 측면에서 볼 때 상당히 비정상적이었다. 그녀의 여자 친구들 대부분은 끝없이 길게 늘어선 가벼운 연애 상대들에게 거리낌 없이 몸을 맡기는 반면, 카롤린의 섹스는 혼수상태에 빠진 것 같았다. 마치 따뜻한 땅굴 속에 몸을 둥글게 말고 있는 비단처럼 보드라운 마멋처럼.

그녀의 부모는 조그만 냉동운송회사를 운영했다. 그래봤자 소형 트레일러인 메르세데스 한 대, 그리고 석 대의 대형 냉장고를 들여놓기 위해 개조한 도요타 트럭 한 대가 전부였지만. 트럭은 카롤린의 아버지가 운전했고, 소형 트레일러는 울퉁불퉁한 근육과 승강기 케이블처럼 억세고 단단한 힘줄을 가진 직원이 운전했다. 낭자한 피와 추위 앞에서도 움츠러들지 않을 것 같은 그의 얼굴은 카롤린이 언젠가 지리 책에서 본 라플란드 지역의 사냥꾼을 연상시켰다. 사냥꾼 사진 밑에는 다음과 같은 글이 실려 있었다. "라플란드 사냥꾼은 언제나 극한의 상황에서 생존해야 하기 때문에 오직 아내와 가정의 안위만 생각하는 무례하고 무뚝뚝하고 말없는 사나이가 되었다."

카롤린이 매끈하게 연마한 강철판처럼 번들거리고 활력 넘치는 얼굴로 제 덩치보다 큰 냉동 고깃덩어리들을 트레일러에 싣고 있는 그와 마주쳤을 때, 저주파수의 파동이 그녀의 엉치뼈 한가운데에서 발생해 척추를 따라 올라오면서 배와 가슴의 체온을 몇 도쯤 상승시켰다. 그때부터 카롤린은 창고 앞을 자주 서성이며 그 속물 같은 표정의 라플란드 사냥꾼과 어떻게든 마주치려 애썼고, 아주 작은 먼지 한 점이 우주의 모든 테스토스테론보다 중요하다는 듯 자신의 원피스 자락에 붙은 상상의 꽃가루를 떼어내며 내숭을 떨었다.

남자는 마침내 음악을 들려주겠다며 그녀를 트레일러 안으로 초대했다. 그녀는 바쁘지만 어렵게 짬을 내는 척하면서 트레일러에 올라탔고, 라플란드 사냥꾼은 카세트로 이탈리아 오페라들을 들려주었다. 분명 그 시절 그녀는 오페라에 대해 아무것도 몰랐고, 이탈리아어 역시 전혀 몰랐다. 게다가 그 두 가지가 흔히 짝을 이룬다는 것조차 몰랐다. 사실 그런 건 전혀 관심에도 없었다. 아주 가까이에 있자 남자에게서는 엄청난 냄새가 났다. 피비린내와 서리 냄새, 그녀는 그 냄새가 너무 좋아 담아다가 얼굴에 뿌리고 싶을 정도였다. 라플란드 사나이 역시 카롤린에게서 풍기는 장미향이 나쁘지 않았다. 그들은 서로의 냄새가 좋아, 마침내 발가벗고 한데 엉클어져 땀을 뻘뻘 흘리고 작은 신음 소리를 내지르게 되었다.

그녀가 음악을 하게 된 건 바로 그런 연유에서였다. 첫 만남 이후로 라플란드 사나이와 그녀는 툭하면 함께 고기 배달을 하러 다녔다. 남자는 그녀에게 푸치니나 베르디 같은 음악을 들려주었다. 그들은 함께 노래를 부르고 서로의 서리 냄새와 장미 향기를 맡으면서, 트레일러의 비좁은 공간 안에서 상대에게 뒤질세라 애무를 했다. 그리고 카롤린의 귀와 목소리는 하루가 다르게 다듬어져갔다.

16

그날 아침 나는 미친 사람처럼 횡설수설하는 '니코틴'에게 생명의 위협을 느꼈다. 그때는 정말로 내 생애 최후의 순간이 왔다고 생각했다. 북반구에서 한랭전선이 대거 밀려오기 시작하는 가을철처럼, 몹시 춥고 창백하기 그지없는 끔찍한 새벽이었다. 새벽은 우울함을 위한 시간이다. 나는 천장에서 줄지어 날아가는 초록색 파리 몇 마리를 쳐다보고 있었다. 그때 내 얼굴 위로 간호사의 얼굴이 불쑥 나타났다. 운 것 같았다. 그녀의 얼굴은 백지장처럼 새하얗고 눈은 일본 잉어처럼 검붉고 끈적끈적해 보였다. 무시무시한 얼굴. 그녀는 한동안 그렇게 나를 내려다보더니 갑자기 내 얼굴에 대고 소리를 지르기 시작했다.

"개새끼, 살인자, 천벌을 받을 놈!"

그러고는 그도 모자라 내 몸을 난폭하게 흔들어댔고, 그 때문에 내 팔과 콧속에 꽂혀 있던 튜브들이 딸깍딸깍 소리를 내면서 뽑혀나갔다. 그런데도 그녀는 계속 소리를 지르면서 내 목을 움켜잡고 조이기 시작했다. 내가 움직일 수 있는 거라고는 새끼손가락뿐이었다. 내 새끼손가락은 용감한 작은 병정처럼 '니코틴'의 갑작스러운 공격을 혼자서 막아내기 위해 고군분투했다. 내 눈에 검은 점 한 무더기가 보였다. 나는 병실에서 이런 식으로 너절하게 생을 마감하게 되는구나 생각했다. 혼자서, 온몸이 마비된 채, 미친 간호사의 손아귀에.

그때 여자 수련의가 병실로 뛰어들어와 '니코틴'을 내게서 떼어내고 소리를 질렀다.

"미쳤어요? 그만둬요, 그럴 가치도 없어. 만약 이 사람이 죽어야 한다면, 법의 심판에 의해 죽게 해야 해요. 우린 이자와는 달라……"

이번에는 수련의가 울기 시작했다. 그러다 어느새 두 여자는 함께 울고 있었다. 서로 끌어안은 채. 마치 르네상스 시대의 그림 같은 장면이었다. 이윽고 의사가 병실로 들어와 무슨 일이냐고 물었다.

"아무 일도 아니에요." 작은 천사가 말했다.

"아무것도 아닙니다." 뚱뚱한 암소가 말했다.

의사가 나를 보았다. 나는 그의 시선이 전혀 마음에 들지 않았다.

"이 환자에게 링거와 의료기기들을 다시 연결해요." 그는 그렇게 말하고 병실에서 나갔다.

자그마한 몸집의 수련의가 '니코틴'에게 괜찮겠냐고 물었고, '니코틴'은 그래, 고맙다, 마음을 가라앉히고 이 환자에게 다시 기기들을 연결하겠다, 고 대답했다. 수련의도 병실에서 나갔다. 그래서 나와 뚱뚱한 암소 단둘이 남게 되었다. 나는 불안했다. 하지만 그녀는 아주 조심스럽게 내 팔과 코에 기기들을 다시 연결하고, 베개를 받쳐주고, 시트를 얌전하게 덮어주었다. 그러고는 비누 냄새와 담배 냄새를 풍기면서 내 위로 몸을 기울이고는 위협적인 어조로 내가 빨리 회복되기를 바란다고 말했다. 하지만 그후에 일어난 일들은 내가 그렇게 겁을 먹었던 게 아무 근거 없는 게 아니었음을 증명해주었다.

17

수지, 그 비열한 작자 '완두콩' 로베르를 온 마음을 다해 사랑했던 수지는 그가 살해당했다는 소식에 전혀 예상치 못한 반응을 보였다. 모크타르가 아무리 동생의 행복을 위해서였다고 말해도 수지는 들으려 하지 않았고, 그때부터 그녀는 그, 나, 친구들, 세상 모든 사람들과 말을 하지 않았다. 그리고 군인들의 숙영지 주변을 배회하기 시작했다. 그녀는 열두 살 아이에게나 맞을 성싶은 사이즈의 복숭아 색 미니스커트와 "Make love, not war(전쟁이 아닌 섹스를 하자)"라는 문구가 새겨진 티셔츠에 헤드폰을 쓴 채, 유치한 멜로디를 흥얼거리며 돌아다녔다. 사람들은 그녀를 향해 휘파람을 불어대며 열 개쯤 되는 외국어로 "갈보년"이라 부르며 야유를 보냈고, 그러면 그녀는 이렇게 대답했다. "사랑해, 사랑한다고, 100발만 주면 같이 자줄게." 모든 경쟁 상대를 가볍게 넉다운시킬 만큼 파격적인 가격 때문에 그녀는 빠르고도 확실하게 거리의 유명 인사가 되었고, 온갖 음란한 형용사가 따라붙은 수지의 이름은 밤마다 사내들의 입에 오르내렸다. 그녀는 새벽이 되어서야 정액 냄새를 풍기면서 어기적어기적 팔자걸음으로 오빠 집으로 돌아왔다. 그리고 한마디 말도 없이 방으로 올라가 샤워를 하고, '완두콩'의 이름을 나직이 되뇌며 잠이 들었다. 그녀의 새 올케가 된 마담 스카폰은 스포크 박사와 고든 같은 교육학자의 저서들과 『서머힐의 자유로운 아이들』을 읽고 영감을 얻어 온갖 교육적인 조언을 수지에게 해주었다. 하지만 수지는 자기를 그냥 내버려두라고, 자신의 행동은 자기 안에 내재된 불만, 이 세상에서의 자기 존재, 위기에 처했던 자신의 청소년기, 여성성, 아버지에 대한 거부감, 자신의 자아, 자의식, 본능적 충동과 업보를 표현하는 방식이라고 응수했다. 모크타르는 그 소란을 제대로 이해할 수 없었지만, 날이 갈수록 점점 더 열렬히 사랑하게 된 마담 스카폰을 굳게 믿었다. 그래서 경련증에 걸린 작은 새 수지는 밤마다 거리로 나가 단체 손님에게는 할인해주기도 하면서 싸구려 과일처럼 헐값에 몸을 팔았고, 기진맥진해서는 무엇을 원하는지 알 수도 없는 슬픈 눈빛으로 넋이 나가 집으로 돌아왔다.

마담 스카폰과 모크타르와 내가 카롤린 르몽시드의 암살 계획에 착수하기 시작한 건 바로 그런 독을 품은 분위기에서였다. 우리는 시간을 갖고 심사숙고하다보면 일을 성사시킬 멋진 해결책이 떠오를 거라 생각했고, 모든 돌발 상황에 대비해 A안은 물론 B안까지 구상해둘 생각이었다. 하지만 마작 챔피언이 내게 경계시켰던 히스테리, 짐짐을 사로잡고 있던 그 히스테리는 전혀 고려하지 못하고 있었다.

텔레비전에서는 전쟁에 관한 소식이 점점 더 자주 오르내렸다. 몇 달 전까지만 해도 전쟁이라는 주제는 게임쇼나 연속극 사이사이에 잠깐씩 언급될 뿐이었지만, 이제는 전쟁 상황을 더욱 실감나게 전하기 위해 카키색 전투복까지 차려입은 여자 아나운서들이 긴급 속보를 보도하는 횟수가 점점 더 많아지고 있었다. 텔레비전에서는 전방의 항공사진, 오랫동안 젖은 군복을 입고 생활한 탓에 온몸이 허옇게 불어 구더기 같은 군인들의 모습, 그물처럼 연결된 질척거리는 참호 너머로 거대한 진흙투성이 벌판이 펼쳐진 삭막한 광경 등을 보여주었다. 하지만 언제나 용감하고 씩씩한 여자 아나운서들은 우리에게 승리를 장담했다.

전직 조종사는 인기 절정의 스튜디오 프로그램들을 내팽개치고 전방으로 달려가 그곳에서 생방송으로 오락 프로그램을 진행할 수 있을지 둘러보았다. 그는 어린 부상병들에게 행운의 수레

바퀴를 돌리게 했고, 그 군인들은 경품으로 소파베드나 냄비 세트를 받고 전쟁 영웅이라도 된 듯 기뻐했다. 전직 조종사는 부상병들에게 수영복을 입은 섹시한 인기 연예인들을 소개하면서 말했다.

"몇 달 후면 카롤린 르몽시드의 위문 공연이 시작됩니다……"

그러면 그 말이 채 끝나기도 전에 모여 있던 모든 군인들이 동시에 벌떡 일어나 입이 귀에 걸려 박수를 쳐대면서 어린 여가수를 실물로 볼 수 있다는 생각에 집단적으로 발기를 했다. 그럴 때마다 마담 스카폰은 그 조종사한테 화가 나서 길길이 날뛰었다. 그녀는 그 조종사가 진흙탕 속으로 걸어들어가 군인들의 악취를 들이마신 대가로 한몫 단단히 챙겼다는 잡지 기사를 읽은 적이 있었다. 그가 프로그램 진행 중에 은근슬쩍 광고를 해대는 것도 참고 봐줄 수가 없었다.

"르프티 특무상사는 셔츠를 머시기세제로 빠는데, 그 세제는 딱 한 번만 비벼줘도 땀과 기름때, 핏자국 따위가 감쪽같이 사라진다고 합니다. 201 기갑부대는 공격을 개시하기 전에 항상 팡팡시리얼을 먹고 힘을 냅니다. 휴일에는 스코틀랜드 하일랜드 지방의 진짜 맥아로 만든 루니맨슨 한 잔으로 쌓였던 피로를 한 방에 날려버리죠. 화염방사기나 자동차에는 역시 쉘 제품을 사용하는 게 최상의 선택입니다. 도둑이 걱정되신다고요? 그렇다면 첨단 테크놀로지……"

그녀는 견딜 수가 없었다. 하지만 계속 지켜보고 있다가 그다음 날이면 머시기세세며 팡팡시리얼을 한 보따리씩 사들고 집으로 돌아왔다.

모크타르는 나에게 말했다.

"난 군인 출신이야. 그러니까 이번 일은 나에게 맡겨. 내가 알아서 모든 게 순조롭게 진행될 수 있도록 계획을 세울 테니까."

그래서 나는 그에게 일주일 동안 생각할 시간을 주었다. 그동안 마담 스카퐁과 나는 그 슬로베니아 하사관의 아파트에서 텔레비전을 보면서 시간을 보냈다. 그는 밤의 퍼포먼스로 탈진해 있는 누이의 방과 서재를 왔다 갔다 했다. 나는 그가 해결책을 찾아내기 위해 진지하게 고민하고 있는지 의심스러웠다. 그런데 아니나 다를까, 일주일이 지나자 그가 코만도 작전보다 더 힘들 것 같은 황당한 계획을 우리 앞에 내놓았다. 꽃다발 속에 폭탄을 숨겨가지고 들어가, 카롤린이 그 꽃다발에 코를 갖다대는 순간 폭탄을 터뜨려 머리통을 날려버리겠다는 거였다. 마담 스카퐁은 어이가 없다는 표정으로 웃으면서, 차라리 뜨개질 강좌를 계획하는 게 더 낫지 않겠냐고 면박을 주었다. 그는 벌컥 화를 내면서, 자기가 제시한 계획이 그렇게 못마땅하다면 우리가 직접 세우면 될 거 아니냐고 볼멘소리를 했다. 늙은 여자는 그거 괜찮은 생각이라고 받아치면서 이틀 후에 해결책을 내놓겠다고 말했다.

　나도 곰곰 생각하기 시작했다. 하지만 전방에서 순회공연을 하는 어린 여가수에게 어떻게 접근하고, 바리케이드와 검문소들은 또 어떻게 통과할 것이며, 설사 계획대로 일을 성공시킨다 해도 어떻게 빠져나올지 감조차 잡을 수가 없었다. 절망이 나를 사로잡았다. 나는 짐짐의 부하에게 목이 따이거나 더러운 헛간 같은 곳에서 맞아 죽는 내 모습, 미니트립의 웃음소리가 앰뷸런스처럼 울려퍼지는 장면을 상상했다. 그런데 약속했던 대로, 이틀 후 마담 스카폰이 해결책을 정말로 우리 앞에 내놓았다. 하지만 그게 어떤 내용인지 자세히 들어보기도 전에, 공포에 질린 다오 민이 전화를 걸어 마작 챔피언이 살해되었다는 소식을 알려왔다.

18

우리가 도착했을 때 다오 민은 몸을 가누기 힘들 정도로 취해 있었다. 그는 비틀거리면서 우리를 뒤뜰로 안내했다. 시커먼 피 웅덩이 속에 마작 챔피언의 시신이 누워 있고, 비둘기 한 마리가 그 옆에서 피를 맛보고 있었다.

"천벌을 받을 놈들." 마담 스카폰이 말했다.

모크타르는 다오 민을 품에 끌어안고 부드럽게 흔들면서 말했다.

"그놈들은 반드시 이런 짓을 한 대가를 치를 거야, 내가 장담하지."

나는 자리에 그대로 서서, 챔피언의 부서진 머리통을 노려보면서 이렇게 된 건 결국 내 책임이라고 생각했다.

모크타르는 차 트렁크에서 커다란 시트 한 장을 꺼내고는 시신을 둘둘 말았다. 술에 만취한 다오 민은 더욱더 미친 듯이 울부짖으면서, 마작 챔피언의 시신을 고국으로 돌려보내 선조들과 함께 묻힐 수 있게 해주어야 한다고 말했다. 모크타르는 그건 불가능하며 자기가 책임지고 양지 바른 곳을 찾아 묻어주겠다고 다오 민을 설득하기 위해 몇 번이나 같은 말을 되풀이해야 했다. 다오 민은 더욱 서럽게 울고 나더니, 그렇게 마음을 쓰고 염려해 줘서 준 우리 모두에게 고맙다고 말했다. 모크타르는 다오 민을 간장 냄새가 밴 작은 침실까지 데리고 올라가 옷을 벗기고 침대에 눕혔다. 그 시절, 모크타르는 모든 이들의 형제였다. 그는 신경쇠약에 걸린 누이의 오빠이자 나의 형이었고, 이제는 다오 민의 형이었다.

차 안에서 마담 스카폰은 카롤린 르몽시드를 제거할 계획을 설명했다.

"내가 전에 말했던 그 친구 기억나? 내 남편의 죽음에 대해 군 당국이 모든 사실을 숨기고 아무런 해명도 해주지 않자 양심의 가책을 느끼고 나를 찾아왔던 그 군인 말이야. 그 사람은 내가 무슨 부탁을 하든 절대 거절 못해. 자기 입으로 나한테 빚이 있다고 했으니까. 그래서 그 사람에게 전화를 걸어 몇 가지 사실을 알아냈지. 그가 말하길, 카롤린이 전방으로 순회공연을 다닐 때 텔레비전 제작팀만 그녀를 따라다니는 게 아니래. 그녀의 안전을 책임지는 오십여 명의 경호원들이 매일 밤 그녀를 지킬 거래. 모든 게 괜찮은지, 색광이라도 그녀의 침대로 달려들까 걱정이 되서 그러는가봐. 그리고 유사시를 대비한 예비 병력도 오십 명 더 있대. 그렇게 어마어마한 규모의 경호대를 신설한 건 그녀의 순회공연을 대대적으로 광고하려는 의도이기도 하다는 거야. 어쨌든 한마디로 말해서, 그 많은 병력이 그 가수 뒤를 졸졸 따라다닌다는 거지. 그러니까 그녀를 죽이겠다고 무기나 폭탄 따위를 가지고 섣불리 달려드는 건 자살 행위나 마찬가지야. 그래서 곰곰 생각해본 끝에 내린 결론인데, 그들 틈으로 침투하는 게 가장 좋은 방법일 것 같아. 카롤린 르몽시드의 경호부대 대원이 되는 거지……"

모크타르는 히죽히죽 웃으면서, 무슨 수를 써서 우리를 그 경호대에 들여보낼 생각이냐고 물었다. 그리고 내가 이제까지 군대라곤 얼씬도 해본 적이 없는 사람임을 일깨워주면서, 그건 말도 안 되는 소리라고 주장했다. 마담 스카폰은 메마르고 주름진 손을 휘저으며 우리의 이의 제기를 단번에 쓸어버렸다.

"경호대에 들어가는 문제라면 걱정할 필요 없어. 나한테 죄의식을 느끼고 있다는 그 동지가 아무 문제 없이 해결해줄 수 있다고 장담했으니까. 게다가 군대는 우리가 생각하는 것만큼 조직

적이지 않아. 군대 서류들은 엉망진창으로 보관되어 있어. 이전 서류들은 분실되지 않으면 폐기 처분되거나 구석에 처박히고 새로운 서류들이 끊임없이 만들어지지. 그래서 항상 모든 게 뒤죽박죽 뒤섞인다고. 당신들 서류는 어느 날 그 거들먹거리는 마흔여덟 명의 경호대원들의 서류 틈에 슬쩍 끼워져 있을 거야. 그렇게 해서 자연스럽게 그 부대원이 되는 거지."

그리고 나서 그녀는 내 쪽을 돌아보며 말했다.

"군대에 적응을 못 할 것 같다거나 군대에 대해 아무것도 모른다고 걱정할 필요는 전혀 없어요. 그거라면 모크타르가 기초부터 완벽하게 가르쳐줄 테니까."

모크타르의 미소를 보니 그는 마담 스카폰의 계획에 만족하는 것 같았다. 차가 교외로 가는 동안 차가운 이슬비가 내려 도로는 거울처럼 반짝거렸고, 내 마음속에서는 폭격기만 한 불안이 자라나고 있었다.

마작 챔피언의 장례는 간단했다. 마담 스카폰이 차 안에서 담배 한 대를 피우는 동안, 우리는 도로를 따라 난 작은 숲길로 들어가 깊이 80센티미터 정도의 구덩이를 팠다. 모크타르는 시신의 신원을 확인할 수 없도록, 그리고 이 사건 전체가 영원히 우리만의 비밀이 되도록, 시신의 이를 몇 개 뽑고 전지가위로 손가락 첫째 마디들을 모조리 잘라버렸다. 그런 다음 우리는 그 구덩

이에다 시신을 내려놓았고, 나는 다오 민이 부탁한 대로 머리 옆
에다 마작의 '서풍' 패를 놓아주었다. 그러고 나서 우리는 비와
땀에 흠뻑 젖어 재빨리 구덩이를 다시 메웠다.

19

어빙 낙소스는 십오 년 동안 키프로스 섬 최고의 전기기술자로 명성을 날렸다. 그는 전선줄과 측정 기구들과 니퍼, 펜치를 가득 실은 푸른색 봉고차를 타고 섬을 종횡무진 누비면서, 휘파람으로 키프로스 민요들을 불고 다녔다. 자신의 운명이 무시무시하게 뒤바뀌리라는 것은 전혀 예감 못 한 채. 사실 그는 더 바랄 것 없는 집안에서 태어났다. 그의 부모는 농부였다. 그들은 부유하지는 않았지만 그렇다고 부족한 것도 없었다. 아버지는 그를 사랑했고, 어머니 역시 그를 사랑했다. 그가 부모에게 꾸중들은 일은 손으로 꼽을 정도였고, 매를 맞은 적은 한 번도 없었다. 그런데 열두 살 무렵, 그는 이상한 꿈을 자주 꾸기 시작했다. 매번 불길한 느낌에 사로잡히는, 당황스러운 꿈이었다. 꿈속에서 그는 도시들과 시골 들판 위를 날아다니는 거대한 밤나비였다. 그는 사람들이 잠들어 있는 방들로 교묘하게 들어가 고통을 주었다. 크나큰 고통. 피를 철철 흘릴 정도로 심한 고통을. 거대한 나비는 그걸 아주 좋아했다. 나비가 된 그는 사람들에게 고통을 줄 때면 머리가 어지러웠다. 그것은 아찔한 쾌락의 현기증이었다. 그럴 때마다 어빙은 잠에서 깨어 울었다. 그가 꿈 이야기를 들려주자, 어머니는 그의 머릿속에 하얀 토끼와 검은 토끼가 살고 있는데 그 토끼들이 서로 어빙에게 길을 안내해주고 싶어하는 거라고 설명해주었다. 낮 동안에 어빙을 안내하는 건 하얀 토끼이고, 잠자는 밤에는 검은 토끼가 안내하는 거라고. 그리고 그건 심각한 게 아니며, 사람들은 누구나 약간은 다 그렇다고 말했다. 그게 정상이라고. 그래서 그는 계속 꿈을 꾸었다. 밤나비는 점점 더 사람들을 고통스럽게 했고, 사람들은 점점 더 많은 피를 흘렸다. 이제 어빙은 아침이 되어도 울지 않았다. 누구나 약간씩은 다 그랬다. 그건 정상적인 것이었다.

여러 해가 흘렀다. 키프로스는 관광객들로 미어터질 듯한 섬이 되었다. 산간벽지 골짜기에서도 독일어가 울려퍼졌다. 악취 풍기는 작은 호텔들이 여기저기 우후죽순처럼 들어섰다. 관광객들은 후텁지근하고 삐걱거리는 침대에서 잠을 자고 거무스레한 오믈렛을 먹으면서 턱없이 비싼 숙박비를 지불했다. 그리고 그 작은 호텔들은 전기에 문제가 생기면 어김없이 어빙에게 수리를 맡겼다. 어빙은 건장한 사내가 되었다. XXL 사이즈의 옷을 입고, 더부룩하니 수염이 제멋대로 자라도록 내버려두었다. 그의 모습은 〈페일 라이더〉에 나오는 카우보이*와 흡사했고, 그는 자신이 그 카우보이를 닮았다는 사실에 무척 흡족해했다. 사실 누구나 그를 성실하고 훌륭한 젊은이라고 말했을 것이다. 퓨즈 하나를 갈아주기 위해 2백 킬로미터나 되는 거리를 불평 한마디 없이 달려가는 믿음직한 남자. 하지만 밤마다 그는 여전히 밤나비 꿈을 꾸었다. 밤마다 끔찍한 짓을 저질렀다. 어빙 낙소스의 밤은 끝없는 학살의 연속이었다. 하지만 그건 정상적인 거야, 누구나 다 그런 거야. 그는 그렇게 생각했다.

그의 삶을 완전히 뒤바꿔놓을 사건이 일어나기 바로 전날까지, 그는 자신의 삶에 만족했고 그런 삶이 한없이 계속되기를 바랐다. 비가 억수같이 퍼부었다. 지중해의 세찬 비. 섬 전체에 수직으로 내리꽂히는 뜨거운 물의 장막. 도처에서 정전 사고가 발생했다. 날이 새자마자 그는 이곳저곳으로 바쁘게 출장을 다녀야 했다. 그러던 중, 트로외도스 산맥**의 어느 비탈길을 내려가다가 절벽 아래쪽으로 10미터 정도 떨어진 지점에 빨간색 소형

---

* 클린트 이스트우드가 맡았던 역.
** 키프로스 섬 남부에 있는 산맥.

자동차 한 대가 뒤집혀 있는 것을 보았다. 차는 올리브나무들에 걸려 가까스로 추락을 면한 상태였다. 어빙은 조심스럽게 사고 지점으로 조심조심 다가갔다. 마른 풀과 소관목 덤불이 그의 바짓부리에 거치적거렸다. 초록사과 색깔의 도마뱀들이 멀리서 그를 바라보고 있었다. 밤새 내린 비 때문에 땅이 미끄러워서, 그는 몇 번씩이나 넘어지면서 욕지거리를 내뱉었다.

차 주변에서는 올리브 냄새와 뒤섞인 휘발유 냄새가 진동했다. 공장 지대에서 나는 냄새 같군. 어빙은 중얼거렸다. 깨진 앞유리창 너머로, 움직이지 않는 두 사람의 형체가 흐릿하게나마 보였다. 차 문들은 꿈쩍도 하지 않았다. 그래서 그는 트렁크를 통해 차 안으로 기어들어가야 했다. 뒤집힌 차 안은 피투성이가 되어 있었다. 그는 손과 무릎이 축축해질 정도로 피가 묻었지만 그런 것 따위는 아랑곳하지 않았다. 차 안은 모든 게 엉망진창으로 널려 있었다. 소풍 바구니, 종이 냅킨, 사진기…… 그는 첫번째 형체를 그러잡고 차 밖으로 끌어냈다. 두개골 왼쪽이 완전히 박살난 금발의 젊은 여자였다. 그러고 나서 나머지 한 명도 마저 끌어냈다. 열두어 살의 사내아이로, 역시 돌이킬 수 없을 정도로 온몸이 심하게 손상되어 있었다. 어빙은 젊은 여자 옆에 사내아이를 나란히 눕혔다. "성스러운 그림이군." 어빙은 중얼거렸다.

그는 경찰이나 군부대에 빨리 신고해야 한다는 걸 잘 알면서도 신고하지 않았다. 그곳에 그대로 머무르면서 오랫동안 두 구의 시체를 관찰했다. 여자의 시체, 사내아이의 시체, 사내아이의 시체, 여자의 시체. 자신의 내면에서 무슨 일이 일어나고 있는지 거의 알아차리지도 못한 채, 그는 여자에게 다가갔다. 여자의 얼굴은 순수 혈통의 독일인 같았다. 게다가 독일 여자처럼 치마를 입고 독일 여자처럼 화장을 했다. 그는 차갑고 뻣뻣한 그녀의 오른팔을 들어올리고는 말했다. "하일 히틀러!" 그는 킥킥대며 웃기 시작했다. 그러다가 그녀의 다리가 미끈하게 빠졌다는 걸 알아차렸다. 곧 가벼운 현기증이 느껴졌다. 밤나비의 현기증과 똑같은. 그제야 그는 검은 토끼가 하얀 토끼를 물리치는 중임을 알아차렸다. 어떤 일이 일어날지 약간 겁이 났다. 하지만 그건 정상적인 거라고 중얼거렸다. 누구나 다 그런 거라고. 여자와 시간을 조금 보낸 후, 그는 사진을 찍기 시작했다. 사내아이, 여자, 여자, 사내아이. 그러고 나서 그들에게 돌을 던졌다. 2미터 거리에서, 5미터, 10미터 거리에서. 그가 던진 돌들은 목표물에 명중했다. 한 시간이 지나고야 그는 일을 하러 가기 위해 비탈길을 다시 올라갔다.

이상하게도 그 자동차를 발견한 뒤부터 군에 입대하기까지의 그의 행적은 알려진 게 거의 없을 뿐만 아니라, 그 자신에게조차 그 기간에 대한 기억은 모호하게 남아 있었다. 낙소스가 유명해졌을 때, 어느 상상력이 풍부한 신문기자가 수많은 우연의 일치로 미루어볼 때 십여 년 동안 독일 관광객 서른 명을 납치해 끔찍한 방법으로 살해한 '올리브 숲의 살인마'는 바로 그일지도 모른다는 추측성 기사를 보도했다. 어쨌든 전쟁이 발발했을 때 낙소스가 자원입대한 건 사실이었다. 그는 타고난 전술 능력과 지력과 담력 덕분에 계급의 사다리를 빠르게 올라갈 수 있었다. 군 수뇌부는 그에게 부대 지휘를 맡겼다. '가을비'라는 그 부대의 구성원들은 처음부터 직업군인이었던 이들이 아니라 전직 모텔 주인, 전직 요리사, 전직 택시 운전사, 전직 경찰 등등 도처에서 모여든 민간인이었다. 그들 모두는 등판에 아름다운 검은 나비가 수놓인 군복을 입었다.

모크타르와 내가 그 부대에 들어갔을 때 '가을비'가 실제적인 군사작전에 투입된 건 딱 한 번뿐이었다. 공군의 전폭적인 지원을 받았던 간단한 쇼 같은 것이었지만, 여하튼 낙소스는 그 작전을 신속하고 멋지게 승리로 장식했다. 사람들은 텔레비전에서 그의 모습을 보고 또 보았다. 부하들을 독려하며 먼지가 풀풀 날리는 언덕을 힘차게 기어오르는 사람. 거기다 카우보이 같은 외모 덕분에 그는 일약 스타가 되었다. 그는 한 케이블티브이와 독점 계약을 맺어, 그 케이블방송사만 그의 부대를 따라다니며 취재와 실황중계를 할 수 있게 했다. 낙소스도 만족하고, 광고주들도 만족하고, 방송국도 만족했다. 그후 정부 고위층의 누군가가 낙소스와 그의 '가을비'에 카롤린 르몽시드의 경호 임무를 맡겨야겠다고 생각했다. 사람들은 그거야말로 기막힌 아이디어라고, 〈누구를 위하여 종을 울리나〉를 연상시킨다고, 두 청춘스타가 나오는 영화 같다고 생각했다. 그래서 사람들은 전쟁 영웅과 여가수 사이에 피어나는 애틋하고 순정적인 사랑을 꿈꾸기 시작했다.

20

마담 스카폰은 맡은 일을 훌륭하게 해냈다. 그렇게 해서 우리
의 서류는 다른 지원병들의 서류와 함께 낙소스의 책상에 놓이
게 되었다. 사실 지원 서류라고 해봤자 별 내용도 없었다. 성과
이름, 직업, 출생 연월일을 기입해놓은 것이 전부였다. 그것은
순전히 형식에 지나지 않았다. 중요한 건, '가을비'의 대장에게
얼마나 강한 인상을 심어주느냐 하는 것이었다.

모크타르와 나는 형광등 불빛으로 환한 작은 방 안에서 대기
하고 있었다. 방 안에선 자벨수 냄새와 땀내가 풍겼다. 둔중한
압연강 철문 너머에서, 어빙 낙소스가 우리처럼 면접을 보러 온
멀대같이 큰 키에 바싹 마른 남자에게 질문을 던지고 있었다. 그
남자는 면접실로 들어가기 전 우리에게 다가와, 자기 이름은 더

크이고 직업은 석공인데, 항상 음흉한 미소를 흘리며 치근대던 비열한 개자식한테 해고를 당했노라고 떠들어댔다. 어느 날 더크는 그 개자식의 치근덕거림에 진절머리가 나, 그렇게 실실 쪼개면서 보지 말라고 말했다. 그런데도 그 개자식이 계속 실실 쪼개면서 보자, 더크는 정식으로 한판 붙자고 했다. 더크는 남자를 박살내고 싶어 그 작자의 면상에 연장들을 집어던졌다. 망치며 영국제 정을. 그렇게 해서 결국 그는 해고당했고, 낙소스의 민병대에 지원하려고 이곳까지 오게 됐다는 것이었다. 주변 사람들 말로는 자기 같은 사람은 이 부대에 들어가는 게 장땡이라면서.

십오 분 후, 키 크고 깡마른 더크가 사무실에서 웃으며 나왔다.

"저 사람, 정말 천재야!" 그가 우리에게 말했다. "진짜 천재! 사람 속을 물 잔 들여다보듯 훤히 들여다봐! 나에 관해 나 자신조차 한 번도 생각해보지 못한 것들을 말해주더라고! 나더러 '가을비'의 일원이 되기 위해 태어난 사람이라고 했어. 이제 자네들 차례야. 어쩌면 자네들이랑 동지가 되어 한솥밥을 먹게 될지도 모르겠군……"

모크타르와 나는 함께 사무실로 들어갔다. 낙소스는 종이 한 귀퉁이에 뭔가를 끼적이고 있었다. 그는 계급장도 훈장도 달려 있지 않은 국방색 군복 차림이었는데, 장식이라고는 상의 호주머니에 수놓인 검은 나비 한 마리가 전부였다. 우리는 부동자세

로 서서 그를 보고 있었다. 그에게서는 어떤 기이한 기운이 풍겨
나왔다. 설명할 수 없는 이상야릇한. 벽에는 키프로스 풍경 사진
들과 신문에서 오려낸 민병대 관련 기사 한두 개, 그리고 탱크
앞에 나체로 포즈를 취한 여자 그림이 붙어 있었다. 일 분쯤 지
나자, 그가 눈을 들어 우리에게 자리에 앉으라고 말했다. 그는
우리를 보았다. 그의 눈은 올리브처럼 검은색에 반짝였고, 눈썹
은 두 개의 노간주나무 덤불숲 같았다.

"자네들한테 우리 부대에 들어오려는 이유 같은 건 묻지 않겠
다. 모든 사람들에겐 저마다 이유가 있고, 그 이유도 저마다 일
리가 있는 법이니까. 하지만 난 이유 따윈 관심 없어."

그의 말에는 높낮이가 전혀 없었다. 말을 마치고 나더니 그는
우리를 노려보았다. 우리를 향해 조준된 두 알의 올리브. 미세하
게 흔들리는 두 개의 작은 덤불. 나는 더크의 물 잔 이야기를 떠
올렸다.

"내가 알고 싶은 건, 자네들한테 체력과 배짱이 있느냐 하는
것뿐이야. 체력과 배짱이 없다면 다른 군대를 알아보거나 아니
면 그냥 하던 일이나 계속하는 게 더 좋을 거야. 내 말이 무슨 뜻
인지 알아듣겠나?"

모크타르와 나는 고개를 끄덕였다.

"손을 내놔봐!" 그가 말했다.

우리는 손을 내밀었다.

"손바닥을 위로!"

우리는 즉시 그의 명령에 따랐다. 그는 몸을 숙이고 말없이 우리 손을 살펴보더니 우리를 보며 미소를 지었다.

"자네들은 손에 피를 묻힌 적이 있군. 내 말이 맞지? 두 사람 모두. 안 그래? 난 알아. 자네들의 체력과 배짱에 대해서는 아직 잘 모르지만, 그거야 금방 알 수 있는 문제지. 어쨌든 자네들 손이 아주 마음에 들어. 자, 내 손을 한번 들여다봐."

그는 우리에게 자신의 손바닥을 보여주었다. 특별한 건 없었다. 잘 가꾼 작고 각진 손이었다.

"뭔가 알아보겠나?"

우리는 고개를 끄덕였다. 하지만 사실은 아무것도 알아보지 못했다.

"훈련이니 교육이니 하는 건 다 쓸데없어. 중요한 건 손이지. 물론 체력과 배짱도 중요해. 하지만 무엇보다 중요한 건 손이야. 손은 군인의 정수라고 할 수 있지. 거기다 체력과 배짱까지 갖추었다면, 자네들은 위대한 군인이 될 거야. 그렇지 않으면 죽을 테고. 무슨 말인지 알아듣겠나?"

우리는 다시 한번 고개를 끄덕였다. 하지만 이번에도, 어딘가 불분명하고 혼란스러운 그의 말에서 우리가 알아들은 건 거의 없었다. 낙소스는 여전히 엷은 미소를 띤 얼굴로 우리를 보면서, 자기는 우리가 아주 마음에 드니 지금 당장 우리 자신을 '가을비' 부대원으로 여겨도 좋다고 말했다. 그리고 이제부터의 생활은 이전과는 완전히 딴판일 거라면서 우리에게 군복과 무기를 지급하고 내무반도 지정해주었다.

사무실을 나올 때, 모크타르는 수탉처럼 의기양양한 모습이었다.

"그는 천재야." 그가 불쑥 말했다. "진짜 천재!"

나는 군대에 대한 그의 지독한 증오심이 갑자기 다 어디로 사라졌는지 궁금했다. 하지만 곧 나 역시 자랑스러워하고 있다는 걸 깨달았다.

"그래." 나는 말했다. "천재야!"

21

나는 군 생활에 빠르게 적응했다. 심지어 군대가 좋아지기까지 했다. 사실 그 부대는 신병들에 대한 규율이 다소 느슨했다는 것을 밝혀둬야겠다. 그들은 아침마다 우리에게 가벼운 사격 연습을 시켰다. 우리는 통신장비 사용법과 수류탄 투척법을 배웠고, 웃고 떠들면서 훈련장에서 내무반으로 이동했으며, 다섯 손가락을 이용하는 수신호도 배웠다. 손가락 하나를 세우면 '전진하라', 두 개를 세우면 '나를 엄호하라', 손가락 세 개는 '정지하라', 네 개는 '후퇴하라', 다섯 개는 '입 닥치고 조용히 하라'라는 뜻이었다. 간단했다. 모크타르는 물 만난 물고기 같았다. 그는 군 복무 경험 덕분에 아주 빠르게 낙소스의 총아 중 하나가 되었다. 낙소스와의 면담 날 만났던 키 큰 말라깽이 더크도 나름대로 열심히 노력하고 있었다. 그는 아무것도 아닌 일로 버럭버럭 화를 내고, 사격 연습을 할 때도 되는대로 총을 쏘아대고, 아무리 가르쳐줘도 무전기 사용법을 전혀 이해하지 못했지만, 낙소스는 일단 실전에 투입되면 더크가 숨어 있던 잠재력을 발휘해 자기 몫을 단단히 해낼 거라고 굳게 믿었다.

고참들, 다시 말해 '가을비'의 첫번째 작전에 투입되었던 민병대원들은 우리가 훈련을 받을 때 옆에서 열심히 도와주었다. 그들과 우리 사이에는 큰 차이가 없었다. 그들은 온갖 잡다한 인간 군상의 집합체였다. 연령층도 다양하고, 학벌도 제각각이고, 솜씨가 좋거나 나쁜 사람, 힘이 세거나 세지 않은 사람, 용감하거나 용감하지 않은 사람, 외향적이거나 외향적이지 않은 사람 등등 각양각색의 인간이 모여 있었다. 하지만 그들 모두는 어빙 낙소스가 그들의 손을 보고 마음에 들어했던 자들이었다. 고참들은 우리에게 전쟁이라는 게 어떤 것인지 곧 알게 될 거라면서 말했다. 우리도 전쟁터에 나가봤지만 그게 어떤 거라고 딱 꼬집어 설명해줄 수는 없어. 그건 마치 마약주사를 한 대 맞은 기분이야. 이렇게, 띠옹! 중추를 타고 뇌로 올라오지. 그리고 그후에는 눈앞의 것들이 더는 이전처럼 보이지 않게 된다고. 우리 신병들은 전쟁과 전쟁터에 관한 그 모든 이야기에 흥분했다. 우리는 그게 정말로 어떤 것일지 궁금했고, 낙소스의 민병대에 소속되어 있다는 건 꼭 필요한 때에 꼭 필요한 곳에 있는 것이라고 생각했다. 거기서 하루하루 보낼수록, 우리 자신이 어떤 공격에도 끄떡 않는 무적의 전사라는 기분이 점점 더 강하게 느껴졌기 때문이다. 우리는 마치 신들린 것처럼 총을 쏘았고, 믿을 수 없을 만큼 정확하게 수류탄을 투척했으며, 군인이라면 당연히 해야 하는 것처럼 자연스럽게 마약을 했고, 마음속 깊이 모든 것이 잘 되어가고 있다고 느꼈다.

어빙 낙소스와 계약한 케이블방송사에서는 어린 여가수 카롤린 르몽시드가 새 앨범 출시와 때를 맞추어 순회공연을 시작하기 전에 '가을비'가 한두 개의 군사작전을 수행해주기를 바랐다. 아군과 적군, 다시 말해 착한 편과 나쁜 편이 누구인지 확실히 보여줄 수 있는 근사한 전투들. 민병대의 용맹함과 명성을 시청자들의 머릿속에 각인시킬 수 있는 드라마틱한 전투들. 그리하여 마침내 광고주들이 광고를 해달라고 돈다발을 싸들고 제 발로 찾아와 방송국에 엄청난 떼돈을 안겨줄 전투들. 낙소스는 반대할 이유를 전혀 찾지 못했다. 그의 검은 나비는 여전히 비탈길의 가로등 불빛을 향해 날아들기를 좋아했다. 그는 어느 잿빛 아침에 우리를 연병장에 모아놓고 출동 준비를 명했다. 사십팔 시간 후 우리는 비밀 임무를 띠고 군용 트럭을 타고 이동할 것이고, 거기서 고참들이 여전히 싸우는 걸 좋아하는지, 신

병들에게 정말로 체력과 배짱이 있는지 금방 확인하게 될 거라
는 것이었다.

22

'니코틴'이 불가해한 분노의 발작을 일으켜 하마터면 내 목숨이 날아갈 뻔했던 그날, 자그마한 여자 수련의가 끼어든 덕분에 병실 분위기는 다소 누그러졌다. 늙은 광녀는 여전히 나를 돌봐주러 왔고, 기기의 접속 단자와 튜브, 계기판의 희끄무레한 작은 불빛과 바늘의 비의적秘儀的인 진동을 조정하면서 매번 이렇게 말했다.

"좋아. 그래, 좋아."

아닌 게 아니라, 좋았다. 이제 나는 머리와 오른손을 움직일 수 있었고, 어깨도 약간 움직였다. 이처럼 몸 상태가 빠르게 차도를 보이자, 나는 원대한 계획을 품게 되었다. 어쩌면 내일은 베개를 옮겨놓을 수 있을 것이고, 이불을 혼자서 끌어내리거나 심지어

다른 사람의 도움 없이 음식을 먹을 수도 있을 거야. 나는 엄청난 야심에 사로잡혔고, 그러면서 긴장이 풀리기 시작했다.

그런데 새로운 사건, 내가 목표물이 되었던 그 공격만큼이나 무시무시한 사건이 또다시 발생해 나의 사기에 찬물을 끼얹었고, 이 빌어먹을 병원에서 나를 둘러싸고 있는 사람들의 의도는 더욱더 미스터리해졌다. 그 일은 한밤중에 일어났다. 환자들이 흔히 그렇듯 나는 반수 상태에 빠져 있었다. 꿈의 조각들이 물결처럼 내게로 밀려오고 있었다. 오르락내리락. 속이 약간 울렁거리고 머리도 좀 어지러웠다. 그런 상태로 몇 시간째 두 눈을 뜬 채로 맞은편 벽 모퉁이를 노려보고 있었다. 복용한 온갖 약물 때문에 혀가 베니어판처럼 건조하고 뻣뻣했다. 그때 갑자기 병실 문이 스르륵 열리더니 내게 다가오는 한 남자의 모습이 보였다. 그 형체는 내 침대 앞에 멈춰섰다. 방 안이 너무 캄캄해서 그의 얼굴을 확인할 수는 없었다. 하지만 병원장이 아닌 건 분명했다. 그는 내가 한 번도 본 적이 없는 사람이었다. 그 형체는 그대로 꼼짝 않고 몇 초 동안 나를 내려다보았다. 내 가슴속 심장이 쿵쿵 뛰고 있었다. 남자가 무방비 상태인 내게 무슨 짓을 할지 몰라서였다.

"너무 어두워. 불을 켜야겠어, 아무것도 보이지 않잖아……"
그 형체가 문 뒤에 멈춰서 있는 누군가에게 낮은 목소리로 말했다.

"아니, 안 돼. 플래시로 해봐요. 불을 켜면 바깥에서 보일 거야."

문 뒤의 목소리가 대답했다. 나는 목소리의 주인공이 자그마한 몸집의 여자 수련의라는 것을 알 수 있었다.

"보이는 건 플래시도 마찬가지지······"

"잘 들어, 빌어먹을. 고집을 부린 건 당신이었어. 여하튼 불빛이 새어나가지 않게 당신이 어떻게든 알아서 해. 그러고 나서 빨리 꺼져버려······"

"오케이, 알았어. 내가 알아서 할게!"

그리고 곧, 펑! 펑! 펑! 그렇게 그 형체는 세 번의 플래시 빛으로 나를 완전히 장님으로 만들어놓고는 재빨리 병실을 빠져나갔다. 그날 밤 내내, 나는 궁금함에 잠을 이룰 수가 없었다. 병원 침대에 꼼짝 못하고 누워 있는 불쌍한 사내의 사진을 무엇 때문에 그렇게 위험을 무릅쓰고 찍어 간 걸까.

23

나의 다정한 모크타르에게

당신이 없으니 시간이 메이플 시럽보다 더 느리게 흐르고, 이 날이나 저 날이나 그게 그거고 끔찍할 정도로 지겨워. 당신 누이는 요즘도 여전히 저녁에 나가서는 아침이 되어야 돌아와. 그런 식으로 거리를 배회하는 건 결국 자신의 젊음을 망가뜨릴 뿐이라는 걸 이해시키려고 몇 번이나 대화를 시도해봤지만 아무 말도 들으려 하지 않아. 오히려 내게 역정을 내면서, 자기도 젊진 않지만 그래도 자기보다 내가 훨씬 더 늙었으니 내 걱정이나 하라는 거야. 자기는 이미 오래전에 당신과 당신의 그 비열한 친구 덕분에 망가질 대로 망가져 이제 더는 망가질 것도 없대. 내가 당신 여동생을 위해 해줄 수 있는 거라고는 깨끗한 시트가 깔린 침대에서 잠자고 맛있는 아침을 먹게 해주는 것뿐이야. 다오 민은 마작 챔피언의 죽음이 불러온 충격에서 서서히 벗어나고 있어. 그는 식당 벽에 그 친구의 사진을 걸어두었어. 계산대 위쪽에, 대나무 액자에 넣어서. 당신 친구는 틀림없이 천국에 가 있을 거라고 했더니 다오 민이 그러더라. 그 친구는 대승불교를 믿었는데 대승불교 불자들은 죽으면 윤회라는 톱니바퀴의 홈 속으로 들어가고, 그건 우리의 천국처럼 우스꽝스러운 게 아니라고. 요즘 난 날마다 전직 조종사가 진행하는 게임쇼를 봐. 그는 틈만 나면 카롤린 이야기를 해. 게다가 카롤린의 전방 순회공연을 광고하기 위해 특집 프로그램까지 만들었어. 그녀는 자기 부모와 한 무리의 인기 연예인들과 함께 그 방송에 출연했어. 정말 매력적인 여자더라. 천사 같은 얼굴에 성격도 아주 소탈한 것 같아. 그런데 놀랍게도 그 프로그램에 짐짐 슬레이터도 나왔어. 그가 그 프로그램에 출연하려고 얼마나 많은 돈을 쏟아부었을까 생각하면서 어찌나 웃었는지. 그 작자는 그 어린 여자애의 인기가 그리 오래가지 않을 거라고 자신하는 것 같더라. 더러운 개자식! 우리가 이렇게 생이별을 하고 당신이 그 고생을 하고 있는 것도 전부 그 작자와 음반회사의 더러운 돈 때문이잖아. 어쨌든 그 문제는 더 신경쓰지 말아야지. 살바토레는 자주 이렇게 말했지. "후회는 없다, 계획이 있을 뿐." 텔레비전에서 전쟁에 관한 르포르타주를 방송했어. 늘 똑같은 수작이지. 그들은 현재 전선 상황이 어떻게 돌아가고 있는지, 그리고 그 비열한 인간들이 전쟁 포로들에게 무슨 짓을 했는지 집중적으로 파헤쳤어. 그곳에서 가까스로 도망쳐나온 한 남자가 뼛속까지 마약에 찌든 간수들이 철조망으로 포로들의 온몸을 묶고, 손을 자르고, 눈을 후벼파고, 그 외에도 텔레비전에서는 차마 다룰 수 없는 온갖 끔찍한 만행을 저지르고 있다고 증언했어.

내 사랑, 조심해. 당신이 너무너무 보고 싶어. 당신이 떠난 후로 커다란 구멍 하나가 내 가슴속에 뻥 뚫렸어. 그 구멍으로 내 모든 기력이 빠져나가고 있어. 당신의 편지들을 작은 철제 상자에 넣어두고 자주 꺼내 보고 있어. 그냥 당신 글씨라도 보려고. 그걸 보면서 잠들기 전까지 견딜 힘을 얻어. 당신 두 팔은 타오르는 나무둥치이고, 당신 두 다리는 장밋빛 대리석 기둥이고, 당신 몸은 바람에 단련된 바윗덩어리야. 몸조심해. 모두에게 안부 전해주고. 르몽시드와의 일이 무사히 마무리될 수 있기를 기도할게.

모크타르는 트럭 안에서 마담 스카폰의 편지를 나에게 읽어주었다. 그 트럭은 낙소스가 전직 조종사를 비롯한 텔레비전 제작팀과 만나기로 약속한 장소로 우리를 데려가고 있었다. 모크타르의 목소리는 감동으로 떨렸다. 그는 내게 그 편지에 대해 어떻게 생각하는지 물었고, 그 경이로운 여자의 말이 내게도 울고 싶을 정도로 감동적인지 물었다. 그날 아침, 아름다운 꽃밭 하나가 모크타르의 가슴속에 생겨났다.

하지만 트럭 안에 감도는 분위기에는 즐거움이라고는 없었다. 우리는 첫새벽에 일어나, 낙소스의 마지막 지시를 받기 위해 연병장에 집결했다. 그런 다음 두 대의 트럭에 나눠 승차했다. 칼날 같은 바람이 사방에서 파고들었고, 말도 못하게 지저분하고 끊임없이 덜커덩거려 불편하기 짝이 없는 트럭들은 누가 보아도 뭔가에 잔뜩 취한 운전병들이 운전하고 있는 게 틀림없었다. 덕지덕지 낀 때, 추위, 불편함, 음주 운전, 바로 그것이 우리 신참병들이 최초로 체험한 군 생활의 진면목이었다. 더크는 야전잠바 깃을 바짝 세우고 머리를 바닥까지 끌어내리면서, 이런 최악의 시대에 자기를 세상에 내놓은 엄마와 겨울 날씨에 대해 불평을 늘어놓았다. 같은 트럭에 탄 열 명 남짓한 남자들은 너무 지치고 꽁꽁 얼어붙어 뭐라고 말할 엄두도 내지 못하고 입을 굳게 다물고 있었다. 모두 난생처음 경험하는 군사작전이라는 생각 때문에 희미한 불안에 사로잡혀 있었다. 훈련 당시 우리는 이

번 군사작전을 두고 이런저런 농담을 주고받았었다. 하지만 이 제는 배에 총알이 박히거나 얼굴에 포탄 파편이 박히면 어떻게 될지 정말로 궁금했다. 다리나 팔이 없이 사는 삶, 더는 눈이 보이지 않는 삶은 어떤 것일까. 그리고 마지막으로 우리가 궁금해 한 것은 이랬다. 꽁꽁 언 몸으로 터무니없이 이른 시간에 일어나 악취 풍기는 군용 트럭을 타고 덜커덩거리며 가는 것이 대체 무슨 소용이 있는지, 그게 전쟁을 승리로 이끄는 데 과연 도움이 되는지, 아니면 이 우주가 그런 것처럼 단지 중심에서 외곽으로 나아가고 있을 뿐인, 아무런 의미도 가치도 없는 행위에 불과한 것인지. 트럭 안을 내리누르는 침묵은 쓰러져 죽은 말의 몸뚱이 만큼이나 무겁고 침울했다. 몇 시간 후, 그 도시와 마을들은 한낱 아련한 추억이 되었다. 이제 트럭 덮개 너머로 보이는 것은, 인간은 완전히 자취를 감추고 기분 나쁜 외눈으로 우리를 지켜보고 있는 까마귀들에게 넘어간 진흙투성이의 삭막한 갈색 벌판 뿐이었다.

트럭들은 네 시간을 쉬지 않고 굴러가, 마침내 황량한 몽골로 간신히 서 있는 고속도로 휴게소에 멈춰섰다. 셀프서비스 음식점이었던 게 분명한 그곳은 또다른 부대의 중계기지 겸 숙영지로 쓰였던 것 같았다. 플라스틱 의자들 대부분이 부서져 있는데다 탁자들은 쓰레기로 뒤덮여 있었고, 화장실에는 오줌이 넘쳐 흘렀다. 하지만 아무도 그런 난장판에 전혀 신경을 쓰지 않는 듯했다. 우리는 거기다 오줌을 덧보태기까지 했다. 우리는 그곳에서 커피와 눅눅한 샌드위치를 배급받았고, 모두 다시 트럭에 올라타야 했다. 낙소스는 우리에게 말했었다.

"자, 맡아봐. 전쟁 냄새를 맡는 건 지금부터야. 이 냄새에 익숙해져야 한다. 이 냄새에는 플러스적인 것과 마이너스적인 것이 동시에 존재하지."

모크타르가 고개를 끄덕이며 말했다.

"정확히 바로 그거야. 전쟁은 냄새 속에 존재하지. 플러스적인 것과 마이너스적인 것."

하지만 나는 중유 냄새와 지린내 말고는 아무 냄새도 맡지 못했다. 나는 경험 부족 탓으로 돌렸다. 트럭들은 다시 네 시간 정도를 더 굴러갔다. 고속도로는 끔찍하게 파괴되어 있었다. 몇 년 전부터 전혀 관리를 하지 않은 것 같았다. 도로에는 노면 표시도, 중앙분리대도 사라지고 없었다. 반복되는 더위와 추위로 갈라지고 움푹 파인 부분들이 열도처럼 계속 이어져 있었고, 출구 표지판들은 이미 여러 달 전에 지구 표면으로부터 잘려나간 도시들, 그래서 이제 멀리서 보면 잿빛 하늘을 배경으로 어렴풋한 종탑이나 백화점의 흐릿한 그림자, 자연사박물관에 전시된 백악기 이구아노돈들의 뼈대를 연상시키는 빈민 임대아파트의 음산

한 잔해만이 남은 도시들을 가리키고 있었다. 우리는 바로 거기, 전방에서 겨우 몇 백 미터 떨어진 지점에 있었다. 10킬로미터쯤 떨어진 곳에서 헬리콥터 소리가 들려왔다. 우리는 우리가 타고 있는 것과 똑같은 기종의 군용 트럭들을 만났다. 그 트럭들 역시 우리만큼 피곤에 절고, 꽁꽁 얼어붙고, 신경이 곤두선 사내들을 가득 채운 채 오가고 있었다.

"싸워야 할 순간이 오면 전에 다니던 공장의 그 사장 놈을 생각할 거야. 그러면 증오심이 불타올라 멋지게 싸울 수 있을 거야." 더크가 말했다.

"막상 싸워야 할 순간이 오면 아무 생각도 나지 않을걸." 모크타르가 말했다. "자네 뇌는 단 이 초 만에 텅 비어버릴 테니까. 그 뒤에는 몸에 이상 증세가 나타나게 되지. 현기증과 구역질. 아무것도 보이지 않고, 아무 소리도 들리지 않아. 그런 상태로 싸우면서 토하고 겁먹고 또 토하고, 그리고 자네랑 똑같이 토하고 잔뜩 겁을 집어먹은 녀석들을 향해 미친 듯이 방아쇠를 당기는 거지. 전쟁이 구역질 나는 건 바로 그 때문이야. 그건 똥과 꽃다발 같은 거라고."

모크타르의 말은 모두를 불편하게 했다. 우리는 영웅이었다. 우리는 '가을비'였고, 우리 군복에는 검은 나비가 아로새겨져 있었고, 우리 대장은 어빙 낙소스라는 이름의 사내였다. 우리는 도로에서 마주쳤던 그 별 볼일 없는 왜소한 군인들보다 천 배는 더 전투력이 뛰어난 전사였다. 우리는 전쟁 기계였고, 기계는 겁을 먹지 않는 법이다. 아무도 모크타르의 헛소리를 듣고 싶어하지 않았다. 트럭이 '홀리데이인' 주차장으로 들어섰다. 그곳에서 전직 조종사 출신의 사회자, 잔뜩 흥분한 기자들, 멋진 외투를 입은 민간인 남자들, 그리고 케이블채널의 헬리콥터 한 대가 우리를 기다리고 있었다.

날이 저물어가고 있었다. 사교계의 칵테일 같은 게임쇼 사회자를 집중 부각하기 위해 커다란 조명이 몇 대나 더 설치되었다. 그 작자는 커피와 파이 조각들을 차려놓은 큰 탁자 옆에 서 있었다. 그는 더러운 똥구멍 같은 상판의 기술 관료들 중 누가 제일 지저분하고 추잡한 놈인지 선발 대회를 하는 것 같은 정장 차림의 네 남자에게 한창 떠들어대면서 우리가 도착하는 모습을 지켜보고 있었다. 우리 부대원들이 트럭에서 내리자 사진기자가 달려와 사진을 몇 장 찍었다. 텔레비전 사회자는 한 손에는 커피잔을 다른 한 손에는 파이 조각을 든 채 우리에게 다가왔고, 그의 옆에 키 작은 방송기자 한 명이 바짝 달라붙어 따라왔다.

"이야아, 신병들이로군. 내가 이미 아는 얼굴도 몇몇……"

그는 기자에게 커피와 파이를 들이밀듯 건네고는 어빙을 껴안았다. 사진기자는 마치 자신이 역사적인 순간을 영원으로 남기는 숭고한 작업을 하는 것처럼 흥분하며 셔터를 눌러댔다. 찰칵! 찰칵! 찰칵!

"친구, 다시 만나게 되어 반갑습니다. 이렇게 또다시 당신의 신념과 전술을 마음껏 펼치며 활약할 수 있게 된 것도 축하드리고요. 우린 당신과 함께 앞으로도 계속 함께할 겁니다. 지난번보다 백 배 천 배 더 멋진 방송을 만들 거예요. 아마 직접 보게 되겠지만, 우린 이 프로그램의 시청률을 정상 궤도에 올려놓을 겁니다. 자, 당신한테 소개해드릴 분들이 있습니다."

사회자는 뒤를 돌아보면서, 자기 뒤에서 기다리고 있던 더러운 똥구멍 같은 상판대기들에게 눈짓을 보냈다. 그러자 그들이 굳은 얼굴에 애써 미소를 띠면서 다가왔다.

"자, 이분들은 켈로그 사의 스토어 씨, 제너럴푸드 사의 본 씨, 페트로피나 사의 튜닝 씨, 그리고 스피닝프로세서 사의 스피닝 씨입니다."

사회자가 소개를 하는 동안 낙소스는 그들과 차례로 악수를 나눴다.

"이분들은 우리 프로그램을 후원해주실 가장 중요한 광고주입니다. 카롤린의 전방 순회공연에 필요한 모든 물자와 경비를 이분들이 지원해주실 겁니다. 다섯 대의 트럭, 버스, 무대장치, 조명, 전기시설, 그리고 빌어먹을 군바리 녀석들이 한껏 달아올라 정신없이 무대 위로 기어올라가는 걸 막을 경호대에 이르기까지, 모든 게 바로 이분들의 돈으로 충당되는 거죠. 그리고 촬영용 헬리콥터 한 대, 스테디캠과 적외선카메라 같은 특수 장비를 갖춘 두 개의 지상 촬영팀이 당신을 따라다닐 겁니다. 이번 방송은 정말 굉장할 거예요."

네 남자는 자랑스럽게 고개를 끄덕였고, 어빙 낙소스의 표정은 점점 더 인기 연예인 같아졌다.

24

아무도 나를 찾아오지 않는다. 어제저녁 병원에서 준 역겨운 사과 퓌레를 빨대로 빨아먹다가 문득 그 사실을 깨달았다. '니코틴'은 내 쪽을 보지도 않고 내 얼굴에 퓌레 그릇을 들이밀었다. 퓌레에서는 달콤한 맛이라고는 전혀 느낄 수 없었고, '니코틴'한테서는 부드러움이라고는 찾아볼 수 없었다. 위로의 몸짓 하나 없고, 미소 한 번 지어주지 않았다. 갑자기 무시무시한 외로움이 느껴졌다. 왜 아무도 나를 찾아올 생각을 않는지 궁금했다. 내 부모가 나를 찾아오지 않는 건 당연했다. 내 어머니라는 사람이 자기가 나를 낳았다는 사실을 기억이나 할는지 간혹 궁금해진다. 주의가 산만하거나 멍청한 여자들은 뭐든 잊어버리는 게 장기니 내가 자기 아들이라는 걸 잊어버렸을 수도 있다. 하지만 나를 찾아오는 사람이 정말로 단 한 명도 없다는 것, 마담 스카폰도, 다오 민도, 아니면 그보다 훨씬 오래전부터 나와 알고 지냈던 사람들조차 나를 찾아오지 않는다는 사실 때문에 말할 수 없이 참담한 기분이 든다.

얼마 전부터 목을 가눌 수 있게 되었다. 침대에 누운 채 고개를 가볍게 젖히고 오른쪽으로 살짝 돌리면 반쯤 열린 문틈으로 복도 끄트머리가 내다보인다. 복도를 오가는 사람들, 의사들, 간호사들, 그리고 링거와 다양한 의료기기들을 몸에 주렁주렁 매달고 보행 보조기를 밀며 지나가는 환자들이 보인다.

여자 수련의가 데리고 들어온 불가사의한 남자가 내 사진을 찍어 간 뒤로 일주일이 흘렀다. 그런데도 나는 그가 왜 내 사진을 찍어 갔는지 여전히 그 이유를 모른다. 어쨌든 그날 이후로 그 머저리 같은 수련의가 싫어진 건 사실이다. 알량한 강의 노트를 겨드랑이에 끼고 마치 노벨상이라도 받은 양 거들먹거리며 걷는 그녀의 모습. 지금은 이런 하찮은 일을 하고 있지만 조금만 지나면 최고의 외과의가 되거나 암 백신을 만들어낼 거라는 우월감에 사로잡힌 표정. 나는 차라리 늙은 광녀 '니코틴'이 더 좋다. 그녀는 내 입을 닦아준다. 사과 퓌레 때문에 내 턱과 환자복에 누런 얼룩이 묻어도 그녀는 눈살을 찌푸리지 않고 수건으로 닦아준다. 나는 그녀에게 고마움을 표시하기 위해 고개를 약간 움직인다. 그녀가 내 눈을 똑바로 본다. 그렇게 눈이 슬픈 사람은 본 적이 없다. 그녀는 자리에서 일어나 지지직거리는 기계에 손을 얹는다.

"만약 내가 이걸 끄면, 넌 이 분 만에 죽어. 그러면 아마 내게 골치 아픈 일이 생기긴 하겠지. 하지만 아무도 날 비난하진 않을 거야. 너는 내가 얼마나 자주 이런 충동에 사로잡히는지 상상도 못할걸……"

나는 그 말이 도대체 무슨 뜻인지 물으려고 그녀를 향해 또 한 번 고개를 갸웃 움직인다. 하지만 그녀는 커다란 암소 대가리 같은 머리를 세차게 흔들고는 병실에서 나가버린다. 서서히, 고독이 내 위장에 구멍을 뚫는다. 나는 바보처럼 나의 추억과 함께 남는다.

25

나의 다정한 모크타르에게

이렇게 빨리 답장을 해주다니 정말 고마워. 군사우편 서비스
가 그처럼 맡은 일에 충실하리라고는 상상도 못했어. 군대 행
정이 엉망진창이라고 우리끼리 엄청나게 욕을 했었잖아⋯⋯
그런데 알고 보니 생각과는 다르네. 당신 편지를 받고 정말 기
뻤어. 나 역시 매일같이 당신을 생각하고, 내 꿈속에서 본 것
처럼 당신 배가 터지는 일이 일어나지 않게 해달라고 열심히
기도하고 있어. 어쨌든 당신 물음에 답하자면, 당신 배가 터져
버린다 해도 나는 당신을 사랑할 거야. 심지어 당신이 평생 휠
체어를 타게 된다 해도, 당신 뇌가 반쪽만 남게 된다 해도 당

신을 언제까지나 사랑할 거야. 그 점이라면 아무 걱정 하지 마. 부디 살아서만 돌아와줘.

당신 누이는 정말로 이해하기 힘들어. 어떤 때는 아예 집에 들어오지도 않고, 어떤 때는 술에 떡이 되어 슬로베니아 노래를 고래고래 불러대면서 아침에야 돌아오고, 또 어떤 때는 밤 늦도록 '완두콩'이 선물한 클래식 음반들을 들으면서 자기 방에 틀어박혀 울고 있어. 자기를 두들겨패고 괴롭힌 그런 인간 같지도 않은 사내를 어쩜 그렇게 그리워할 수 있는지 도저히 이해할 수가 없어. 그리고 당신 여동생이 우리에게 어쩜 그렇게 배은망덕하게 굴 수 있는지, 그것도 정말 이해할 수 없어. 당신이 돌아오면 제대로 이야기를 나눠봐야 할 거야. 다오 민은 당신 소식을 자주 물어. 지금까지 모든 게 순조롭게 진행되고 있다는 얘기를 듣고는 아주 기뻐했지. 그는 매일 저녁 간단히 데워 먹기만 하면 되는 음식을 내게 갖다줘. 덕분에 난 저녁식사 준비를 하지 않아도 되고, 대신 그는 나와 말을 할 수 있는 기회를 얻는 거지. 그는 몹시 외로워하고 있어. 게다가 밤이면 밤마다 떼로 몰려드는 무늬말벌들처럼 '천 개의 옥수수' 전투의 악몽이 되살아나 고통스럽대. 그리고 상황이 좋지 않을 때는 나쁜 일이 지나갈 때까지 무조건 죽은 듯이 엎드려 있는 게 상책이라고 당신한테 전해달래. 자기가 만 명이나 되는 군인 중에서 유일하게 목숨을 건진 것도 바로 그 방법을 썼기 때문이라나.

어쨌든 텔레비전에서는 낙소스와 당신 부대에 관한 소식을 자주 전해주고 있어. 낙소스가 처음 지휘했던 군사작전을 재방송해줬는데 정말 믿을 수 없을 정도였어. 그는 진짜 탁월한 지휘관일 뿐만 아니라, 사람들의 마음을 사로잡는 마력과 힘을 갖고 있어. 그가 진흙탕에 몸을 내던지고 일 분 만에 수백 가지 명령을 내리는 걸 당신도 봤어야 하는데. 정말 놀라워. 나야 그 방송에 나오는 첨단 장비들에 관한 기술적인 설명은 제대로 이해하지 못했지. 하지만 낙소스는 머리가 아주 비상하고 첨단 장비나 무기에 정통한 사람인 것 같아. 아마 군인이 되기 전에 그쪽 분야에 대한 공부를 엄청 많이 한 모양이야. 전투가 벌어지는 동안 어디에 적들이 숨어 있는지, 어디에 탱크가 있는지 그에게 알려주는 수천 개의 작은 픽업*이 도처에 설치되어 있었어. 물론 그런 장치들이야 어느 정도는 '연구개발부'의 덕을 본 것이기도 하지. 어쩌면 고양이들과 살바토레의 죽음이 그렇게 헛된 것만은 아니었는지도 몰라……

당신이 부탁했던 비스킷과 현금을 조금 보내. 돈은 한꺼번

---

* 소리나 빛, 진동을 전기 신호로 바꾸는 장치.

에 다 쓰지 마.

내가 항상 당신을 생각하고 사랑한다는 거, 절대 잊지 마.

우리는 '홀리데이인'을 후방 기지로 삼아 일주일을 보냈다. 우리가 왜 그곳에서 죽치고 있는지, 거기서 무엇을 기다리고 있는지 그 이유도 분명히 모르는 채로. 방송국 사람 셋이 우리와 내내 함께 머물면서 생활했다. 그들은 재미있는 사람들이었다. 항상 붙어 다니면서 틈만 나면 서로 욕을 해대며 치고받는 삼형제 같았다. 말라깽이 둘과 뚱보 하나. 그들은 우리의 일거수일투족을 촬영했다. 식사, 기상, 취침 장면. 그리고 매일매일 쉬지 않고 우리를 인터뷰했고, 그 인터뷰 내용은 텔레비전으로 방송되었다. 그들 말로는, 사람들이 우리에게 열광하고 있다고 했다. 우리가 시청자들을 그 케이블채널에 붙잡아두었다고. 우리 프로그램이 방송되는 시간대의 광고비가 천정부지로 뛰었다. 우리는 텔레비전 삼형제의 마케팅 이론을 비웃으면서 우스갯소리를 했다. 하지만 우리 역시 매일 텔레비전에 출연해 유명해지고 있다는 생각에 기분이 붕 떠 있었다. 인터뷰 때마다 더크는 자기를 해고한 사장을 미친 듯이 헐뜯었다. 모크타르는 자신의 파란만장한 인생 역정을 수천 번도 넘게 이야기했다. 그리고 나로 말할 것 같으면, 지금 이곳에 있는 이유로 온갖 거짓말을 늘어놓았다.

더크는 군대 방송에 주파수를 맞춰놓은 작은 라디오를 항상 갖고 다녔다. 라디오에서 흘러나오는 내용은 정말로 허접했다. 광고, 르몽시드의 노래, 그리고 일기예보. 가을이 다가오고 있었다. 하루에도 몇 시간씩 가랑비가 추적추적 내려 군인들은 덜덜 떨고 비포장 지대는 진창이 되었다. 라디오에서는 날씨가 좋아질 기미가 전혀 보이지 않으며 당분간은 비가 계속 내리면서 기온이 점점 내려갈 거라고 했다. 이제 몹시 추워질 터였다. 기억건대, 당시 나는 이상한 공허감을 느끼고 있었다. 내 머릿속에서는 그 즈음에 느끼던 흥분은 사라지고, 대신 우리를 둘러싼 넓은 벌판을 닮은 축축한 잿빛 대평원이 펼쳐지고 있었다. 기분 좋은 느낌이었다. 우리가 의기소침해지지 않도록 보호해주는 폭신한 솜이불 같은.

첫번째 군사작전이 언제 개시될지 우리는 전혀 몰랐다. 훈련도 거의 하지 않고 말없이 담배만 피워대면서, 과거에는 호텔이었던 그곳 주변을 배회하며 조용히 시간을 보낸 지도 여러 날이 흘렀다. 군 당국은 우리의 사기를 진작시키기 위해 온갖 부류의 창녀들을 가득 태운 버스를 보내주었다. 말하자면 일종의 특식이었다. 하지만 어디서 끌어모았는지 모를, 마약에 찌들어 제 몸하나 건사하기도 힘들어 보이는 여자들은 내게 별 감흥을 불러일으키지 못했다. 어쨌든 그러고 나서 얼마 뒤 텔레비전 방송국의 헬리콥터가 카메라, 영사기 등 촬영장비들을 실어날랐고, 그와 동시에 본격적인 군사작전이 개시될 거라는 소문이 돌기 시작했다.

우리가 '홀리데이인'에 도착한 뒤로 좀처럼 볼 수 없었던 낙소스가 갑자기 모습을 드러냈다. 그는 우리와 함께 식사를 하면서 다정하게 등을 두드려주고, 아버지 같은 온화한 말투로 우리한 사람 한 사람에게 말을 건네면서 우리와의 관계를 더욱 공고히 하려는 의지를 드러냈다.

그가 다가왔을 때, 나는 라디오로 르몽시드의 인터뷰를 듣고 있었다. 그녀는 모든 사람이 이미 아는 자신의 어린 시절 이야기와 트레일러 안에서 음악을 접하게 되었다는 이야기를 다시 하고 있었다. 나는 호텔 라운지에 있는 낡고 지저분한 소파에 앉아있었다. 커다란 유리창에는 몇 십 년 전 이곳에 있었던 편의시설들의 목록이 반쯤 지워진 초록색 글씨로 나열되어 있었다. 수영장, 룸서비스, 위성방송. 열린 창으로 주차된 트럭들의 중유 냄새가 흘러들어왔다. 낙소스가 내 옆에 앉았다. 그는 내게 잘 지내고 있는지, 몸은 건강한지 물었다. 나는 고개를 끄덕였다. 그가 내 옆에 있는 게 약간 거북했다. 라디오에서는 소녀 가수가 슬픔에 잠겨 우는 젊은 미망인에 관한 노래를 부르고 있었다.

낙소스는 진회색 구름들이 점점 더 무겁게 내려앉고 있는 하늘을 유심히 쳐다보았다. 마치 거기서 중요한 뭔가를 발견하려는 것처럼.

"이보게." 그가 말했다. "이제 곧 모든 게 달라질 거야. 세상이 변할 거야, 우주 전체가 변할 거라고. 자네는 그 과정을 직접 목격하게 될 걸세. 앞으로 자네가 하게 될 일은 자네를 완전히 딴사람으로 만들어줄 거야. 이봐, 그건 정말 놀라운 변화라네. 그처럼 변화할 기회를 가질 수 있는 사람도 극히 드물지. 그리고 그후에는 이 세상에 불가능은 없다는 걸 깨닫게 될 걸세. 자네가 원하는 모든 것이 자네 앞에, 자네 손이 닿는 곳에 있을 테니까."

그가 내게 미소를 지어 보인 걸 보면, 아마도 내가 그의 말을 이해하지 못하겠다는 듯 애매한 표정을 지었던 모양이다.

"기회가 닿으면 내게 그런 일이 어떻게 일어났는지 이야기해주겠네. 자네 손을 다시 한번 보여줘봐."

나는 그에게 손을 보여주었다. 그는 또다시 미소를 지으면서 그리스어로 뭐라고 중얼거리고는 내 곁을 떠났다. 이제 하늘은 진흙 구덩이에 빠진 코끼리 떼처럼 촘촘한 구름들로 완전히 뒤덮여 있었다. 어느 신문기자가 열심히 쫓아다니며 취재했다는 그 소문, '올리브 숲의 살인마'와 낙소스가 동일 인물이라는 소문이 떠올랐다. 곰곰 생각하고 나서, 나는 그런 소문 따위에 전혀 관심이 없다는 걸 깨달았다. 나는 창을 닫으려고 자리에서 일어났다. 일기예보가 맞았다. 기온이 떨어지고 있었다.

26

나는 어빙 낙소스가 우리에게 정말로 그곳으로 출동한다고 통보한 그날 저녁을 완벽하게 기억한다. 우리는 '가을비'에 입대한 후 처음으로 모피를 덧댄 군용 파카를 입어야 했다. 우리 코앞에서 구름이 생성되고 있었다. 텔레비전 삼형제는 넉 대의 ENG카메라, 다양한 종류의 캐논 렌즈, 이동 촬영을 위한 레일 등을 구비한 또다른 촬영 스태프 스무 명과 합류했다. 그리고 작전이 전개되는 동안 우리를 뒤쫓아다닐 스테디캠 장비를 갖춘 남자 둘과 악천후나 야간 촬영에 대비해 적외선카메라를 갖고 있는 남자 둘도 있었다. 커다란 창고 앞에는 송수신 안테나를 갖춘 대형 중계차량 한 대와 제작팀을 위한 사륜구동 차량 두 대, 그리고 얼마 전에 채널 로고를 새로 칠한 헬리콥터 한 대가 대기하고 있었다. 그들은 물량 측면에서 우리를 능가했다.

우리는 호텔 회의실로 집합하라는 명령을 받았다. 전직 조종사와 낙소스는 큰 탁자 너머에 앉아, 우리가 이야기를 나누면서 들어오는 모습을 보고 있었다. 모크타르, 더크, 그리고 나는 '가을비' 대원 무리와 기자재를 점검하고 있는 케이블채널 기술자들을 헤치고 나아갔다.

모크타르는 북적거리는 분위기에 한껏 들뜬 기색이었다.

"일이 분명해지고 있어." 그가 말했다.

"마침내 우리가 뭔가를 하긴 할 건가봐." 더크가 동의했다.

"이 작전에 얼마나 많은 돈이 들어갈지 상상해봐." 내가 말했다.

"이 작전으로 얼마나 많은 돈을 벌어들일지도." 한 건장한 사내가 우리 쪽을 돌아보며 말했다.

사내의 말이 옳았다. 만약 그즈음 시청률에 관해 떠도는 소문이 사실이라면, 아무리 많은 돈을 들이붓는다 해도 그 투자액과는 비교할 수 없을 어마어마한 수익을 우리가 케이블채널에 안겨다주고 있는 게 틀림없었다. 전반적인 분위기로 미루어 볼 때, 모두가 우리를 자랑스러워하고 있으며 우리 중 한때 낙오자에 불과했던 이들이 있음에도 이제 우리의 가난뱅이 시절은 완전히 끝났다는 걸 충분히 느낄 수 있었다. 사는 낙도 없이 똥 묻은 개처럼 겉돌던 이전의 삶과는 영영 이별이었다. 이제 우리는 분명한 직업과 뚜렷한 임무를 가진 존재였다. 권위와 경제적 이익이 뒤얽힌 직업과 임무를. 우리는 분명히 느낄 수 있었다. 서서히 세계의 중심과 비슷한 위치에 다가서고 있다는 것을. 그리고 그 느낌은 감미로웠다.

한 기술자가 모든 준비가 완료됐음을 알리기 위해 텔레비전 사회자를 향해 엄지를 세워 보였다. 짙은 파란색 막이 벽면에 펼쳐지고, 타이틀뮤직이 흘러나오기 시작했다. 우리는 맨 앞줄에 놓인 세 개의 플라스틱 의자에 가서 앉았다. 늦게 도착한 사람들은 의자가 모자라 구석에 서 있어야 했다. 여자 분장사가 와서 낙소스와 전직 조종사의 화장을 고쳐주었고, 한 대의 카메라가 그런 종류의 의식에 익숙한 듯 자연스러운 표정을 짓고 있는 두 사람을 비추었다.

기술자가 두 사람 쪽으로 다시 신호를 보내자, 카메라들이 돌아가기 시작했다.

"몇 주 전부터 여러분은 여기 있는 이 군인들의 생활을 쭉 지켜보셨습니다. 여러분은 이들이 누구인지 잘 알 겁니다. 이들은 여러분의 거실로 들어왔고, 여러분은 이들의 얼굴과 이름을 알게 되었습니다. 이들은 이제 여러분의 가족이나 다름없습니다."

전직 조종사가 카메라 옆에 설치된 텔레프롬프터*를 읽으면서 말했다.

"오늘 저녁은 이 군인들에게 아주 특별한 순간입니다. 내일이면 전장 한가운데로 뛰어들어 포화의 세례식을 거행하게 될 테니까요. 내일, 이들은 첫번째 임무를 수행하기 위해 전선을 넘어 적진으로 침투할 것입니다. 이들이 위대한 '가을비' 대원이기에 이번 작전은 몇 달 전부터 이끌어왔던 그 어떤 군사작전보다 훨씬 더 힘들고 위험할 것입니다. 곳곳에서 적들이 이들의 생명을 노리고 있을 겁니다. 매복한 저격수들, 교묘하게 매설해놓은 대인지뢰, 그리고 자살 특공대나 다름없는 미친 적들이 말입니다. 하지만 이들 모두는 용감하게 그곳으로 갈 겁니다. 여러분 역시 그곳에서 이들의 모험을 함께할 거고요. 이제 이 군인들의 지휘관인 어빙 낙소스에게 마이크를 넘기겠습니다. 그가 작전 계획과 기술적인 세부 사항을 부대원들에게 직접 설명할 겁니다."

전직 조종사는 다시 자리에 앉았다. 이제 모니터에서는 광고가 흘러나오고 있었다. 입을 여는 사람은 아무도 없었다. 모두 사회자가 말한 내용을 곱씹고 있었다. 바로 내일 우리가 그곳에 가야 한다는 말을. 나 같은 인간조차 상상력이 빠르게 작동하기 시작했다. 머리 위로 포탄이 획획 지나가는 소리가 들리는 듯했

---

* 원고 내용을 모니터에 보여주는 장치.

다. 다리에 날아와 박히는 포탄 파편이 느껴졌다. 그런 생각은 이상한 효과를 가져왔다. 그것은 두려움도 아니고 흥분도 아니었다. 오히려 그 모든 것이 이제는 나하고 아무런 상관이 없는 듯한 느낌. 나는 그 모든 것과 완전히 무관하다는 느낌. 나는 사과를 먹고 있는 모크타르와 하품을 하고 있는 더크 옆에 앉아 있는 나 자신을 보았다. 사이비 군인들 무리 한가운데에 앉아 있는 내 모습. 어쩌면 내 인생의 마지막 저녁이 될지도 모르는데 그런 내 모습을 보니 더없이 서글퍼졌다. 공처럼 둥글게 말린 작은 슬픔이 목젖을 찌릿하게 건드렸다. 광고 방송이 끝나고, 낙소스가 전직 조종사와 교대를 했다. 낙소스는 우리가 처음으로 참전하는 날 상황이 어떻게 진행될 것인지 상세히 설명했다.

27

나는 머리를 오른쪽으로 틀어 약간 뒤로 젖히는 이 새로운 동
작을 자주 한다. 그런 자세로 반쯤 열린 문 너머 이 염병할 병원
의 복도를 내다보는 것이다. 하얀 섬광처럼 빠르게 지나가는 의
사의 흰 가운, 씩씩거리며 왁스청소기를 밀고 가는 청소부 여자
의 앞치마가 보인다. 그리고 아주 드문 일이긴 하지만, 병실을
찾느라 이리저리 헤매고 다니는 민간인 방문객의 옆모습이 보이
기도 한다. 어제부터 내 병실 앞에 새로운 변화가 생겼다. 두 명
의 감시자. 그들은 작은 철제의자에 교대로 앉는다. 내 눈에는
그들이 입은 자줏빛 제복의 바짓단과 신발코만 보인다. 한 사람
은 운동화, 다른 한 사람은 낡은 가죽구두. 전신마비 환자 하나
를 지키기 위한 감시자 둘. 나는 손상된 뇌로나마 추리를 해본

다. 그렇게 감시자를 둘씩이나 세워둔 건 내가 달아나지 못하게 지키려는 것이기보다는 나를 보호하기 위한 것일 가능성이 더 크다. 그들은 병원장이 벌컥 화를 냈던 그날 이후로 그곳에 말뚝처럼 박혀 있다. 아마도 병원장의 지시인 듯하다. 병원장이 불도그 같은 목소리로 '니코틴'을 부르는 소리를 들은 적이 있다. 그가 '니코틴'에게 말했다.

"빌어먹을, 이 말도 안 되는 서커스는 대체 다 뭐지? 이거 봤나? 세 개 신문에서 동시에 이 기사를 실었어. 여기서 찍은 사진들과 함께! 이 환자의 병실에서 사진을 찍다니! 내 병원 안에서! 젠장, 우릴 도대체 뭘로 보겠어? 명색이 군 병원인데 개나 소나 마음대로 드나들 수 있는 곳이라고 생각할 것 아니야? 장관님이 화가 머리끝까지 나서 방금 나한테 전화를 했어! 만약 시위가 일어나거나 공공질서가 조금이라도 흔들리는 날엔 모든 책임을 나에게 묻겠다는 거야! 책임을 묻는다는 게 무슨 뜻인지 알아? 그건 엉덩이를 걷어차이듯 모욕적으로 쫓겨난다는 뜻이라고!"

그러고 나서 병원장은 역시 불도그가 짖는 것 같은 목소리로 자그마한 여자 수련의를 불렀다. 수련의는 다리가 보이지 않을 정도로 쌩하니 달려왔다.

"자네 생각에는 누구한테 책임이 있는 것 같은가? 우리 병원은 아무나 출입할 수 없어. 맹세코 그 작자를 찾아내면 절대 가

만두지 않겠어!"

"전 몰라요, 원장님, 정말로 몰라요." 수련의는 되풀이해 말했다.

나는 침대에 누워 생각했다.

'비열한 거짓말쟁이, 그 사진기자를 이곳으로 끌어들인 건 바로 너잖아……'

만약 내가 말을 할 수 있었다면 당장 진실을 폭로해 그녀의 찬란한 미래를 한순간에 한 줌의 재로 만들어줬을 것이다.

나는 내 상태가 어떤지 전혀 알 수가 없다. 내 눈은 수도 없이 천장을 향한다. 싸구려 매트에 너무 오래 누워 있어서, 견갑골과 허리와 팔꿈치 부근이 불에 덴 듯 욱신거린다. 통증을 느낀다는 건 내가 조금씩 되살아나고 있음을 의미하는 게 아닐까? 나는 그렇게 중얼거린다.

구루병에 걸린 환자가 창턱에 가서 앉는다. 그의 머리는 기계장치처럼 규칙적으로 흔들린다. 왼쪽, 오른쪽, 위쪽, 아래쪽, 왼쪽…… 다리는 늙은 여자의 팔 같고, 압정 대가리처럼 작고 검은 눈은 우리의 첫번째 작전 개시일 아침에 본 어빙 낙소스의 눈 같다. 그날 아침 낙소스는 칼바람이 불어대는 호텔 주차장에서 '가을비'의 출동 준비를 점검하고 있었다.

28

날씨는 냉장고 안처럼 추웠다. 우리는 이를 딱딱 마주치면서 잠에서 깨어났다. 낙소스는 오늘 이 나라 인구의 사분의 삼이 우리를 보기 위해 텔레비전 앞에 앉아 꼼짝도 않을 테니, 깨끗이 샤워하고 머리도 정성들여 빗으라고 명령했다. 더러운 낯짝은 생각도 할 수 없는 일이었다. 그래서 우리 모두는 말끔하게 면도를 하고 머리를 빗었다. 모크타르는 머리에 젤까지 발랐다. 그러자 그는 멍청한 곤돌라 뱃사공처럼 보였지만, 우리는 그에게 아무 말도 하지 않았다. 우리는 군복을 입고 라운지로 내려갔다. 그곳에서 두 명의 견습 스태프가 우리에게 이번 작전을 위해 특별 제작한 점퍼를 나눠주었다. 더크의 점퍼 등판에는 굵고 푸른 활자체로 '스피닝 인사이드'라는 글씨가 찍혀 있었다. 모크타르의 등판에는 빵에 발라 먹는 초콜릿 광고가 보란 듯이 새겨져 있었다. 그리고 내 등판에는 맥주를 병째 들이켜고 있는 맹수의 그림이 수놓여 있었다. 모든 준비가 완료되었다.

주차장에는 다양한 제작팀들이 이미 모든 준비를 끝마친 상태로 대기하고 있었다. 새벽부터 서로 싸우느라 기진맥진해 있던 삼형제가 우리의 출발 장면을 촬영하기 시작했다. 모두 카메라를 보는 순간 몸통을 잔뜩 부풀리고 기백 넘치면서도 담담한 표정을 지었다. 간혹 어떤 멍청이가 카메라를 향해 손짓을 했고, 그럴 때면 그동안 우리에게 자연스럽게 행동해달라고 귀에 못이 박히게 떠들어댔던 삼형제는 기가 막힌다는 듯 씩씩거렸다.

덮개를 씌운 트럭 석 대가 지난밤에 도착한 게 분명한 장갑차두 대 사이에서 우리를 기다리고 있었다. 20와트짜리 전구보다더 밝을까 말까 한 해가 떠오르고 있었고, 하늘은 아이스크림같은 우윳빛이었다. 모크타르와 더크와 나는 상의 지퍼를 목까지 채워올리고 두 손을 주머니에 찌른 채 트럭들 중 하나에 올라탔다.

"내가 추운 날씨를 싫어하는 건 다친 부위가 훨씬 더 쑤시기때문이야." 더크가 말했다. "조금만 긁혀도, 아주 살짝만 부딪혀도 엄청나게 아프거든."

모크타르는 더크에게 아가리 닥치라고 말했다. 자기는 지금

머리가 아프다고, 자기한테는 지금도 한밤중이나 다름없다고, 자기는 반 시간 전까지만 해도 아내의 젖가슴 꿈을 꾸고 있었다고, 그러니 어떤 멍청이가 자기 옆에서 춥네, 긁혔네, 부딪혔네 씨부렁대는 소리는 전혀 듣고 싶지 않다고. 모크타르는 신경이 곤두서 있었다. 정신적으로 몹시 지쳐 있었다. 마담 스카폰이 곁에 없다는 사실은 그의 심장을 갉아먹었고, 그의 삶은 못들이 튀어나온 널빤지 위에서 자야 하는 밤만큼이나 불쾌하고 고통스러웠다. 나는 그가 그런 식으로 처져 있는 게 불안했다. 앞으로 있을 일들을 위해 내겐 그가 절대적으로 필요했다. 그런데 그가 그렇게 계속 축 늘어져 있으면, 카롤린 르몽시드를 제거한다는 건 꿈도 꿀 수 없는 일이었다. 그리고 만약 카롤린을 제거하지 못한다면, 구체적으로 말해 짐짐 슬레이터가 사이코패스들을 보내 내 머리를 치즈 부스러기처럼 바스러뜨릴지도 몰랐다.

마침내 트럭 석 대와 장갑차 두 대가 출발했다. 텔레비전 방송국의 지프 두 대가 우리 뒤를 바짝 따라왔다. 위쪽에선 귀가 먹먹할 정도로 윙윙거리는 헬리콥터 소리가 들려왔는데, 그 헬리콥터에는 전직 조종사가 타고 있었다. 그 시각 그곳에서 수백 킬로미터 떨어진 도시에서는, 잠이 덜 깨어 눈이 부은 사람들이 생방송으로 중계되는 우리의 출동 장면을 보려고 텔레비전을 부리나케 켜고 있었다.

전선이 가까워질수록 도로의 포장 상태는 점점 더 형편없어졌다. 오래된 포장도로들은 악천후가 거듭되면서 모두 터지고 갈라져, 이제 남은 거라고는 진창과 움푹 팬 구덩이들, 아프리카 타악기 소리를 내며 트럭 밑바닥을 두드려대는 자갈들뿐이었다. 낙소스가 커피를 담은 보온병과 빵, 그리고 우리의 잠을 깨울 암페타민을 나눠주었다. 덕분에 새벽의 반혼수상태에서 흐느적거리고 있던 우리는 언제 그랬냐는 듯 원기가 왕성해졌다. 우리의 폐 속으로 들어오는 찬공기가 비행기 모터에 넣는 연료처럼 느껴졌다. 무 밭과 폐허가 된 마을들의 황량한 풍경은 멋진 12음절 시구처럼 보였고, 잔뜩 찌푸려 어두운 하늘은 근사한 하루를 약속하는 전조처럼 보였다.

트럭은 마구 파헤쳐진 고속도로를 벗어나 어느 교외지역으로 들어섰다. 총알과 포탄에 맞아 벌집으로 변해버린 고층 건물들, 녹슨 차체들, 애꾸가 된 신호등들, 엉망으로 휘고 연기에 그을려 거메진 버스 정류장들. 굶주린 고양이들이 우리 트럭 앞으로 쏜살같이 달아났다. 그곳에선 지독한 죽음의 냄새가 풍겼다.

"전쟁, 그건 플러스적인 것과 마이너스적인 것이야." 모크타르는 낙소스가 했던 말을 또 한번 되풀이했다.

"이건 내가 전쟁에 대해 상상했던 그대로군. 더럽고 구역질나는 똥 무더기 같아." 더크가 말했다.

"이건 아무것도 아니야. 시작에 불과해. 영화를 좀더 봐야겠군. 진짜 똥 덩어리를 보려면 아직 멀었어."

트럭에서 하차하라는 명령이 떨어졌다. 낙소스는 이제부터는 걸어서 목적지까지 이동할 거라고 말했다. 전날 저녁 그가 설명하기를, 우리가 있는 장소에서 1, 2킬로미터 떨어진 이 지독한 도시의 잔해 어딘가에 생쥐 같은 낯짝을 한 비겁자들의 소굴이 있는데, 몇 주 전부터 정규군이 그들을 소탕하려고 총력전을 펼쳐왔다는 것이다. 그자들은 망원 조준기를 갖춘 저격수용 소총과 몇 정의 유탄 발사기를 보유하고 있지만, 가끔 주변을 어슬렁거리는 고양이를 잡아먹는 것 말고는 벌써 몇 주째 먹을 거라고는 구경도 하지 못했다. 그래서 그들은 방아쇠를 당길 힘조차 없다. 이제는 앞도 제대로 보지 못하고, 총을 잡고 있는 손마저 부들부들 떨 정도다. 따라서 우리가 약간만 조심하면 크게 위험할 건 없다. 그리고 낙소스는 부비트랩이나 지뢰가 매설되어 있을지도 모르니 아무거나 함부로 만지지 말고 걸을 때도 계란 위를 걷듯이 살살 조심해서 걸어야 한다는 말도 덧붙였다.

헬리콥터는 두 종류의 영상을 중계방송하고 있었다. 텔레비전 시청자들이 자기 집에 앉아서 보는 영상, 그리고 낙소스와 두 명의 기술자가 탑승한 장갑차 내부로 곧바로 보내는 영상. 이 영상 덕분에 낙소스는 작전지역을 손바닥 들여다보듯 꿰뚫어볼 수 있었다. 그는 우리에게 3인 1조를 이루어, 각 조 간에 몇 미터씩 일정한 간격과 대형을 유지하면서 고양이를 잡아먹는 자들의 소굴까지 곧장 진격하라고 지시했다. 그 명령은 우리가 낀 이어폰을 통해 곧바로 전달되었다. 텔레비전 제작팀 측에서는 삼형제, ENG카메라를 짊어진 사람들, 두 대의 스테디캠, 적외선카메라 팀들, 그리고 두 대의 작은 지프가 원하는 영상을 찍기 위해 작전지대를 마음대로 헤집고 다닐 예정이었다.

"저 멍청이들은 군인이 아니야. 그래서 뭐든 자기 멋대로지. 저 자식들은 일단 촬영에 들어가면 우리가 지뢰를 밟아 다리가 잘려나가든 작전에 실패하든 안중에도 없다고." 모크타르가 담배에 불을 붙이면서 말했다.

더크는 그의 말에 토를 달려고 애썼다.

"그거야 저 친구들이 하는 일이 원래 그런 거니까 할 수 없지 뭐. 그래도 우리가 이렇게 작전에 참여할 수 있는 것도 알고 보면 저 친구들 덕분 아닌가."

"저 자식들이 똥구덩이에 빠져 뒈져가는 네 낯짝을 클로즈업할 때도 그딴 식으로 이야기할 수 있는지 어디 두고 보자고."

더크는 하늘을 힐끗 쳐다보면서 그런 재수 없는 일이 자기에게 일어날 리 만무하다는 몸짓을 하면서도, 더 아무 말도 하지 않았다.

평소 친하게 지내던 사람들끼리 순식간에 조를 짰다. 모크타르와 나는 자연스럽게 한 조가 되었다. 우리는 찜찜하긴 했지만 어쩔 수 없이 더크를 우리 조에 끼워주었다. 이른 아침의 매서운 바람을 맞으며, 마침내 우리는 출발했다. 이제는 아무도 입을 열지 않았다. 모크타르는 여태까지 한 번도 보지 못한 긴장한 표정이었다. 더크는 거북이처럼 목을 어깨에 푹 파묻고 있었다. 우리 앞쪽으로는 교외지역의 아파트들이 콘크리트 숲을 이루었다. 우리 오른쪽과 왼쪽으로 다른 삼인조들의 존재가 느껴졌고, 머리 위에서는 우리를 안심시켜주는 헬리콥터 소리가 계속 들려왔다. 텔레비전 방송국의 지프 한 대가 우리 옆을 천천히 지나갔다. 제작팀들은 지프의 보닛 위에 카메라를 설치하고 군인들을 따라다니며 촬영을 하고 있었다. 카메라를 발견한 순간, 더크는 재빨리 가슴을 쭉 펴고 자세를 바로 했다. 지프는 우리 조를 어느 정도 촬영하고 나서, 1백 미터쯤 떨어진 곳의 건물 잔해를 기어오르고 있는 또다른 삼인조를 향해 달려갔다.

앞으로 전진해갈수록 온몸의 근육이 조여드는 것 같았다. 틀림없이 검게 그을린 창들 중 한 곳에서 누군가가 방아쇠에 손가락을 올려놓고 나를 조준하면서 우리의 움직임을 지켜보고 있을 거라는 생각이 들었다. 아니면, 어느 순간 내가 지뢰를 밟을 수도 있었다. 암페타민을 복용한 탓에 입은 바짝 말라 있었고, 혀는 사포처럼 껄끄러웠다.

모크타르가 내 어깨에 손을 올려놓으며 말했다.

"긴장 풀어. 자네 지나치게 긴장하고 있어. 오늘이라고 특별
할 건 없어. 평상시와 똑같은 날일 뿐이라고. 구름과 벌레들과
바람을 봐. 그것들은 아무 신경도 쓰지 않아. 전쟁을 하건 말건,
그것들한테 세상은 늘 똑같으니까. 자네도 그것들과 다를 바 없
어. 자네한테도 어제나 오늘이나 그게 그거야, 그냥 똑같은 날들
일 뿐이라고. 우리 중 누군가가 오늘 죽을 수도 있겠지. 하지만
그렇다고 달라지는 건 아무것도 없어. 설사 자네가 죽는다 해도,
아무것도 달라지지 않을 거라고. 그건 중요한 게 아니니까."

"빌어먹을! 아가리 닥쳐." 더크가 귀를 틀어막으면서 말했다.

하지만 이상하게도 모크타르의 말이 내 마음을 차분하게 가
라앉혔다. 그가 한 말은 모두 사실이었다. 그 모든 건 정말로 중
요하지 않았다.

우리가 총소리를 들은 건 바로 그 순간이었다. 딱! 손가락 관
절을 꺾는 듯한 소리. 우리 셋은 본능적으로 몸을 낮췄다. 나는
방송국 지프들이 총소리가 난 곳을 향해 요란하게 돌진하는 것
을 보았다. 총성이 울린 곳은 우리가 있는 곳에서 20미터 정도
떨어진 지점이었는데, '가을비' 분대 셋 중 한 분대가 바닥에 쓰
러진 시커먼 물체 쪽으로 부리나케 뛰어가고 있었다.

더크는 하얗게 질린 얼굴로 똑같은 말을 되풀이했다.

"씨팔, 어떡하지? 어떻게 해?"

그의 말에 대답이라도 하듯이, 각자 자기 위치에서 꼼짝하지 말고 사주경계를 하면서 명령을 기다리라는 낙소스의 말이 헬멧 속으로 들려왔다.

"이 추위에 꼼짝도 하지 말라니, 누굴 얼려 죽일 작정인가?" 모크타르가 손에 입김을 불면서 투덜거렸다.

헬리콥터가 시커먼 물체 바로 위에서 고도를 낮추고는 커다란 타원형을 그리며 맴돌았다. 카메라가 줌렌즈를 이용해 그 장면을 촬영하는 것이었다.

"상황 종료! 아무것도 아니다. 총에 맞은 건 염소다." 낙소스의 목소리였다. "멍청한 삼인조가 염소를 적으로 오인해 사살했다. 신경쓸 필요 없으니 계속 전진하라. 동요하지 말고."

헬리콥터가 다시 높이 날아올랐다. 방송국 사람들도 지프에 올라탔고, 우리도 출발했다. 십오 분쯤 걸어가자, 건물들이 드문드문 남아 있는 주거지역에 다다랐다. 방송 차량들은 폐허가 된 식료품점을 엄폐물 삼아 주차했고, 우리는 카메라맨들이 장비를 가지고 차에서 내릴 때까지 기다렸다. 삼형제 중 한 명이 우리에게 다가왔다.

"당신들이 건물을 수색하는 동안 내가 따라다니며 촬영할 겁니다." 그는 카메라에 적외선 감지기와 필터를 끼우면서 말했다.

"어디서부터 시작하지?" 더크가 물었다. "일층부터." 모크타르가 십층 건물의 입구 쪽으로 발걸음을 옮기면서 말했다.

카메라맨이 마이크를 조정할 때까지 잠시만 기다려달라고 해서 우리는 되돌아왔다.

모크타르가 선두에 섰다. 건물 안에서는 지린내와 곰팡내, 썩은 냄새가 진동했다. 그 냄새들, 그게 우리가 그 건물 내부에서 맨 처음 확인한 것이었다. 두번째로 확인한 것은, 문이 닫히는 순간 건물 내부가 아궁이 속처럼 깜깜해진다는 사실이었다. 우리는 손전등을 켰다. 흐릿한 불빛이었지만 그곳에서 사람의 흔적을 쉽게 발견할 수 있었다. 입구 홀에서 통조림 깡통과 종이부스러기, 똥오줌을 싼 기저귀, 담배꽁초, 그 외에도 알 수 없는 오물이 우리 발에 밟혔다. 모크타르가 몸을 숙이더니 뭔가를 주워들었다.

"이걸 봐." 그가 말끔하게 발라먹고 버린 사과 속을 내게 가리키면서 말했다.

"그게 뭐?" 내가 물었다.

"썩지 않았어. 색깔만 조금 변했을 뿐이야. 그러니까 불과 몇 시간 전에 누군가 여기다 버린 거라고."

더크가 역겹다는 표정을 지었다.

"이런 데서 사람이 살다니, 정말 구역질나는군."

"그들은 여기서 살지 않아. 여긴, 그들의 쓰레기장이야. 그들은 이 건물 위층 어딘가에 살면서 층계참에서 쓰레기를 아래로 던졌을 거야. 그래서 쓰레기들이 여기 이렇게 쌓인 거지. 내 생각에, 저 위에 사람들이 살고 있는 게 틀림없어."

카메라맨은 어둠 속으로 사라지는 첫번째 계단들을 촬영했다. 손전등의 누르스름한 불빛 아래, 벽에 이런 글귀가 씌어 있었다. "군대=후레자식들." "군바리들은 텔레비전과 씹을 한다." "호모 새끼들에게 후장을 따먹힐 놈들." 나는 낙서들의 의미를 곰곰 생각하면서, 계단을 올라가는 모크타르를 뒤따라갔다.

복도에 다다르자, 우리 앞쪽으로 10미터 지점에 있는 작은 창문에서 희미하게 빛이 새어나오고 있었다. 우리가 들어선 집은 전형적인 빈민 임대아파트였다. 얇은 베니어합판을 덧대어 만든 세 개의 문과 방은 작고 더러웠지만, 실직 상태인 부부와 그들의 개구쟁이 아이들이 살기에는 집세가 비교적 부담이 없어 그런대로 살 만했을 것 같았다. 그 집 맞은편에는 똑같은 구조의 아파트가 여섯 가구나 더 있었다. 전쟁 전에는 사람 사는 소리로 시끌벅적했겠지만, 이제 그곳에는 무덤같이 무거운 침묵만 남아 있었다. 그리고 전체적으로 서글픈 분위기를 연출하기 위해서는 그것만으로는 충분하지 않다는 듯, 석회를 바른 벽들은 잔뜩 머금은 습기를 견디지 못해 여기저기 회칠이 흉하게 뭉텅이로 떨어져나가 마치 지독한 건선을 앓는 늙은이의 살가죽 같았다.

카메라맨은 우리의 점퍼 등판에 새겨진 광고를 클로즈업하면서 우리 뒤를 따라오고 있었다. 이번 기회에 아주 멋진 영상을 찍어 대박을 터뜨리겠다는 의욕에 불타고 있는 게 분명했다. 모크타르가 갑자기 나와 더크 쪽으로 고개를 돌렸다. 카메라맨이 그의 얼굴에 초점을 맞추었다.

"체계적으로 수색 작업을 벌여야겠어. 차례로 한 집씩. 내가 문을 걷어차고 안으로 들어갈 테니 자네들은 나를 엄호해."

"오케이! 영화에서처럼." 더크가 신이 나서 말했다.

카메라맨 역시 만족스러운 표정이었다.

"그래, 바로 그거야, 갑자기 문을 걷어차고 안으로 들어간다. 사람들은 그런 걸 아주 좋아하죠!"

우리는 각자 자리를 잡고 준비 태세를 갖추었다. 더크는 왼쪽에, 나는 오른쪽에, 모크타르는 문 앞에, 그리고 카메라맨은 약간 뒤로 물러나 있었다. 슬로베니아인은 셋까지 숫자를 세고는 상체를 뒤로 젖히더니, 힘찬 발길질로 단번에 문을 부수었다. 쾅! 모크타르를 뒤따라 더크와 나는 불안해하면서 미지의 장소로 들어갔다. 모크타르는 재빨리 사방으로 총을 겨누었고, 더크와 나는 문과 함께 박살이 난 회벽에서 피어오르는 뿌연 먼지 너머로 뭐라도 보려고 애썼다. 마침내 우리는 거실 한가운데에 다다랐다. 그곳에는 완전히 썩어 문드러진 소파베드 하나와 텅 빈 장롱 말고는 남은 게 아무것도 없었다. 우리가 그곳을 건성으로 조사하는 동안, 카메라맨은 베란다에서 황폐한 거리 모습을 찍었다.

"여긴 아무것도 없어. 다른 집으로 가보자." 모크타르가 말했다.

두번째로 들어간 집은 첫번째 집과 모든 점에서 똑같았다. 텅 비어 있고, 인기척이 없고, 더러웠다. 그리고 문틀에는 여러 개의 홈과 아이들의 이름이 칼로 새겨져 있었다. '프랑수아' '다비드' '에밀리' '엘로디'. 대가족이었다. 우리는 그곳에서 나와 세번째 집을 수색하러 갔다. 그곳 역시 텅 비어 있었고, 혀를 내민 채 우리를 내려다보는 개 사진들이 벽을 장식했다.

"뭔가 이상한 거, 눈치 못 챘어요?" 카메라맨이 물었다.

"뭐가 이상하단 거요?" 더크가 물었다.

"이 집은 첫번째 집과 크기가 똑같아요."

"이 아파트의 집들은 크기나 구조가 모두 똑같아." 민간인이 뭘 깝죽거리고 나서느냐는 듯 모크타르가 퉁명스럽게 말했다.

"그래요, 크기나 구조가 전부 똑같죠. 하지만 두번째 집은 달랐어요. 약간 더 작았다고요, 1미터 정도…… 분명해요."

모크타르는 아무 대꾸도 하지 않았다. 하지만 그는 세번째 집에서 나와, 문틀에 아이들의 이름이 새겨져 있던 두번째 집으로 다시 들어갔다. 우리는 그 집을 꼼꼼히 살펴보고 나서, 그 집이 정말로 다른 집들보다 1미터 정도 작다는 것을 깨달았다.

"일종의 직업적인 감각이죠. 촬영을 하다보면 사소한 것도 놓치지 않게 되고 감각도 아주 예민해지거든요." 카메라맨이 말했다.

"그래서 그게 뭐 어쨌다는 건데?" 더크가 말했다. "우린 아파트 크기를 재려고 여기 온 게 아니잖아."

"카메라에 적외선 감지기가 달려 있지?" 모크타르가 카메라맨에게 물었다.

"네, 필요할 것 같아서 미리 준비해뒀죠. 그리고……"

모크타르는 카메라맨에게서 카메라를 뺏어 모니터를 들여다보면서 실내를 한 바퀴 빙 둘러보았다.

"바로 여기 이 벽. 이 부분에서 온도가 갑자기 높아지고 있어." 그가 멈춰서면서 말했다.

그는 군에서 지급해준 적이 없는 사냥용 칼을 꺼내들더니 회벽을 쿡쿡 찔러대며 소리쳤다.

"이 얼간이 자식들아, 거기서 당장 나와!"

발라놓은 회벽이 뭉텅이로 떨어지면서 베니어합판이 드러났다. 모크타르는 두 손으로 합판을 뜯어냈다. 그러자 그 뒤에 숨어 있던 사람들이 모습을 드러냈다. 수염을 기른 창백한 얼굴의 남자와 공포에 사로잡힌 여자, 그리고 문틀에 새겨진 홈들의 높이에 비추어 볼 때 그다지 많이 자라지 않은 프랑수아, 다비드, 에밀리, 엘로디였다.

29

오후가 저물어갈 무렵, 엉성한 제복을 입은 남자 둘이 병원장
과 함께 나를 찾아왔다. 병원장은 급작스러운 근심의 거센 폭풍
우를 맞은 얼굴이었다. 그들 중 하나가 엄청난 고가품이 틀림없
는 초소형 비디오카메라로 나를 촬영했다.

"이 사람이 우리가 하는 말을 알아들을 수 있습니까?" 카메라
를 들고 있지 않은 남자가 출신을 짐작하기 힘든 억양으로 병원
장에게 물었다.

"네, 다 알아듣고 이해합니다만 아직 말을 하지는 못합니다.
하지만 내 생각에 그 문제 역시 며칠 내로 해결될 것 같습니다.
이 환자는 생리적으로나 신체적으로는 별문제가 없으니까요. 이
환자가 말을 못하는 건 심리적인 원인 때문이라고 할 수 있습니

다. 이 환자는 아직도 쇼크 상태에서 벗어나지 못한 것으로 보입니다. 그걸 설명하려면 좀 복잡합니다. 알다시피, 뇌는 여전히 신비가 풀리지 않은 불가사의한 기관이니까요."

"그럼 이자의 마비 상태는?" 남자가 다시 물었다.

"빠르게 호전되고 있습니다. 아주 고무적이죠. 모든 게 스스로 제자리를 찾아가고 있습니다. 우리가 하는 일은 단지 신체기관들이 제자리를 찾도록 약간의 도움을 제공하는 것뿐입니다. 이 환자에 관한 모든 건 내가 보름 전에 장관님께 제출한 보고서에 아주 상세하게 기록해두었습니다."

"장관님이 원하시는 건 복잡한 의료 기록보다는 간단명료하고 이해하기 쉬운 답변입니다." 카메라를 든 남자가 계속 나를 촬영하면서 말했다.

"분명한 지시를 내려주셨으면 좋겠습니다. 최근에 일어난 일련의 사건 때문에 모든 게 더 복잡해지고 힘들어졌습니다. 뭔가…… 위험하다는 느낌이 들어요. 우리는 협박 편지까지 받았습니다. 이 환자를 담당하고 있는 간호사는 출퇴근 때마다 혹시라도 테러를 당하는 건 아닌지 두려움에 떨고 있습니다. 간호사뿐만이 아닙니다. 나 역시, 어떤 조직의 머리가 살짝 돈 인간이 면도칼을 들고 달려들어 내 몸에서 피를 전부 뽑아내려 들면 속수무책으로 당할 수밖에 없습니다. 문밖에 서 있는 저 경호원 두 명을 제외하고는, 우리에게 무슨 일이 닥쳐도 관심을 가질 사람이 아무도 없을 테니까요." 말이 끝나갈 무렵 병원장의 목소리가 떨리기 시작했다. 그의 관자놀이에서 작은 정맥 하나가 빠르게 팔딱거렸다.

"잊고 계신 것 같아서 상기시켜드리는데, 당신들이 좀더 신경을 써서 사진기자가 여기로 들어오지 못하게 막기만 했어도 일이 이렇게까지 꼬이지는 않았을 겁니다. 사진기자 건만 아니었으면 아무도 이 일을 몰랐을 테니까요. 뿐만 아니라 이번 기회를 이용해 반체제 단체들이 연합해 반격을 가하는 일도 없었을 테고, 그랬다면 장관님도 시간 여유를 갖고 차분하게 해결책을 찾아냈을 겁니다." 이상한 억양의 남자가 말했다.

병원장의 작은 정맥이 금방이라도 터질 것 같았다. 분노의 경련이 그의 얼굴을 일그러뜨렸다. 그러나 그는 아무 말도 하지 않았다. 자기보다 훨씬 더 강한 적을 만났기 때문이다.

"정부가 하는 일은 뇌가 하는 일만큼이나 복잡하고 미묘합니다, 의사 선생. 어떤 상황은 메스를 든 외과의처럼 아주 조심스럽게 처리해야 하지요. 이해하시겠습니까?"

"이해합니다." 이윽고 병원장이 말했다.

카메라를 든 남자는 촬영을 멈추고 이상한 억양의 남자와 함께 병실을 나갔다. 이제 병실에는 병원장과 나뿐이었다. 그는 나를 오랫동안 내려다보았다. 나는 그의 시선이 어떤 의미를 담고 있는지 도저히 알 수 없었다. 슬픔, 분노, 동정, 반감, 증오가 축축이 뒤섞인 야릇한 시선. 내 사기를 북돋워줄 수 있는 건 아무것도 없었다. 조만간 내가 말을 할 수 있게 되어 질문을 하고 상황을 이해하려 노력할 수 있을지도 몰랐다. 아니, 그렇게 되기를 간절히 바라고 있었다. 하지만 지금의 나는 목구멍 깊숙이 말을 가둬놓은 빌어먹을 정신적 외상 환자에 불과했다.

마침내 병원장이 병실에서 나갔다. 그는 넋이 나간 것 같았다. 운동화를 신은 경호원이 그에게 괜찮냐고 물었다. 그는 대답하지 않았다. 나는 그날 남은 시간을 푸른 하늘이 서서히 오렌지빛으로 물들다가 마침내 검게 변해가는 광경을 바라다보며 보냈다. 그 마지막 색깔에서 또다른 기억이 떠올랐다. 검은 밤을 틈타 구멍에서 슬금슬금 빠져나오는 기억들은 마치 올빼미들 같았다.

30

"니미랄, 이 멍청이들이 이런 곳에 용케도 숨어 있었군, 응." 더크가 수염 기른 남자와 겁에 질린 여자, 프랑수아, 다비드, 에밀리, 엘로디를 보며 말했다.

흉측스러울 정도로 더러운 그 괴물들이 바짝바짝 달라붙어 있는 공간에는, 며칠이든 그 안에서 꼼짝 않고 버틸 수 있도록 모든 게 갖추어져 있었다. 9볼트짜리 배터리를 쓰는 전구, 생리적 욕구를 해결하기 위한 철제 냄비 하나, 그리고 바닥에 개어놓은 담요들. 조금씩 자리를 좁혀 앉기만 한다면, 다섯 명은 더 등이나 얼굴을 맞대고 앉을 수도 있을 것 같았다. 그건 하기 나름이었다…… 우리는 밧줄을 이용해 열고 닫을 수 있게 장치된 비밀 창고도 발견했다. 소파베드 뒤에 연결된 밧줄을 잡아당기면 왼쪽 벽 모퉁이에 교묘하게 감춰진 뚜껑 문이 열렸다. 그 안에는 몇 개의 물통과 시들긴 했지만 그들의 생명줄이나 다름없는 사과가 담긴 자루가 하나 있었다. 수염 기른 남자가 그것을 손에 넣기 위해 무슨 짓을 했는지, 아니면 무엇을 팔았는지는 아무도 알 수 없는 일이었다.

카메라맨이 그 장면들을 촬영하는 동안 모크타르와 나는 그들에게 총을 겨누고 있었다. 그때 갑자기 아주 기이한 순간이 스쳐 지나갔다. 그 순간 모든 것이 정지했고, 아무도 움직이지 않았다. 우리도, 그들도. 양측 모두가 앞으로 어떻게 해야 할지 전속력으로 머리를 굴리고 있었다. 침묵을 깨뜨린 건 수염을 기른 남자였다. 그는 공포에 사로잡힌 눈으로 말했다.

"저희를 해치지 말아주십시오, 제발 부탁입니다. 저희가 이곳에 숨어 있은 지는 여러 날 됩니다. 하지만 나쁜 짓은 전혀 하지 않았습니다. 당신들을 난처하게 하지 않을 겁니다. 제 아내는 아무것도 마시지 못해 콩팥에 이상이 생겼습니다. 허리 아래쪽으로 유리 가루가 돌아다니는 것 같답니다. 저희에 관해서는 하나도 숨기지 않고 전부 말씀드리겠습니다. 저희는 테러분자들과는 아무 관계가 없습니다. 저희는 테러리즘을 비열하고 나쁜 것이라고 생각합니다……"

수염 기른 남자가 떨리는 목소리로 말하는 동안, 모크타르가 그에게 다가갔다. 모크타르는 남자의 얼굴을 똑바로 마주 보고 서서는 그를 얼려버리기라도 할 듯이 싸늘한 시선으로 노려보았다. 공포에 사로잡힌 남자는 끝내 말을 멈추고, 마치 커다란 돌이 머리 위로 떨어지기를 기다렸다는 듯이 고개를 푹 떨어뜨렸다.

"거짓말쟁이, 더러운 거짓말쟁이." 모크타르가 남자의 멱살을 움켜잡았다. 그리고 그의 옷을 홱 잡아당겨 오른쪽 어깻죽지를 벗겨보고는 우리 쪽으로 돌아섰다.

"이걸 봐!"

우리는 그가 가리킨 곳을 보았다. 카메라맨이 줌렌즈로 그를 촬영했다. 모크타르는 우리에게 남자의 어깨를 보여주며 다시 말했다.

"보여?"

자세히 들여다보았지만 희끄무레한 살갗 말고는 별다른 게 보이지 않았다. 엘로디가 훌쩍이기 시작했다. 프랑수아, 다비드, 에밀리, 그리고 아이들의 엄마는 네 개의 대리석 상 같았다.

"이자의 어깨에 있는 파란 멍이 보이냐고."

정직하게 말해서, 나는 남자의 어깨에 파란 멍이 있는지 없는지 전혀 분간할 수 없었다. 어쨌든 더크는 동조했다.

"아, 그렇군, 그래, 보여."

192

그 두 사람의 옆모습을 찍기 위해 자리를 옮긴 카메라맨 역시 보인다고 말했다.

"여기 이건 이 작자가 쇠 찌꺼기가 묻어나는 고물 총을 견착할 때 생긴 거야. 그리고 이 파란 멍은 개머리판이 뒤로 튕길 때 생긴 거고."

"하지만 제겐 총이 없는걸요. 맹세해요." 수염 기른 남자는 여전히 눈을 내리깐 채 말했다.

"하지만 저도 총이 없습니다. 나뿐만 아니라 여기 있는 이 친구들도 총이 없어요." 모크타르가 남자의 말을 흉내냈다.

우리는 낄낄대며 웃었다. 카메라맨이 조명을 설치해야 하니 잠시만 기다려달라고 했다. 그는 가방에서 스탠드 조명 한 대와 "썩어 문드러질 것 같은 이곳의 조명을 최상의 빛으로 탈바꿈시켜줄" 반사판을 꺼냈다. 겁에 질린 가족은 여전히 침묵을 지켰고, 우리를 쳐다보면서 계속 훌쩍거리고 있는 엘로디를 제외하고는 모두가 시선을 바닥에 고정시킨 채 꼼짝도 하지 않았다. 잠시 후, 카메라맨이 이제 다 되었으니 계속해도 된다고 말했다.

모크타르는 그 가족에게 가까이 다가가, 난처한 일이 일어나지 않기를 바란다면 우리가 시키는 대로 고분고분 따라야 할 거라고 말했다.

31

사흘. 그 사흘 동안 무슨 일이 일어났는지 알 수가 없다. 마침내 내 뇌 속에 어떤 불가해한 화학 현상이 일어나, 내 몸이 고무줄처럼 최대한 당겨졌다가 갑자기 툭! 하고 끊어지는 느낌이었다.

다리의 감각이 느껴졌고, 내 몸에 팔들이 붙어 있음이 느껴졌다. 몸에서 근육이 거의 다 빠져나가고 없는데도 움직일 수 있었다. 나는 약간 떨면서 몸을 일으킬 수 있었고, 턱과 혀가 움직임을 되찾았음을 느꼈다. 어쩌면 말도 할 수 있을 것 같았다. 아니, 몇 번인가 혼잣말을 했다. 내 이름을 여러 번 속으로 되뇌고는 말했다. "카롤린." "카롤린." "카롤린." 그러고 나서 '니코틴'을 생각하며 말했다. "씨발." "씨발년." "씨팔년."

밤이었다. 병실 문은 닫혀 있었다. 문밖에 있는 경호원이 깊이 잠들어 있다는 것을 확신할 수 있었다. 꼼짝도 못한 채 몇 달이고 누워만 지내다가 드디어 움직일 수 있게 되었다는 사실 때문에 나는 제정신이 아니었다. 왼팔에 꽂힌 주삿바늘들을 뽑아내고, 콧속에 연결된 가는 튜브와 음경에 부착해놓은 센서를 떼어냈다. 나는 방금 닻줄을 푼 배 같았다. 마침내 자리에서 일어나 앉는 데 성공했다. 내 몸은 여린 나뭇잎처럼 떨고 있었다. 목 근육조차 풀려 있어서 머리가 솜뭉치 위에 얹어놓은 쇳덩이처럼 느껴졌다. 나는 일어설 수 있을 거라고 확신했다. 시도를 해봐야만 했다.

나는 벌거벗은 채로 미지근한 리놀륨 바닥에 두 발을 내려놓고, 온 힘을 그러모으면서 오 분 동안 침대 가장자리에 앉아 있었다. 그러고 나서 다리에 힘을 주면서 일어서려고 시도했다. 마침내 일어섰다. 일 초 동안, 드디어 일어서는 데 성공했다고 믿었다. 일어서서 보니 병실이 전혀 낯선데다 아주 작아 보였다. 하지만 금방 다리에 힘이 풀려 바닥에 그대로 주저앉았다. 오른쪽 무릎에 무시무시한 통증이 일었고, 목구멍에서는 끔찍한 구역질이 올라왔다. 나는 침대 쪽으로 간신히 몸을 끌기 시작했다. 일 분 후, 내 온몸은 땀으로 범벅이 되었다. 한 시간 가까이 골반을 움직이면서 조금씩 나아가다가, 침대 다리 근처에 이르러 끝내 이전처럼 온몸이 완전히 마비되어버렸다. 나는 냉동된 민달팽이였다. 내 근육은 더 아무런 반응을 보이지 않고 모두 녹아내려 물처럼 흐물거리고 있었다. 내 침대는 1만 미터 높이에 있었다. 에베레스트보다 훨씬 더 높았다. 나는 손가락 하나 까딱 못하고 바닥에 그대로 엎어져 있었다. 커튼 너머로 새벽의 첫 기미가 느껴졌다. 밤이 지난 후 병원의 하루가 시작되는 소리, 자신만만하게 성큼성큼 걷는 의사들의 발소리, 환자들의 기침 소리가 들려왔다. '니코틴'이 바닥에 쓰러져 있는 나를 발견하면 어떤 일이 벌어질지 궁금했다. 한순간, 벌을 받을 거라는 생각에 어린아이처럼 두려워졌다. 그러나 곧 두려움이 사라졌다. 어떤 일이 일어나든 그걸 견뎌내기에는 너무 지쳐 있었다. 시멘트 포석처럼 무거운 잠이 나를 덮쳤다.

32

카메라맨이 설치한 조명장치 덕분에, 음산한 아파트는 이제
껏 한 번도 누려보지 못했을 아름다운 여름빛에 잠겼다. 겁에 질
린 가족은 실눈을 뜨고 눈을 계속 깜박여댔다. 모크타르가 보다
못해 화를 내며 그들에게 눈을 똑바로 뜨고 카메라를 쳐다보라
고 소리를 질렀다. 생생한 빛 아래에서 보니 그들의 몰골은 너무
도 처참했다. 카메라맨은 그들에게 "적어도 파운데이션 정도는"
발라줘야겠다고 말했다. 하지만 모크타르가 반대했다. 그렇게
하면 현실감이 떨어질 것이고, 그럴 경우 텔레비전 시청자들이
군대를 비난하면서, 배우들을 써서 미리 짜고 연기해놓고는 실
제 상황이라고 속인다며 분노할 거라는 거였다. 그러자 카메라
맨은 모크타르와 더크와 나만이라도 분장을 하라고 요구했다.

광고주들의 눈에 그건 대단히 중요하고, 광고 화면에서 출연자들의 안색이 나빠서는 절대 안 되며, 조명이 반사되어 번들거리는 더러운 얼굴만큼 영상과 매스컴에 부정적인 영향을 미치는 건 없다는 것이었다. 더크는 즉시 오케이라고 말했고, 모크타르는 약간 망설이고 나서 오케이 했다. 그리고 나도 오케이라고 말했다. 카메라맨은 우리 세 사람에게 분을 칠했다. 그리고 우리 점퍼에 묻은 먼지를 털고 나서야, 이제 촬영할 만하다고 말했다.

겁에 질린 가족은 우리의 행동을 지켜보고 있었다. 우리가 자기들을 이용해 뭘 하려는지 전혀 감도 잡지 못한 채. 첫번째 촬영은 두 명의 군인(모크타르와 나)이 캐러멜, 땅콩, 정제 설탕으로 만든 스니커즈 초콜릿 바의 기적을 전쟁 피해자들에게 안겨주는 장면을 연출하는 것이었다. 다비드, 프랑수아, 에밀리, 엘로디가 우리에게 웃으며 달려들어야 했다(어린 배우들이 그럴 마음이 전혀 없었기 때문에 이 장면을 연출하는 건 녹록지 않았다). 그러는 동안 아이들의 부모는 고마움 가득한 눈으로(이것 역시 쉽지 않았다), 눈물을 펑펑 쏟고 있어야 했다(이건 쉬웠다). 두번째 촬영에서는 부모가 병든 자식들에게 시리얼을 구해다주는 장면을 연출해야 했는데, 힘들기는 첫번째 촬영과 매한가지였다.

겁에 질린 사람들은 동조할 의향이 전혀 없고 카메라맨은 더

없이 세심하고 까다로웠기 때문에, 이 모든 장면을 찍는 데 한 시간은 족히 걸렸다. 그러고 나서 약속, 협박, 참을성 있는 설명을 동원해, 마침내 뛰어나지는 않지만 그런대로 쓸 만한 두 편의 필름을 얻을 수 있었다. 이 필름들은 스튜디오에서 정교한 편집과 시나리오 작업을 거쳐야 할 것이고, 특히 카메라맨이 말한 대로 효과적이면서도 "자연스러움을 연출할 수 있는" 음향을 필수적으로 덧입혀야 했다.

날이 벌써 저물어 어두워져 있었다. 겁에 질린 사람들의 아파트 창문 너머, 부슬비가 폐허 위에 내리고 있었다. 모크타르는 이제 뭘 해야 하는지 무전기로 물었다. 다른 팀들의 수색 작업이 아직 끝나지 않았지만 삼십 분 정도면 모두 완료될 테니 그때까지 기다리라는 대답이 왔다. 우리는 각자 암페타민 반 알과 스니커즈를 한 개씩 먹었다. 그리고 창밖으로 낙소스의 헬리콥터가 우리 위쪽에서 선회하고 있는 것을 물끄러미 쳐다보았다. 에밀리가 다시 울기 시작했다. 엉, 엉, 엉. 더크는 애새끼들을 절대 낳지 않을 거라고 말했다. 애새끼들을 낳으면 평생 노예 신세를 면치 못하게 되고 돈도 엄청나게 든다고 했다. 모크타르는 자기는 아이들에게 아무런 관심도 없지만, 자기 나라에서는 가족을 무엇보다 소중히 여기고 아이들을 왕처럼 떠받드는데, 그건 아주 중요한 의미가 있다고 말했다.

그 뒤 우리는 트럭이 있는 곳으로 신속하게 복귀하라는 낙소스의 명령을 받았다. 군 당국이 폭격기를 동원해 도시의 절반을 날려버리기로 결정했다는 것이었다.

"결국 그런 식으로 날려버릴 거면서 우릴 뭐 하러 여기 보낸 거지?" 계단을 내려가면서 내가 물었다.

"군인이 전쟁중에 상부의 명령을 일일이 이해하려 드는 건, 인간이 자기 인생에서 어떤 의미를 찾으려 하는 것과 마찬가지야. 그런 건 알려고 하면 할수록 결국 더 불행해질 뿐이라고."

무전기를 통해 서두르라는 명령이 다시 떨어졌다. 그래서 우리는 서둘렀다. 두번째 텔레비전 제작팀이 기다리는 트럭들 쪽으로 다른 조들이 속속 모여들고 있었다. 그 친구들은 힘이 넘쳐 보였다. 우리 부대원들은 그날 하루를 바짝 긴장해서 보내기도 했고 암페타민을 복용한 상태이기도 해서 모두 약간 흥분해 있었다. 세상의 왕이 된 듯한 기분이었다. 신문기자들이 질문을 던졌고, 우리는 건방진 태도로 답변했다. 우리는 유명해질 게 분명했다. 우리는 틀림없이 부자가 될 거라고 느꼈다. 그리고 이제 여자 문제 따위로 고민하는 일은 영원히 없을 터였다.

트럭들이 출발했다. 십 분 후, 흐린 하늘에 우리와 반대 방향으로 날아가는 뚱뚱한 폭격기들이 보였다. 폭격기들은 우라늄 폐기물과 각종 포탄을 가득 싣고 목표물을 향해 날아가고 있었다. 고속도로에 들어서자마자, 귀가 먹먹해지는 폭발음이 들려왔다. 쾅, 쾅, 쾅. 제대로 박자를 맞춰서. 나는 겁에 질려 있던 가족들, 다비드, 프랑수아, 에밀리, 엘로디를 생각했다. 얼마 안 있으면 그들은 분명 텔레비전 광고로 유명해질 것이다. 하지만 그 유명세를 전혀 누리지 못할 것이다. 정말 안된 일이었다. 암페타민 효과가 떨어지기 시작했다. 그와 더불어 나의 사기도 떨어져가고 있었다.

33

다정한 내 사랑, 모크타르에게

당신 없는 삶은 도로변 가로수에 묶인 병든 개의 삶이나 마찬가지야. 나는 너무 지루해. 당신이 너무 보고 싶어. 난 겉보기에는 멀쩡하게 잘 살고 있는 것 같지만, 속은 썩어 문드러지고 있어. 당신 없이 지내는 건 죽은 거나 다름없어. 매일매일이 내 눈앞에서 휙휙 지나가고 있어. 나는 그저 무력하게 바라만 보고 있지. 하루하루가 소리 없이 떨어져내리고 있어, 하나씩 차례로, 마치 눈송이들처럼.

당신 누이 문제는 나도 더 어떻게 해볼 도리가 없어. 아무리 노력해봐야 나로선 불가항력이라 이제 완전히 포기해버렸어.

며칠 전에는 "수지는 뽕쟁이다"라고 적힌 익명의 엽서까지 받았어. 그래서 당신 누이한테 그게 정말이냐고 물었지. 그랬더니 뭐라고 했는지 알아? "그래서 뭐? 뭐가 어쨌다는 거야? 누구나 마약을 해, 이 도시 전체가 마약에 절어 있다고, 이 고리타분한 할망구야." 그렇게 바락바락 대들더니, 핸드백에서 주사기를 꺼내들고는 나한테 소리쳤어. "원한다면 한 대 놔주지, 아깝긴 하지만 특별 서비스로." 나는 당신 동생이 무서워, 무서워 죽겠어.

요즘 매일 케이블방송을 보고 있어. 요전 날에는 트럭에 올라타고 출동하는 당신 부대원들을 봤어. 하수구 안에 숨어 있는 테러리스트들을 체포하는 장면도 생중계로 봤지. 다음 주에는 당신 부대의 작전 모습을 특집으로 편성해서 재방송해준대. 그 채널에서는 당신들이 폐허를 수색해 불쌍한 난민들을 구해내는 장면도 발췌해서 보여줬어. 이 도시 사람들 모두가 그 방송을 보고 흥분해서 난리야. 다오 민은 식당에서 '가을비'를 위한 기념일을 만들어 축하 파티를 열 거래.

일주일 후면 드디어 카롤린의 순회공연이 시작돼. 나는 우리 계획이 무사히 끝나기를 간절히 기도하고 있어. 그런데 짐짐의 모습이 안 보인 지도 꽤 된 것 같아. 들리는 말로는 하루 종일 보드카를 퍼마시고 있다던데. 또 그 때문에 모이즈 벤 아론과 후안 라울도 엄청나게 쪼들리는 생활을 하고 있대. 짐짐의 수입은 소니뮤직의 일본인이 지불하는 음반 인세가 전부라서, 그걸로 버터 1백 그램을 사고 나면 남는 게 하나도 없다나봐. 들리는 말로 짐짐은 르몽시드의 인기가 사그라들기만을 고대하고 있대.

그 외에는 별문제 없어. 가을이 오면서 내 관절염이 도진 것 말고는. 당신 품에 안겨 눕고 싶다는 생각만 간절해. 내겐 대류식 난방기 같은 당신의 체온이 절실해. 빨리 돌아와.

한 대의 무게가 몇 톤씩이나 나가는 기자재, 무대조명, 앰프, 스피커, 배경 막, 악기, 스트로보스코프*, 대형 스크린, 발전기 등을 실은 열여섯 대의 트럭이 새벽에 도착했다. 그 트럭들과 함께 온 1백 명가량의 기술자들은 잔뜩 흥분한 채, 마치 우리가 투명 인간인 양 우리 코앞을 지나다니며 서로에게 기술적인 지시 사항을 외쳐댔다. 그들 다음으로 기자들, 그리고 하나같이 극도로 긴장해 어색한 미소를 짓고 있는 여자 무리가 도착했다. 광고주들은 가까이에서 그 모든 걸 감시했다. 스토어 씨, 본 씨, 스피닝 씨는 짐승의 썩은 시체를 곁눈질로 감시하는 늙은 까마귀 같

---

* 순간적인 점멸 현상이나 연속적인 움직임을 불연속 동작으로 보이게 하는 데 쓰는 조명기구.

은 표정이었다. 방송 제작팀은 신경이 곤두서 있었다. 그들은 이미 사흘 전 작전이 끝난 순간부터 바로 그날 저녁 카롤린 르몽시드의 도착을 알리는 순간까지 잠시도 쉴 틈이 없었다.

우리는 사십팔 시간 전부터 낙소스를 보지 못했다. 그가 자신에게서 키프로스 농부의 아들 냄새를 지우고 젊은 여배우와 로맨틱한 장면을 찍는 미국 남자 배우처럼 멋져 보이기 위해 이틀 전부터 욕조에 틀어박혀 있다는 소문이 돌았다. 우리는 첫날밤을 애타게 기다리는 숫기 없는 새신랑 같다고 그를 놀려대며 웃었다. 하지만 우리 모두는 한편으로는 그에게 질투를 느끼고 있었다. 그 어린 여가수와의 실오라기 같은 로맨스라도 기대할 수만 있다면 우리는 불속에라도 뛰어들었을 것이다.

더크는 르몽시드가 아슬아슬한 인조가죽 비키니를 입고 열대 해변을 배경으로 포즈를 잡고 있는 『낸터킷』11월 호 표지를 침대 머리맡에 압정으로 붙여놓았다. 그 잡지에는 그녀의 인터뷰 기사가 실려 있었다.

『낸터킷』: 순회공연을 눈앞에 두고 있는데, 기분이 어떤가요?

르몽시드: 아주 흥분되면서도 더할 수 없이 행복해요. 전쟁을 치르느라 고생하고 있는 장병 여러분께 제가 조금이나

마 위안을 드릴 수 있다는 게 자랑스럽기도 하고요.

『낸터킷』: 당신은 최전방에서 공연을 하게 됩니다. 겁이 나지는 않습니까?

르몽시드 : 물론 겁이 나죠, 약간은요. 하지만 많은 분들이 저의 안전을 위해 애쓰고 있다는 걸 알아요. 게다가 제가 그곳에서 가족과 함께 있는 듯한 편안함을 느낄 수 있을 거라는 격려 편지도 아주 많이 받았어요.

『낸터킷』: 순회공연으로 광고 효과가 엄청날 겁니다. 당신이 인기를 위해 반테러 전쟁을 교묘하게 이용하고 있다고 주장하는 사람들이 있는데, 그들에 대해서는 어떻게 생각합니까?

르몽시드 : 저는 솔직히 그분들이 왜 그런 생각을 하는지 이해할 수 없어요. 테러리즘은 정말로 무서운 거잖아요? 그러니까 우린 서로 싸울 게 아니라 힘을 합쳐 테러를 막아야 해요. 저는 저의 팬들을 사랑해요. 그리고 팬들은 제게 사랑을 되돌려줍니다. 그 질문에 제가 할 수 있는 답변은 이게 전부예요.

『낸터킷』: 르몽시드 양, 시간 내줘서 고맙습니다.

오후가 끝날 무렵, 유리창을 짙게 선팅한 검은색 미니버스 한 대가 '홀리데이인'의 주차장으로 들어왔다. 텔레비전 카메라맨들과 취재 허가를 받은 사진기자들이 플래시를 터뜨리는 소리가 미니버스를 맞이했다. '가을비' 대원들은 기자들의 취재를 방해하지 않도록 조용히 포토라인 뒤로 물러나 있으라는 지시를 받았다. 미니버스가 멈춰섰다. 한 남자가 휘파람을 불었다. 또다른 남자가 환호성을 질렀다. 그러고 나서 침묵이 흘렀다. 어디선가 돌고 있는 모터의 윙윙대는 소리만이 침묵을 깨뜨리고 있었다. 한참이 지난 후, 압축공기 빠지는 소리와 함께 버스 문이 열리고 카롤린이 내렸다.

34

오른쪽 무릎에 극심한 통증을 느끼면서 의식이 깨어났다. 맨
바닥에 누운 채로 몇 시간을 보낸 탓에 몸속에는 지독한 냉기가
스며들어 있었다. 온몸이 마비되어 꼼짝도 할 수 없었지만, 지난
밤 나에게 되돌아왔던 운동 능력이 또다시 사라져버린 건 분명
히 느낄 수 있었다. 어젯밤, 나는 배 바닥에 내던져진 물고기처
럼 고통스럽고도 미미한 동작으로 팔과 다리를 가까스로 흔들
수 있었다. 하지만 몇 초 동안 서 있는 자세를 유지하느라 온몸
의 근육을 지나치게 긴장시켜야 했고, 그 짧은 순간의 동작을 위
해 내가 가진 모든 에너지를 한꺼번에 써버렸다.

내 머리는 먼지가 뽀얗게 내려앉은 침대 밑, 바닥과 벽의 경계
를 따라 둘려 있는 PVC 널, 그리고 불그스름한 야간등의 플러

그가 꽂힌 전기 콘센트만 보이는 위치에 놓여 있었다. 하지만 문이 열렸을 때, 나는 '니코틴'이 병실 안으로 들어왔다는 것을 어렵지 않게 알 수 있었다. 그녀는 "오"라고 탄성을 지르면서 내게 달려들었다. 그리고 내 몸을 똑바로 뒤집어놓고는 내 눈을 들여다보며 말했다.

"그래, 드디어 움직이게 된 거야? 얼마나 움직일 수 있는 거야? 혹시 말도 할 수 있는 건 아니야?"

나는 대답 대신 본의 아니게 이렇게 내뱉었다.

"씨팔년!"

새벽에 혼자 중얼거렸던 그 단어가 왜 갑자기 튀어나왔는지는 나도 몰랐다. 내 목소리는 괴기 영화에서 튀어나온 것 같았다. 굵은 저음의 쉰 목소리. '니코틴'은 마치 내게 따귀를 세차게 얻어맞기라도 한 것처럼 벌떡 일어났다. 내가 누워 있는 바닥에서 올려다보니 그녀의 키가 5미터는 되어 보였고, 그녀가 당장이라도 발뒤꿈치로 내 머리를 짓이겨 부술 것만 같았다.

"좀 기다려." 그녀는 그렇게 말하고는 병실을 나갔다.

그녀의 발소리는 바닥을 거칠게 두드리며 빠르게 멀어져갔다. 그리고 잠시 후 문밖에서 병원장과 여자 수련의, '니코틴'이 소곤거리는 소리가 들려왔다.

"전신 근육 수축이 일어나 침대에서 바닥으로 떨어진 것일 수도 있지. 일종의 간질 발작이……" 병원장이 말했다.

"그것도 가능한 일이긴 하지만, 그런 경우는 극히 드물어요. 뭔가 외부적인 요인이 있는 게 분명해요." 수련의가 말했다.

'니코틴'이 그들 사이에 끼어들었다.

"제 생각엔, 이 환자가 몸의 조절 능력을 되찾은 것 같아요. 이 환자는 침대에서 일어나려고 했어요. 하지만 근육이 모차렐라 치즈처럼 물렁해서 힘없이 쓰러진 거예요."

세 사람은 함께 병실 안으로 들어왔다. 나는 '니코틴'이 해둔 대로 벌거벗은 채 천장을 바라보며 누워 있었다. 병원장과 수련의가 전문가다운 침착한 표정을 지으려고 애쓰는 게 보였다. 하지만 사실 뭘 어떻게 해야 할지 몰라 허둥대고 있는 게 틀림없었다. '니코틴'은 뭔가 낌새를 알아챈 형사 같은 눈으로 나를 노려보았다. 병원장이 다가와 내 목덜미와 등을 손으로 만져보았다.

"좋아요, 부러진 데는 한 군데도 없군. 우선 이 환자를 침대에 다시 올려놓읍시다."

그들은 셋이서 힘을 합해 나를 침대 위로 들어올렸다. 그런 다음 '니코틴'이 내 몸에 다시 튜브들과 주삿바늘들을 연결하자, 병원장이 곤혹스러운 표정을 지으며 말했다.

"당신들은 여기 그대로 있어요. 나는 관계 당국에 전화로 보고를 해야겠으니. 아마 전화를 받자마자 쏜살같이 달려올 거요. 한 시간도 못 되어서 도착할걸."

"그러고 나서는요?" 수련의가 물었다.

"그러고 나서는, 검사를 해봐서 이 환자가 정말로 조절 능력을 회복했고 말을 할 수 있고 혼자서 움직일 수 있다는 것이 확인되면, 이 병실은 난장판이 되는 거지. 공무원들과 어용 신문들, 이 염병할 나라의 장관들한테 불리한 일이 꼬리를 물고 터질 테고."

'니코틴'이 자기는 그 모든 걸 훤히 꿰뚫고 있었고 그 결과를 예견했다는 듯이 코웃음을 쳤다.

"휴가는 끝났어." 병원장이 그녀의 코웃음에 대답하듯 말했다.

35

'홀리데이인'에서 삭막한 나날을 보내며 상부에서 보내준 창녀들의 썩어 문드러진 얼굴과 몸뚱이를 본 우리에게 카롤린의 출현은 여자, 사랑, 섹스, 욕망의 본질에 관한 신비로운 계시와도 같았다.

카롤린 르몽시드는 키가 크지 않았다. 그녀가 미니버스의 계단 세 칸을 내려온 순간 우리는 알 수 있었다. 기껏해야 1미터 60센티미터. 동양 여자처럼 작은 체구. 하지만 그녀에게서는 우리 중 누구도 경험한 적이 없는 게 분명한 무언가가 풍겨나왔다. 더크는 평소에는 전혀 볼 수 없는 맑은 정신으로 그 무언가를 한 문장으로 요약했다.

"캄캄한 밤중에 세상을 밝히는 한 줄기 빛 같아."

그녀는 진정한 프로답게 여유로운 표정을 짓고 있었다. 하루 일과를 마치고 집으로 돌아온 사람처럼 가벼운 미소였다. 그리고 수수한 디자인의 검은색 원피스를 입고, 왼손에는 적당한 크기의 천 가방을 들고, 그 시각에는 전혀 쓸모없는 약간 큼지막한 선글라스를 쓰고 있었다. 그녀가 우리에게 "안녕하세요?"라고 몇 번 인사를 던지자, 모여 있던 사내들이 환호성을 지르고 박수를 치면서 "카롤린, 카롤린"을 외쳐대기 시작했다. 사진기들에서 동맥류가 파열되는 것과 비슷한 소리가 났다. 사방에서 따닥따닥댔다. 카메라맨들은 자빠질 위험을 무릅쓰고 그녀 앞에서 계속 뒷걸음치면서 사진을 찍고 촬영을 했다. 누군가가 그녀에게 마이크를 내밀었다. 그러자 그녀는 그런 상황에 아주 익숙하다는 듯 전혀 주저함 없이, 사람들을 열광의 도가니로 몰아넣는 그 팬플루트 소리 같은 목소리로 만나서 기쁘며 이처럼 열렬히 환대해줘서 고맙고, 오랫동안 차를 타고 여행을 한 뒤라 약간 피곤하기 때문에 지금부터 몇 시간 쉴 것이고, 끝으로 우리를 사랑한다고 말했다.

반 시간 후, '가을비' 대원들은 호텔의 커다란 구내식당에 다시 모였다. 우리는 구운 고기 한 조각과 퓌레, 블루베리, 그리고 식사에 축제 분위기를 더해주는, 뒷맛이 염산 같은 탄산음료를 한 병씩 받았다. 모두가 기분이 좋았다. 우리는 암페타민, 엑스

터시, 벤제드린, 허브, 그리고 밀크초콜릿을 닥치는 대로 해치웠다. 크리스마스이브 저녁과 비슷한 기적적인 뭔가가 깃든 분위기였다.

카롤린은 '홀리데이인' 삼층의 '귀빈 전용' 스위트룸에 여장을 풀었다. 그녀의 방문 앞을 지킬 보초 둘이 '가을비'에서 차출되었다. 그 두 사람은 다른 대원들의 박수갈채와 외설적인 야유를 받으며 그곳으로 갔다.

모크타르는 나에게 바깥으로 나가자는 신호를 보내고는, "편하게 말하기 위해" 내 소매를 끌어당겨 주차장 한구석의 으슥한 곳으로 데려갔다. 흐릿한 오렌지색 가로등 불빛 아래 눈이 내리기 시작하는 것이 보였다. 굵은 눈송이들이 장갑차들과 방송 차량들 위로 천천히 떨어져내리고 있었다. 땅바닥은 하얗고 비단처럼 부드러운 얇은 막으로 뒤덮였다.

"오늘 저녁이 기회야." 슬로베니아인이 말했다.

나는 그가 무슨 말을 하려는지 알았다. 하지만 그날 저녁만큼은 아무것도 하고 싶지 않았다. 그날 저녁 내내 맛없는 탄산음료를 홀짝이면서 시간을 보낼 수만 있다면, 나는 어떤 대가라도 달게 치렀을 것이다. 하지만 그 젊은 여자를 살해하고 싶지 않아도 그 고역을 피할 수 없다는 것 역시 잘 알고 있었다.

"어떻게 해야 하지?" 내가 물었다.

"간단하면서도 확실한 방법을 써야지. 자네 누이동생이 그녀의 열광적인 팬이라 사인을 대신 받아다주고 싶은데 그녀를 만날 수 있느냐고 물어봐. 그리고 일단 안으로 들어가면 망설이지 마. 절대 망설여선 안 돼."

그 말을 하는 그의 시선에는 섬뜩하리만큼 서늘한 기운이 감돌았다. 겁에 질려 있던 가족을 발견했을 때 그에게서 보았던 눈빛. 그는 나에게 사냥용 칼을 내밀었다.

"창문 아래 차를 세워놓고 기다리고 있을게. 아는 친구한테 부탁해서 간신히 차 열쇠를 받았지. 이걸 구하느라 돈을 엄청 썼어. 이봐, 일이 끝나는 즉시 창문으로 뛰어내려. 5미터쯤 될 거야. 좀 다칠지도 몰라. 하지만 너무 걱정 마. 그 정도로 죽지는 않을 테니까. 뭐, 죽는다 해도 달리 뾰족한 수가 없잖아? 자네한 텐 선택의 여지가 없으니까."

그의 말은 하나도 틀린 게 없었다. 나는 그가 내미는 사냥용 칼을 받았다. 그리고 '완두콩' 로베르를 해치울 때처럼 정신이 완전히 나가버리기를 바라면서 호텔 입구를 향해 걸어갔다.

삼층으로 올라가는 엘리베이터 입구에는 '가을비' 대원 두 명이 보초를 서고 있었다. 그들과 말을 나눈 적은 없지만, 얼굴은 서로 잘 아는 사이였다.

"여동생에게 사인을 받아다준다고 약속했는데, 올라가도 될까?" 내가 물었다.

두 남자는 이러건 저러건 상관없다는 표정으로 서로 마주 보았다. 그들 중 하나가 내뱉듯이 말했다.

"마음대로 하쇼, 어차피 우린 여기 장식용으로 서 있는 거니까."

삼층에 도착하고 나서야 나는 그가 왜 그런 말을 했는지 이해할 수 있었다. '귀빈 전용' 스위트룸 앞에는 레고처럼 각이 진 얼굴의 금발 거인이 버티고 있었다. 그는 경계심을 늦추지 않는 하마 같은 표정으로 나를 내려다보았다. 나는 다시 한번 사인 이야기를 되풀이했다. 거인은 입속으로 툴툴대더니 옷깃에 달린 소형 마이크에 대고 알아들을 수 없는 말을 늘어놓고는 대답을 기다리다 마침내 고개를 끄덕였다.

"오케이, 들어가도 좋소." 그는 윗옷 주머니에서 작은 금속 탐지기를 꺼내어 내 몸을 훑었다. 칼이 있는 부분에서 요란하게 삑삑 소리가 났다. 나는 칼을 꺼내 거인에게 내밀었다.

"군인이라 이걸 부적처럼 항상 몸에 지니고 다니죠. 별것 아니에요."

금발의 거인은 고개를 끄덕이면서 내게 칼을 돌려주고는 문을 열어주었다.

나는 스위트룸의 홀 안으로 들어갔다. 그곳은 아주 청결해서 기분이 상쾌해졌다. 홀은 라벤더 향을 비롯해 오래전부터 내가 맡아보지 못한 향기로 가득 차 있었다. 나 자신이 몹시 더럽고 불결하다는 생각이 들었다. 칼마저 없었더라면 나 같은 건 오물 덩어리에 지나지 않았을 것이다. 이제부터 뭘 어떻게 해야 할까? 그녀의 머리통을 후려갈기고 목을 조른다? 아니, 그건 전혀 마음에 들지 않았다. 그때 한 여자가 나타났다. 그 여자 역시 방금 전에 본 거인처럼 키가 훌쩍 크고 금발인데다, 레고처럼 각진 얼굴이었다. 아마도 금발 거인의 누이동생인 듯했다. 금발 여자는 나에게 오 분 정도 기다리라면서, 전혀 마시고 싶지 않은 펄펄 끓는 커피를 들이밀고는 나를 혼자 남겨두고 사라졌다. 오 분이라는 짧은 시간이 영원처럼 느껴졌다. 그리고 내가 이곳에 온 목적이 저 멀리 수평선 위에 떠 있는 작디작은 희미한 한 점 먼지처럼 느껴졌다. 초조함을 달래려고 입술을 커피 잔에 갖다대려는 순간, 금발 여자가 다시 나타나 카롤린 르몽시드가 날 기다리고 있다고 알려주었다.

내가 들어선 방은 어두웠다. 십 초쯤 걸려서야 겨우 그곳의 어둠에 눈이 익었다. 꽤 넓은 실내에는 전쟁 전의 사업가에게 어울렸을 법한 정갈한 가구들이 적절하게 배치되어 있었다. 몇 개의 소파, 낮은 탁자 하나, 작은 옷장 하나. 그 넓은 실내에 조명이라고는 한쪽 구석에 켜진 독서용 백열등 하나가 전부였다. 그 전등 바로 아래, 카롤린이 있었다. 그녀는 앉은 것도 아니고 그렇다고 선 것도 아닌 엉거주춤한 자세로 몸을 웅크린 채 수화기를 귀에 바싹 대고 있었다.

내가 있는 곳에서도 그녀의 목소리를 들을 수 있었다.

"이제 제발 그만 해." 그녀는 숨죽인 목소리로 속삭이듯 말했다. 상대방이 뭐라고 대꾸를 한 모양이었다. 그녀는 조금 전보다 훨씬 더 억눌린 목소리로 말했다.

"그만 해, 제발. 절대 그런 게 아냐."

오랜 침묵이 흘렀다. 전화기 저편에서 상대방이 계속 말을 늘어놓고 있는 듯했다. 내게는 카롤린이 코를 훌쩍이는 소리만 들렸다.

이윽고 카롤린이 아주 낮은 소리로 되풀이해 말했다.

"그만 해."

그녀는 잠시 동안 상대방이 무슨 말을 하기를 기다리는 듯했다. 그러더니 갑자기 수화기를 내려놓고는, 마치 죽은 새끼 고양이를 보는 듯한 슬픈 표정으로 전화기를 바라보았다. 그 순간, 내 존재를 알아차린 것 같았다.

"아, 당신이 여동생을 위해 사인을 받으러 왔다는 그 사람인가요? 맞아요?" 그녀는 살짝 취한 사람처럼 말했다. "여동생이 있다는 건 정말 근사한 일이에요. 난, 나에겐 아무도 없거든요. 아무도 없다는 게 어떤 건지 알아요? 그건 말이죠, 죽은 것과 약간 비슷해요. 전에는 내게도 사람들이 있었죠. 하지만 부모와 친구들, 사실 그런 건 절대 존재하지 않아요. 그 사람들에게 그들이 누구인지 끊임없이 일깨워주지 않으면, 그들은 이내 사라져버리니까요."

카롤린은 마지막 말을 하면서 어깨 너머로 뭔가를 획 집어던지는 시늉을 했다. 그러고 나서 탁자에 쌓여 있는 사진더미에서 맨 위의 사진을 집어들고 일어났다.

"여동생 이름이 뭐죠?"

"루이즈." 나는 되는대로 대답했다.

그녀는 그 사진에 뭐라고 휘갈겨 쓰고는, 거실을 가로질러 와 내게 그걸 내밀었다. 창 아래 자동차가 다가와 멈춰서는 소리가 들렸다. 모크타르가 나를 기다리고 있었다.

"날 만나려고 이렇게 찾아온 사람은 당신뿐이에요. 모두 나에게 박수갈채를 보내죠. 그들은 나를 열렬히 사랑한다고 말해요. 그리고 돈을 내고 내 음반을 사죠. 하지만 그들이 원하는 건, 딱 한 가지밖에 없어요. 나랑 한 번 자보고 싶다는 생각, 그것뿐이죠. 그래요, 난 그들과 기꺼이 자줄 수도 있어요, 사랑이라는 게 있다면 말이에요. 자기를 사랑해주는 사람과 자는 건 당연한 거니까. 하지만 그들은 날 '정말로' 사랑하지 않아요. 내 말이 무슨 뜻인지 이해하겠어요?"

나는 별로 이해하지도 못하면서 이해한다고 대답했다.

"당신은 당연히 이해할 거야. 당신에겐 여동생이 있으니까. 당신은 사랑이 뭔지 알 거예요. 당신, 나랑 자고 싶어요?"

나는 말을 더듬거렸다.

"저, 어, 아뇨, 고마운 말이긴 하지만……"

"당신은 좋은 사람 같아요. 기회가 닿는다면 다시 만나고 싶네요."

나는 창밖에서 나를 기다리고 있던 모크타르에게 갔다. 내가 다가오는 걸 보자, 그의 눈빛이 어두워졌다. 내가 카롤린 르몽시드의 사인이 적힌 사진을 손에 들고, 나도 모르게 바보처럼 히죽거리고 있었던 것이다. 한순간, 그 슬로베니아인이 내 얼굴에 주먹을 날릴 거라는 생각이 들었다. 하지만 그는 나에게 이렇게만 물었다.

"무슨 일 있었어?"

나는 그동안 일어난 일을 모두 이야기해주었다. 경호원, 전화를 걸던 카롤린, 사진……

"어쨌든 자넨 그 일을 할 생각이 전혀 없는 것 같군." 그는 차를 바라보면서 말했다. 그가 엄청난 대가를 지불하고 간신히 빌린 낡은 피아트푼토를.

그의 말은 틀리지 않았다. 그가 말을 이었다.

"잘 들어. 이런 일은 마음을 다부지게 먹고 단번에 해치우지 않으면 안 돼. 이럴까 저럴까 주저하면서 어영부영하다가는, 악취 방지용 S자 배수구 속에 쌓여가는 머리카락 꼴이 되고 말아. 한 발짝도 나아가지 못하고 출발점에서 계속 맴돌다가 결국 지저분한 오물과 함께 꽉 막혀버리는 거지."

나는 그의 말에 반쯤만 귀를 기울이면서 머릿속으로 그 여가수의 슬픈 얼굴을 떠올리고 있었다.

"자네, 내 말이 무슨 뜻인지 알아듣겠나?"

"응."

"다시 한번 해볼 의향이 있는 거야?"

"응."

36

　첫 콘서트는 우리가 묵고 있는 '홀리데이인'에서 1백 킬로미터 정도 떨어진 곳, 전쟁 전에는 크리스털 생산지로 유명했지만 지금은 정규군의 주요 전초기지 중 하나로 전락해버린 도시에서 열리기로 되어 있었다. 중계차와 방송장비, 무대장치를 적재한 트럭들을 그곳까지 안전하게 호위하라는 명령이 '가을비'에 떨어졌다. 카롤린, 낙소스, 그리고 사회자가 된 전직 전투기 조종사, 켈로그 사의 스토어 씨, 제너럴푸드 사의 본 씨, 페트로피나 사의 튜닝 씨, 스피닝프로세서의 스피닝 씨, 카메라맨 한 명과 녹음기사 한 명은 케이블방송국의 헬리콥터를 타고 그곳으로 이동할 예정이었다. 솔직히 고백하건대, 낙소스가 카롤린과 불과 몇 센티미터 떨어져 나란히 앉아 있는 모습, 그들의 엉덩이가 어쩌면 서로 닿고, 사회자와 더러운 똥구멍 같은 상판대기를 한 광고주들의 음흉한 눈길 아래 그 두 사람의 시선이 맞부딪치는 걸 상상하자, 수십 개의 핀이 한꺼번에 내 심장을 찔러대는 기분이었다.

우리는 첫 임무 때와 똑같이 트럭들에 나눠 타고 각자 그때 앉았던 자리에 다시 앉았다. 내 첫번째 암살 시도가 실패로 끝나고 내내 인상을 구긴 채 나를 보는 모크타르, 언젠가부터 애완동물처럼 어디든 우리를 졸졸 따라다니는 더크, 그리고 자꾸만 카롤린과의 만남을 되새기고 있는 나.

사흘 전부터 지역 전체에 눈이 쉬지 않고 내려서, 그곳은 점점 더 남극 같아졌다. 기온이 또 내려갔다. 참모본부에서 알려준 그곳의 날씨는 영하 5도였다. 하지만 아무도 그 말을 믿지 않았다. 우리의 사기를 떨어뜨리지 않기 위한 거짓말이 틀림없었다. 우리가 느끼는 체감온도는 영하 15도에 가까웠다. 아무리 옷 위에 옷을 껴입어도 몸은 따뜻해지질 않았다. '가을비'들은 추위로 벌벌 떨고 있었다. 모두 추위를 견디기 위해 암페타민과 밀크초콜릿을 마구 먹어댔다.

눈 덮인 도로를 다섯 시간 동안 달려서, 마침내 콘서트가 열리기로 되어 있는 작은 도시에 도착했다. 내가 방문했던 곳 중 가장 끔찍한 곳이었다. 그 황량한 도시에서는 민간인을 단 한 명도 찾아볼 수 없었다. 그곳 주민들은 후방에 세워놓은 피난민 수용소들로 모두 이주한 것 같았다. 덧문을 굳게 닫아건 빈집들이 늘어선 거리, 술 취한 군인들에게 약탈당해 오래전에 거덜난 상점들과 공공건물들이 을씨년스럽게 남아 있었다. 과거의 크리스털 공장 창고들은 이제 그곳에 주둔하고 있는 2천 명 정규군을 위한 막사로 쓰였다. 그들은 꽃병, 유리컵, 문진, 온갖 종류의 장식품 더미 사이에 끼어, 빨지 않고 몇 달째 입고 있는 속옷의 고약한 냄새와 발 고린내를 풍기며 쥐 새끼들처럼 오글오글 달라붙어 지내고 있었다.

우리는 정규군을 타락한 촌놈들이라고 무시했다. 반면 그 타락한 촌놈들 역시 우리 '가을비'를 경멸했다. 군인답지 않게 도시 입구의 안락한 '이비스' 호텔에 묵으면서 매일같이 텔레비전에 출연하고, 카롤린 르몽시드의 경호나 하고 있는 우리가 그들 눈에 곱게 보일 리 없었다. 우리는 군인들을 상대로 영업을 하는 몇몇 무허가 술집, 피난민 여자아이들을 데려다가 포르노를 찍어 상영하는 극장, 시내에서 멀리 떨어진 후미진 곳들로는 절대 가지 말라는 지시를 하달받았다. 정규군과의 충돌을 피하기 위해서였다. 하지만 곧 명령은 번복되었다. 우리는 그들을 동지로 받아들여 함께 작전을 수행해야 했다.

도시에서 몇 킬로미터 떨어진, 도로와 일련의 마을들을 연결하는 국도에서는 길을 잃어버린 가족들, 가난에 찌든 농부들, 금방이라도 숨이 넘어갈 듯한 노인들, 때가 덕지덕지 낀 얼굴에 누런 콧물을 흘리는 아이들, 배고픔과 추위와 식수 부족 때문에 반쯤 실성한 여자들이 수백 명이나 있었다. 그들은 코를 풀고 얼굴을 씻을 수 있게 해주고 재워주고 먹여줄 피난민 수용소가 있는 방향이 아니라 그 반대쪽, 도시의 중심부를 향해 고집스레 걸어가고 있었다. 지역 군사령관은 안절부절못하며 머리를 쥐어뜯었다. 악취 풍기는 비참한 몰골의 피난민 무리 한가운데 수십 명이나 되는 테러리스트들이 그들의 형제, 자매, 사촌의 보호를 받으면서 교묘하게 숨어 있다는 걸 알뿐더러, 확실한 증거까지 확보한 상태였기 때문이다. 정규군은 바리케이드를 치고, 신분증을 검사하고, 몽타주 사진들과 수배 전단을 돌리고, 수배자들을 신고하면 두둑한 보상금을 준다고 대대적으로 선전까지 했지만, 파리 새끼 한 마리 잡아내지 못했다. 전직 전투기 조종사인 사회자가 한 가지 아이디어를 떠올렸다. 그리고 네 명의 광고주는 이런 상황을 이용하면 틀림없이 수지가 맞을 거라고 생각했다. 낙소스는 그런 일이라면 자기가 최고의 적임자라고 장담했다. 그래서 불과 세 시간 만에, 그들은 '불쌍한 나치' 작전을 세웠다.

37

  내 병실에 이렇게 많은 사람들이 몰려든 적은 이제까지 한 번
도 없었다. 내 침대 옆에는 물론 '니코틴', 여자 수련의, 병원장
이 있었다. 그리고 지난주에 나를 찾아왔던, 공무원 제복을 입은
멍청한 '집게발' 두 명도 있었다. 하지만 이번에는 그들 두 사람
만 온 게 아니었다. 시종일관 내 얼굴에서 시선을 떼지 않는 잿
빛 머리칼의 작은 피조물과, 이번 일을 지휘하는 대장인 듯한 단
정한 투피스 차림의 여자도 함께였다. 그리고 마지막으로, 매끈
한 얼굴의 새파랗게 젊은 남자 하나가 멀찌감치 떨어진 구석 자
리에서 부동자세를 취하고 있었다.
  "이 사람이 바닥에 쓰러져 있는 걸 발견했다고 했죠?" 첫번째
'집게발'이 '니코틴'에게 물었다.

"네, 자기 침대 바로 옆에 배를 깔고 엎어져 있었어요."

"그리고 이 환자가 말을 했다고요?"

"네."

"무슨 말을 하던가요?"

'니코틴'은 곤혹스러운 표정을 지었다.

"저한테 욕을 했어요. 저더러…… 씨팔년이라고 했어요."

잿빛 머리칼의 작은 피조물이 입술을 바르르 떨면서 입꼬리를 치켰다.

"말 한마디 한 걸 가지고 이 사람이 정말로 전신마비 상태에서 벗어났다고 단정 지을 수 있습니까?" 투피스 차림의 여자가 음성 변조기를 쓴 것 같은 기괴한 목소리로 물었다.

'니코틴'이 뭐라고 대답하려는 순간, 병원장이 재빨리 그녀의 말을 가로막았다.

"그건 이 환자의 신경계에 어떤 변화가 일어났다는 걸 증명하는 겁니다. 지속적인 것일 수도 있고 일시적인 것일 수도 있지요. 그건 단정 짓기 어렵습니다."

"그럼 이 사람이 다시 말을 못하고 움직일 수 없게 될 수도 있단 말인가요?" 투피스를 입은 여자가 말했다.

"가능합니다."

"그렇다면, 이게 정확한 표현인지 모르겠지만, 이 사람이 모든 기능을 완전히 회복하는 것도 가능하겠군요? 그리고 모든 게 정상으로 돌아왔는데도 그 사실을 우리에게 숨기는 것도 가능하고요?"

"그것 역시 가능합니다."

"그걸 알 수 있는 방법이 있습니까?"

"네, 몸에 자극을 주어 뇌의 활동을 관찰하고, 지난 몇 주 동안의 기록과 비교해보면 연구에 유효한 기초 자료가 나올 겁니다."

"유효한 기초 자료?" 투피스를 입은 여자가 말했다. "그럼 그 연구 작업이 완료되려면 얼마나 걸린다는 말입니까?"

"대략 일주일에 걸쳐 몇 가지 검사를 하고 그에 해당하는 반응을 다시 찾아내 뇌파상으로 각각 분리해 기록한 다음, 이전 기록과 비교 검토를 해야 합니다. 더 정확한 결과를 얻으려면 유사한 사례를 찾아 비교 분석하는 과정도 필요할 겁니다. 임상연구소에 유사한 환자를 올려놓고 두 환자를 비교 분석하도록 지시해놓을 수 있을 겁니다. 그러면 아마도 지금부터 삼 주 후에는 최저 오차 범위 내에서 최종적인 결과를 알려드릴 수 있을 것 같습니다."

"최저 오차 범위?"

"약간의 불확실성은 상존하는 법이니까요."

투피스를 입은 여자가 병원장에게 다가섰다. 그녀는 병원장보다 키가 훨씬 작았다. 하지만 나는 병원장의 목이 움츠러드는 걸 보았다.

"그러면 확실하지도 않은 결과를 위해 삼 주나 기다리라는 말입니까?"

"저로서는 달리 방법이 없군요. 죄송합니다."

"국제 학술 심포지엄이 일주일 후에 열린다는 사실을 알고 있습니까?"

"네, 압니다. 두 달 전부터 어디서나 그 얘기뿐이니까요."

"후원자들이 그 심포지엄을 위해 얼마나 많은 돈을 투자했는지도 아십니까?"

병원장은 대답하지 못했다. 평소에는 조용하기만 하던 내 병실 안에 고약한 분위기가 감돌기 시작했다.

"당연히 모르겠지요. 당신뿐 아니라 그 누구도 모릅니다. 어마어마한 액수입니다. 도대체 얼마가 들지 감조차 잡기 어려울 정도죠. 후원자들마저 그게 얼마가 될지 확실하게 모르니까요. 아니 차라리 그 액수에 관해서는 생각하고 싶어하지 않는다고 해야 할까? 만약 그 심포지엄이 기대만큼의 결실을 얻지 못한다면, 끔찍한 재앙이 벌어질 테니까요. 그렇게 되면 전대미문의 어마어마한 파멸이 일어날 겁니다. 지옥 같은 상황이 벌어질 거라 이 말입니다. 이해하시겠습니까? 사람들은 긴장을 풀고 행복해야 합니다. 소비하고 싶은 욕구를 가져야 해요."

"이해합니다."

"그런데 사람들의 소비 욕구를 가로막는 게 뭔지 아십니까?"

병원장은 다시 한번 침묵했다. 여자는 무덤에서 막 나온 유령 같은 목소리로 말을 이어나갔다.

"그건 바로 그들의 기분입니다. 기분이 우울할 때, 사람들은 집 안에 틀어박혀 꼼짝도 하지 않게 됩니다. 그리고 계속 부정적인 생각만 하다가 의기소침해지고 무기력해집니다. 그렇게 되면 결과적으로 소비를 하지 않게 되고, 결국 경제 성장을 가로막는 악재로 작용하는 겁니다. 우울증은 이 세기의 가장 위험한 전염병입니다. 그걸 알고 있었습니까, 의사 선생?"

"아뇨."

"그렇다면 이제 분명히 아셨겠군요. 그리고 국가 이익에 무관심한 몇몇 신문과 연계한 반체제 단체들뿐 아니라, 전신마비가 된 저 친구 같은 사람(이 말을 하면서 그녀는 고갯짓으로 내 쪽을 가리켰다)도 오래전부터 우리가 주시하던 최악의 전염병 진원지입니다. 어쩌다 이 병원에서 그런 사진들을 찍었는지 모르겠지만, 아무튼 여기서 찍힌 사진들과 이 사건에 관한 기사를 보고 사람들의 사기가 서서히 저하되고 우울해지고 있습니다. 낙담하는 모든 사람들과 기업들, 후원자들이 그 기사를 보고 잔뜩 겁을 집어먹고 있어요. 그래서 그들은 결국 그 모든 일은 결코 일어나서는 안 될 일이었다고 생각하게 되었지요. 심지어 그 모든 일은 결코 일어난 적이 없으며, 이 침대에 누워 있는 이 사람은 아무 일도 일어난 적이 없다는 것을 직접 눈으로 보았고, 또 이 사람은 그 일과 아무런 연관도 없다고 생각하게 되었단 말입니다. 내 말이 무슨 뜻인지 이해하시겠습니까? 아무 일도 일어나지 않았고, 이 사람은 아무 짓도 하지 않았다고요."

"이해합니다. 하지만 그 모든 건 분명히 일어난 일입니다. 목격자들과 증언도 있고요. 제가 말하고 싶은 건……" 병원장은 말꼬리를 흐리며 웅얼거렸다.

"의사 선생이 우리 비서실장님을 모르는 모양이군요." 젊은 여자가 그의 말을 가로막으면서 매끈한 얼굴의 젊은이를 가리켰다.

"네, 모릅니다."

"비서실장님, 수고스럽겠지만, 장관님이 비서실장님한테 지시하신 내용을 우리에게 다시 한번 말씀해주시겠습니까?"

젊은이는 무표정한 얼굴에 갑자기 모호한 미소를 떠올리며 내 쪽으로 한 발 다가섰다.

"장관님은 요 몇 주 사이 당신의 주요 관심사 중 하나가 된 그 사건 때문에 매우 안타까워하셨습니다. 장관님은 이 문제를 어떻게 처리해야 할지 수없이 고민하셨습니다. 그리고 많은 주주와 광고주, 사업가, 재방송 권한을 가진 텔레비전 방송국, 그리고 이런저런 형태로 국제 학술 심포지엄 개최 기간에 어떤 이익을 내고자 하는 모든 단체를 만나셨습니다. 그 뒤에 반체제 동맹의 대표들과도 만나 대화를 나누려 하셨습니다. 하지만 아쉽게도 반체제 동맹 대표들이 어리석으리만치 맹목적으로 자신들의 입장만 고집한 탓에, 대화 시도는 무위로 끝나고 말았습니다. 그래서 장관님은 오랫동안 숙고하신 끝에 이렇게 말씀하셨습니다. 만약 이 침대에 누워 있는 이 사람이 마침내 의식을 회복했다면 이 병원에서 조용히 사라지게 하는 게 좋겠다고 말입니다."

나는 병원장의 얼굴이 잿빛으로 변하는 것을 보았다. '니코틴'은 소리 없는 외침으로 벌어진 입을 다물지 못했다. 작은 여자 수련의는 눈을 내리깔았다. 투피스를 입은 젊은 여자는 미소를 지으며 내 쪽으로 돌아서며 물었다.

"자, 우리 친구가 깨어났습니까, 깨어나지 않았습니까?"

38

나의 다정한 모크타르에게

마약을 달고 살고 이 도시의 모든 사내들과 그 짓을 하고 돌아다니는 당신 동생과 심하게 다퉜어. 당신도 알 거야, 전에 이미 이 문제에 관해 내가 말했으니까. 정말이지 당신 누이의 행동을 용납할 수 없어. 당신 누이는 이제껏 살아오면서 수없이 많은 사람들을 만나봤지만 나 같은 최악은 처음이래. 그리고 내 뺨을 때리려고 손을 쳐들었다가, 뜬금없이 자기 인생을 좀 정리해봐야 할 때인 것 같다며 문을 쾅 닫고 집을 나가버렸어. 그후로 벌써 닷새가 지났는데도 아직까지 감감무소식이야. 그런데 시내에서 일어나는 일이라면 손바닥 들여다보듯

휜한 다오 민도 당신 동생에 관한 소식은 전혀 들을 수가 없다는 거야. 자기 인생을 정리해야 할 때라는 말이 무슨 뜻이었는지 모르겠어. 인생을 정리하는 것보다는 당장 자기 방부터 청소하는 게 나을 텐데.

그건 그렇고, 당신을 사랑해.

모크타르는 편지를 읽다가 침대에 털썩 주저앉았다. 두 손으로 머리를 감싸쥐고, 모든 건 자기 탓이며, 자기가 당연히 해야 할 일인데도 한 번도 가족을 제대로 돌보지 못했고, 수지가 그 빌어먹을 '완두콩' 로베르의 텔레비전 가게에서 인생을 썩히게 그냥 내버려두는 게 더 나았을 것이고, 사람은 언제나 뿌린 대로 거두는 법이고, 하얗고 말랑말랑한 밀가루 빵을 먹었으니 이제 시커멓고 거친 호밀 빵을 먹을 때가 온 거라고 되뇌기 시작했다. 더크는 그런 걸 영화에서 자주 봤는데, 모크타르의 누이동생이 그런 행동을 하는 건 다 관심을 끌기 위한 거라고, 자기한테도 가출한 여동생이 하나 있는데 일 년 후에 어느 통조림 공장에서 닭 내장을 꺼내고 있는 걸 찾아냈다고, 그런데 그 여동생은 마약에 중독되지 않았고 여전히 처녀였다고 말했다. 그러자 예기치 않은 상황이 벌어졌다. 모크타르가 침대에서 벌떡 일어났다. 그의 시선은 다시 얼음처럼 싸늘해져 있었다. 그는 단 두 걸음에 더크에게 성큼 다가가, 더크의 머리와 한쪽 팔다리를 동시에 움켜잡고는 그대로 바닥에 내동댕이쳤다. 그리고 더크의 목덜미를 한쪽 무릎으로 짓누르면서 자기 누이는 가출을 한 게 아니라고, 자기 누이는 닭 내장 빼내는 일 같은 건 절대 하지 않을 거라고, 누이가 마약을 해서 기분이 좋아진다면 마약을 해도 된다고, 그리고 설사 누이가 우주 전체의 모든 발기한 자지들과 떼로 씹을 한다 해도 그애는 여전히 처녀일 거라고, 더크의 귀에 대고 고함을 질렀다. 더크는 아주 작은 목소리로 그래, 맞아, 그래, 맞아, 라고 겨우 대답했다. 나는 일이 더 커지지 않을까 겁이 났다. 하지만 모크타르가 이내 마음을 가라앉혀 상황은 싱겁게 종료되었다. 십 분 후, 낙소스가 전 부대원에게 호텔 라운지로 집합하라는 명령을 내렸고, 우리는 그곳에서 낙소스를 다시 만났다.

'불쌍한 나치' 작전은 허탈할 정도로 간단했다. 낙소스는 웅변가로서의 재능을 한껏 발휘하면서 '이비스' 호텔 라운지의 인조가죽 소파에 앉아 있는 오십 명의 부하에게 작전을 설명했다. 우리는 밤에 피난민 행렬이 밀려드는 곳에 바리케이드를 쳐야 한다. 피난민들의 수는 아주 많다. 1천 명은 족히 될 것이다. 하지만 우리는 정규군의 지원을 받을 것이다. 텔레비전 제작팀들이 스무 명의 '가을비' 대원을 뒤따를 것이다. 독립적으로 움직일 이 '가을비' 팀은 수백 명의 피난민들을 격리해 검문하고, 불온분자일 가능성이 있는 용의자들을 체포하고, 필요한 경우 헌병대로 넘기는 임무를 맡게 될 것이다. 나머지 서른 명의 대원은 우리 중에서 가장 경험이 많은 모크타르가 지휘할 것이다. 이 서른 명은 정규군의 지원을 받아, 휴가중인 군인들과 부족한 기자재가 이곳까지 무사히 수송될 수 있도록 모든 장애물을 제거하고 길을 트는 임무를 맡을 것이다.

그래서 '가을비'는 두 팀으로 나뉘었다. 한 팀은 모크타르 휘하, 다른 한 팀은 낙소스 휘하로. 물론 더크와 나는 슬로베니아인 휘하에 들어갔다. 더크는 방금 전에 모크타르한테 호되게 당했음에도 불구하고, 그리고 나는 르몽시드와 함께할 저녁을 꿈꾸고 있었음에도 불구하고.

텔레비전 제작팀들이 따라다닐 낙소스 휘하 무리는 '스피닝' '켈로그' '아그파' '스니커즈' 등 때와 장소에 어울리는 광고 점퍼를 다시 입고 분장을 했다. 사회자가 된 전직 조종사는 자신의 입담으로 생방송 효과를 더욱 살리겠다는 의도로, 두 대의 지프 중 하나를 타고 가기로 결정했다. 가장 힘들고 어려운 임무는 우리 팀에게 떨어졌다. 도로를 가로막는 피난민 무리를 격리하고, 정규군으로부터 지원받은 열 대의 닭장차에 수단과 방법을 가리지 않고 그들을 태워야 하는 임무였다. 분장을 한 덕분에 얼굴에 자르르 윤기가 흐르는 낙소스는 우리에게 행운을 빌어주고, 우

236

정과 신뢰의 표시로 콘크리트처럼 단단한 모크타르의 어깨를 한 번 툭 치고, 암페타민과 초콜릿 바를 우리에게 나누어주고 나서 출동 명령을 내렸다.

내 생각과는 달리, 모크타르는 지휘관으로 승진한 것이 그다지 기쁘지 않은 듯했다. 사실 그가 우리와 어울려 웃고 떠들거나 특별히 즐거워한 적은 한 번도 없었다. 그런데 자기 누이가 가출했다는 것을 알게 된 후로, 지독하게 음울한 표정이 마치 가면처럼 그의 얼굴에 들러붙었다. 낙소스가 우정과 신뢰의 표시로 그의 어깨를 두드려준 것도, 암페타민의 화학적인 도움도 그에게서 그 가면을 벗겨내지 못하는 것 같았다. 그는 우리를 트럭들에 올라타게 하고는, "나는 조금이라도 난처한 문제가 생기는 걸 원치 않는다. 따라서 어떤 사소한 실수도 용납하지 않을 테니 항상 정신을 바짝 차리고 있어야 한다"고 열의 없이 말했다. 그는 트럭을 타고 가는 내내 입을 굳게 다물고 있었다. 우리 뒤에는 열 대의 낡은 닭장차가 마치 죽음을 향해 달려가는 코끼리 떼처럼 따라오고 있었다.

39

진창인 국도변에는 피난민 대열이 1킬로미터가량 늘어서 있었다. 봄철이었다면 국도 주변은 갖가지 꽃과 풀들로 아름다운 풍경을 보여주었겠지만, 한겨울인 지금은 욕실 한구석에 잊어버리고 놔둔 이 빠진 머리빗같이 엉성하고 스산해 보였다. 이 풍경 속에서, 몇 백 명의 피난민들이 욕실에 처박힌 더러운 빨랫감 역할을 훌륭하게 해내고 있었다. 때가 눌어붙어 시커멓고, 추레하고, 고약한 악취를 풍기는 빨랫감들. 모크타르는 운전병에게 피난민 대열에서 5백 미터 떨어진 지점에 차를 세우고 엔진과 헤드라이트를 모두 *끄*라고 명령했다. *그*가 설명한 바로는, 피난민들은 겁먹은 토끼처럼 신경이 아주 날카로워져 있기 때문에 총을 든 수십 명의 군인들이 엔진 소리를 내거나 헤드라이트를 비추면서 갑자기 나타나면 한순간 끔찍한 공포에 사로잡힐 수 있다는 거였다.

"공포." 모크타르가 말했다. "그건 우리가 가장 경계해야 할 적이다. 공포에 질린 사람은 무슨 짓이든 할 수 있거든. 그들이 우리를 두려워하게 하되, 공포에 사로잡히게 해서는 안 된다."

그는 자신의 손목시계를 들여다보았다. 그 시각 피난민 대열이 늘어선 도로에서 옆쪽으로 약 1킬로미터 떨어진 지점에서, 낙소스가 텔레비전 제작팀들과 함께 작전을 개시하고 있었다. 더크는 무전기를 켜고 주파수를 맞추기 시작했다. 마침내 주파수가 잡히고, 사회자의 목소리가 지지직거리는 잡음에 섞여 터져나왔다.

"이 사람들을 보십시오. 비참한 불행과 전쟁, 그리고 전쟁의 공포를 피해 달아나고 있는 사람들이 수백 명씩 도로 주변에 모여 있습니다. 이들 대부분은 며칠 전부터 아무것도 먹지 못했고, 모두가 탈수증과 영양실조, 불결한 생활환경으로 인해 갖가지 질병에 감염되어 고통을 겪고 있습니다. 한 남자는 아내가 어젯밤 흙구덩이 속에서 아이를 낳았는데, 아기를 낳고도 살균하지 않은 염소젖 한 잔 말고는 아무것도 먹은 게 없다고 우리에게 호소했습니다. 하지만 이들이 배고픔이나 질병보다 더 무서워하는 건, 자신들 가운데 숨어 있는 테러리스트들입니다. 테러리스트들은 온갖 유언비어와 감언이설로 자신들을 따르게 만들고, 만일 비밀을 누설하거나 배신하는 사람이 있으면 그의 일가족을 몰살하겠다고 공갈 협박을 하면서, 이들의 표현을 빌리자면 '세금'을 징수하고 있다고 합니다. 다시 말해, 테러리스트들이 이들의 보잘것없는 재산마저 매일 강탈하고 있는 것입니다……"

사회자의 목소리 뒤로 낙소스가 피난민들에게 불안해하지 말라면서 제너럴푸드 사의 트럭들이 식량을 나누어줄 것이며 아이들에게는 신선한 우유와 시리얼이 배급될 거라고 외치는 소리가 들려왔다. 삼십 분 후, 방송국 헬리콥터가 얼어붙은 캄캄한 하늘에 모습을 드러냈다. 멀리서 항로를 표시하는 경광등을 켠 채 날고 있는 헬리콥터는 마치 깜빡이는 작은 크리스마스 전구 같았다. 모크타르는 지시가 있을 때까지 대기하고 있으라는 연락을 받았다. 그는 텔레비전 제작팀과 낙소스 휘하의 '가을비' 대원들이 편안하게 임무를 수행할 수 있도록 지원해주는 정규군에게 무전기로 뭔가를 지시했다. 그리고 트럭에서 내려, 우리를 뒤따라오고 있던 정규군 중에서 가장 계급이 높은 사람을 찾았다. 서양배처럼 울퉁불퉁한 얼굴에 수염을 기른 작달막한 남자가 모크타르에게 다가왔다. 모크타르는 남자에게 그의 부하들을 도로를 따라 펼쳐진 숲속에 매복시키라고 지시했다.

그러고 나서 그는 우리에게 자기가 하는 대로 따라하라고 명령했다. 트럭들 위에 설치된 조명 불빛을 받으면서 그는 피난민 대열로 다가서며 말했다.

"침착하게 행동하십시오. 아무 걱정 말고 우리 지시에 따라주십시오."

군중 속에서 가벼운 동요가 일었다. 하지만 마치 수초를 헤치고 호수 한복판으로 헤엄쳐가듯 사람들 무리 한가운데로 들어가면서 계속 말했다.

"여기서 50미터 떨어진 지점에 버스가 대기하고 있습니다. 그 버스들이 여러분을 안전한 장소로 데려다줄 것입니다."

우리는 모크타르 뒤에서 남자들과 여자들, 늙은 남자들과 늙은 여자들, 엄지를 신경질적으로 빨기 시작한 어린아이들에게 같은 말을 되풀이했다.

"여기서 50미터 떨어진 지점에 버스가 대기하고 있습니다. 그 버스들이 여러분을 안전한 장소로 데려다줄 것입니다."

나는 도로를 벗어나 숲속으로 도망치는 그림자들을 보았다. 그리고 연이어 발사되는 총소리, 탕, 탕, 탕. 곧이어 서로를 향해 쏘아대는 총성이 선명하게 들려왔다. 서양배처럼 생긴 얼굴에 수염을 기른 남자가 모크타르의 명령을 정확히 이해한 게 분명했다. 침묵이 자리를 잡았다. 고요한 정적 속에 지칠 줄 모르고 되풀이되는 모크타르의 목소리가 더욱 크고 또렷하게 울려

퍼졌다.

"침착하게 행동하십시오. 아무 걱정 말고 우리 지시에 따라주십시오. 여기서 50미터 떨어진 지점에 버스가 대기하고 있습니다. 그 버스들이 여러분을 안전한 장소로 데려다줄 것입니다."

그는 자기 앞에 있는 사람들 중 한 명을 붙잡아, 뒤따라가고 있던 우리에게 떠밀었다. 그러면 우리는 다시 우리 뒤에 있는 대원들에게 그 사람을 떠밀었다. 그 사람은 그런 식으로 떠밀려 가서 마침내 호송 차량이 대기하는 곳까지 다다랐다.

그렇게 해서 놀라운 일이 벌어졌다. 우리 앞쪽에 있던 몇 백 명이나 되는 사람들 모두가, 한 명씩 붙잡아 뒤쪽으로 떠미는 그 단순한 동작 덕분에 어느새 닭장차가 있는 곳으로 이동하게 된 것이다. 모크타르가 잠시 내 쪽을 돌아보았다. 그와 나 사이에 수십 명씩 떼로 지나가는 머리들이 있었다. 그는 자긍심으로 반짝이는 기분 좋은 시선을 내게 던졌고, 그 눈빛으로 자신이 의기소침해 있지 않다는 것을 확인시켜주었다. 그는 수지의 가출 때문에 지나치게 괴로워하지 않았다. 숲속에서 또다시 요란한 총소리가 들려왔다. 연극을 위한 효과음처럼 들렸다. 아무도 그 소리에 주의를 기울이지 않았다.

두 시간이 더 걸려서야 피난민들을 모두 닭장차에 태울 수 있었다. 닭장차의 수는 피난민 수와 일부러 맞춘 듯이 정확하게 맞아뜰어졌다. 창살에 눌린 수십 명의 얼굴과 우리가 오가는 모습을 불안한 시선으로 바라보는 수백 개의 눈이 보였다. 더크는 자기 신발을 살펴보면서 담배꽁초에 불을 붙였다. 서양배처럼 생긴 남자가 정규군들과 함께 시커먼 꾸러미 세 개를 질질 끌면서 숲에서 나왔다. 그들은 모크타르에게 다가와 그의 발치에 그것들을 부려놓았다.

"도대체 뭐 하자는 짓거리야?" 모크타르가 화난 얼굴로 '서양배'를 보며 말했다. 꾸러미들은 총에 맞아 죽은 남자 둘과 젊은 여자 하나의 시체였다.

모크타르는 술렁거리는 버스들 쪽을 돌아보았다.

"이런 멍청한 짓을 하다니! 공포에 질린 군중을 진정시키는 게 얼마나 힘든 일인지 알기나 해?"

'서양배'는 자기 부하들 앞에서 모크타르에게 야단맞은 것 때문에 화가 난 듯했다.

"어쨌든 저들은 지금 저 안에 갇혀 있잖소. 그런데 공포 따위가 무슨 상관이오." 남자가 대꾸했다.

우리 뒤쪽에서 소문이 일파만파로 번지고 있었다. 열 대의 닭장차에서 우리에게 욕을 퍼부어대며 술렁거리는 피난민들의 목소리가 들려왔다. 그들은 동요하고 있었다. 자리에서 일어나 차에서 내리려고 발버둥을 치고 있었다. 닭장차들이 거친 파도가 몰아치는 바다에 떠 있는 배처럼 전후좌우로 흔들리기 시작했다.

"빌어먹을." 모크타르가 말했다.

그 순간, 닭장차 한 대에서 여자의 비명이 터져나왔다. 여자가 무슨 말을 하는지는 전혀 알아들을 수 없었지만, 그 비명은 단번에 이상한 소문으로 부풀려져 다른 버스들로 퍼져나갔고, 적의에 사로잡힌 피난민들은 소름이 끼칠 정도로 무시무시하게 닭장차를 흔들어대기 시작했다. 거센 파도가 치는 것처럼 닭장차들은 금방이라도 뒤집힐 듯 요동쳤다.

"자, 이래도 공포 따윈 상관없소?" 모크타르가 빈정댔다.

'서양배'는 어색한 미소를 띤 채 아무런 대꾸도 하지 않았다.

"따라와." 슬로베니아인은 가장 가까운 호송 차량 쪽으로 걸음을 옮기면서 내게 명령했다.

우리는 닭장차 앞문으로 올라탔다. 닭장차 안에서는 사람들이 고함을 지르며 울고 있었다. 구석 자리에서 날아온 뭔가가 내 얼굴을 스치고 지나갔다. 버스 안은 공포와 땀내, 빨지 않은 속옷 냄새와 지린내가 진동했다. 모크타르는 자기 손에 처음 걸려든 사람을 다짜고짜 붙잡았다. 유행이 지난 스키복 상의를 입은 젊은 남자였다. 모크타르는 남자의 멱살을 잡아 자리에서 일으켜세우고는 허리에 차고 있던 연발 권총을 꺼내들었다. 그리고 남자의 관자놀이에 총구를 갖다대고 방아쇠를 당겼다.

좁고 폐쇄된 공간에서 그 소리는 귀를 멍하게 했다. 피와 뇌 속의 물질이 폭죽처럼 솟구쳤다. 젊은 남자는 창살 쪽으로 튕겨 나갔다가 중앙 통로로 되돌아와 이상한 자세로 털썩 주저앉았다. 즉시 버스 안에 정적이 감돌았다. 거대한 강철판으로 짓누르는 듯한 침묵이었다.

"침착하게 행동하십시오, 아무 걱정 말고 우리 지시에 따라주십시오." 모크타르는 이렇게 말하고 닭장차에서 내렸다.

우리가 방금 올라탔다가 내린 닭장차와 마찬가지로 다른 닭장차들에도 침묵이 자리를 잡았다. 그 장면을 눈으로 직접 목격하지 않았어도 사람들은 방금 무슨 일이 일어났는지 짐작하고 있었다. 모크타르는 나의 눈을 보고 내가 경악하고 있음을 알아차린 게 분명했다.

"사람들이 '뭔가를 상상'하게 해서는 안 돼. 그들은 '똑같은 것을 자기들 눈으로 직접 봐야' 해. 조용히 이 임무를 마무리하려면, 지금으로서는 이 방법밖에 없어."

우리는 다음 차에 올라탔다. 그곳에도 공포에 질린 정적이 감돌고 있었다. 모크타르는 자기 손에 처음 걸려든 사람을 붙잡아 일으켜세웠다. 스무 살가량의 뚱뚱한 여자였다. 이번에도 그는 권총을 그 여자의 관자놀이에 대고 방아쇠를 당겼고, 곧 귀가 먹먹해지는 소리가 울리고, 검붉은 불꽃이 사방으로 튀었다. 그는 되풀이해 말했다.

"침착하게 행동하십시오, 아무 걱정 말고 우리 지시에 따라주십시오."

우리는 그런 식으로 열 대의 닭장차를 모두 해치웠다. 탕! 탕! 탕! 우리가 서양배처럼 생긴 남자를 다시 만났을 때, 그는 정신이 나간 듯 멍한 표정이었다. 절대의 정적. 저속으로 돌고 있는 엔진 소리만이 그 정적을 깨뜨리고 있었다.

"정말 놀라운 솜씨군요." 이윽고 남자가 입을 열고 감탄했다. "군에 들어오기 전에 나는 문제아들만 모아놓은 고등학교의 선생이었소. 당신이라면 그 아이들을 정말 잘 다뤘을 거요."

"고맙소. 이것들을 사람들 눈에 띄지 않게 빨리 치워요. 길 한가운데다 그냥 놔두면 결국에는 문제를 일으킬 테니까." 모크타르가 세 구의 시체를 가리키며 말했다.

날이 저물었다. 시내로 돌아가기까지 우리에게는 아직도 긴 여정이 남아 있었다. 긴장이 풀리자, 내가 얼마나 지쳐 있었는지 깨달을 수 있었다. 목덜미가 곡괭이 자루만큼이나 뻣뻣해 고통스러웠다. 열 대의 닭장차가 출발했다. 얼어붙은 공기중에 배기가스를 잔뜩 뿜어대면서.

40

우리가 묵고 있는 '이비스' 호텔에서는 기술 팀들이 르몽시드의 콘서트를 위한 거대한 구조물들을 짓고 있었다. 멀리서 보면 마치 버려진 무 밭 한가운데 서 있는 인공위성 같았다. 3, 40미터 간격으로 세워진 조명 기기들은 높이 솟은 철탑처럼 보였고, 몇 킬로미터나 되는 케이블들은 괴물의 촉수처럼 비비 뒤틀려 있었으며, 무대장치 도구, 스피커, 보강재와 지지대 등이 여기저기 흩어져 있었고, 곧 1만 명 가까운 군인들이 몰려들 진흙 바닥 맞은편에는 폭이 16미터나 되는 대형 스크린이 설치되어 있었다.

'불쌍한 나치' 작전이 개시된 다음 날, 그 프로그램이 텔레비전에 방송되었다. 낙소스가 한 테러리스트를 바닥에 쓰러뜨려 체포하는 모습이나 어린아이의 머리를 쓰다듬는 장면들 사이사이 스폿광고와 전직 조종사와 르몽시드의 인터뷰가 삽입되었다. 시청자들은 상당히 만족한 것 같았다. 하지만 전직 조종사와 낙소스가 광고주들과 심한 욕설을 주고받으면서 격렬하게 싸웠다는 소문이 퍼졌다. 광고주들은 그들에게 시청자를 완전히 사로잡으려면 뭔가 새로운 게 필요하며, 사랑과 섹스 스캔들을 적당히 뒤섞을 필요가 있다고 했다. 그래서 결국 광고주들이 낙소스와 카롤린 사이의 로맨스라는 케케묵은 발상을 떠올려 그들에게 강요했다는 이야기가 내 귀에까지 전해졌다. 그후로 우리는 그 여가수와 키프로스 사람이 팔짱을 끼고 그 작은 도시의 골목길을 돌아다니고, 텔레비전 카메라들과 사진기자 하나가 그 두 사람의 몇 미터 뒤로 따라가는 모습을 보게 되었다. 그 사진기자는 며칠 후 여러 신문에 오르내릴 '파파라치 사진'을 찍는 임무를 맡은 자였다.

내 몸속에서 질투가 발광 물질처럼 타오르고, 내가 그녀에게 3미터 이내로 다가갈 기회는 이제 영영 찾아오지 않을 거라는 생각으로 괴로워하고 있을 때, 팩스 한 장이 날아왔다. 그 팩스에는 동글동글한 예쁜 글씨로 이런 내용이 씌어 있었다.

"당신 여동생 얘기를 듣고 싶어요. 오늘 저녁 일곱시쯤 어때요? 고마워요."

나는 한참 동안 그대로 서서 그 종이를 들여다보았다. 모크타르와 더크는 내가 뭔가 설명해주기를 기다렸다. 나는 팩스 용지를 주머니에 쑤셔넣었다. 슬로베니아인이 어디서 온 팩스냐고 물었다. 나는 행정반에서 온 건데, 착오로 누락된 봉급을 지급하려면 내 서명이 필요하다는 내용이라고 대충 둘러댔다. 그의 시선에서 그가 내 말을 믿지 않는다는 것을 분명히 알 수 있었지만, 나는 그래도 꿋꿋하게 사실을 털어놓지 않았다. 샤워를 하고 머리를 감고 이를 닦고 싶었다. 오후 두시였다. 앞으로 다섯 시간을 때워야 했다. 더크는 시내 극장으로 포르노를 보러 가고 싶어했다. 그러면 시간이 더 빨리 지나갈 것 같아 나는 그에게 같이 가자고 했다.

그 다섯 시간 동안 나는 더없는 행복에 젖어, 도시의 얼어붙은 공기에도, 휴가 나온 군인들이 수용소의 핏기 없는 여자들을 따먹는 장면이 지겹도록 반복되는 VHS 영화들에도 아무런 감흥이 없었던 것을 기억한다. 나는 암페타민을 먹었다. 더크도 한 알 먹었다. 그는 자기가 살아온 인생을 내게 들려주었다. 그 자신은 설탕과 색소로 당의를 입혀 한껏 부풀리고 미화하려 했지만, 사실상 별 볼일 없는 사건들로 점철된 초라한 인생이었다. 교통사고, 장사를 하다가 말아먹고 이리저리 떠돌며 날품팔이로 연명하던 시절, 한두 명의 창녀와 나눈 사랑. 나는 그의 말을 들으면서 미소를 짓고 있었다. 아무도 그의 말을 그런 식으로 귀

기울여 들어준 적이 없는 게 분명했다. 특히나 미소를 지으면서 들어준 사람은 이제껏 한 명도 없었을 터였다.

마침내 몇 시간이 흘렀다. 나는 더크의 어깨를 가볍게 툭 쳐주고 헤어졌다. 그는 나를 향해 '이제 자네와 나는 영원한 친구야'라는 의미를 담은 스패니얼 개 같은 표정을 지었다. 그리고 나는 카롤린을 만나러 갔다.

41

텔레비전 방송국 측은 또다시 젊은 여가수에게 '이비스' 호텔에서 가장 멋진 스위트룸을 제공했다. 나는 레고처럼 생긴 금발 남자와 그 여동생의 바리케이드를 통과했다. 그들은 지난번보다 훨씬 우호적으로 나를 대했다. 아마도 그렇게 하라는 지시를 받은 듯했다. 그 방은 '홀리데이인'의 스위트룸보다 작았지만 더 밝았다. 커다란 유리창 너머로 테라스가 있고, 테라스에서는 들판과 버려진 농가 옆으로 고속도로와 국도의 교차점이 내려다보였다.

눈이 다시 내리기 시작했다. 이번에는 더 끈질기게 내렸다. 눈송이들은 빠르고 규칙적인 리듬으로 쌓이면서 들판을 거무스레한 무늬가 찍힌 거대한 리넨 침대보처럼 만들었다. 카롤린은 그

풍경을 뚫어지게 응시하고 있었다. 내가 그녀에게서 한 번도 본 적이 없는 슬픈 표정으로.

"와줘서 고마워요. 당신을 귀찮게 한 건 아닌가요?" 그녀가 말했다.

"아닙니다. 정말입니다." 나는 이렇게만 대답했다. 이렇게 그녀를 다시 만난 건 나의 진정한 기쁨이고, 그녀는 천연 크리스털을 깎아 만든 조각처럼 아름다우며, 그녀와 한 시간만 보낼 수 있다면 내 새끼손가락이라도 자를 수 있다고 말하고 싶었지만 용기가 나지 않았다. 그녀는 소파에 앉으라고 권하면서 내 곁으로 다가왔다.

"있잖아요, 나는 전혀 잘 지내지 못하고 있어요. 그런데도 아무한테도 이런 말을 할 수가 없네요. 계약에 묶여 있거든요. 난 침울한 모습만 보여도 고소를 당할 수 있어요. 그러니까 당신이 나를 이해해줘야만 해요. 누군가에게 이 이야기를 털어놓지 않으면, 그런 기분이 들어요. 마치 나 자신이……"

"병에 걸릴 것 같은?"

"그래요, 바로 그거예요. 하지만 병에 걸려서도 안 돼요. 그것도 계약 조건에 포함되어 있으니까. 그래서 이렇게 당신한테 말하는 거예요. 당신은 믿을 수 있는 사람 같아서요. 당신에겐 여동생이 있죠. 당신은 그 여동생을 사랑하고요. 당신은 베푸는 사랑이 어떤 건지 알아요."

나는 그녀를 품에 안아야 할지, 아니면 그녀의 어깨에 한 손을 얹는다거나 뭐 그 비슷한 행동을 해야 할지 속으로 고민했다. 하지만 결국 아무런 행동도 하지 못하고 그저 이렇게 말했다.

"네, 그렇긴 하죠."

내 대답에 그녀가 미소 지었다.

"당신도 알겠지만, 수치가 형편없어요."

"수치라니요?"

"그러니까 '시청률' 말이에요. 시청자들."

"그건 일시적인 걸 겁니다."

"나도 그렇다고 믿었어요. 하지만 몇 달 전부터 시청률이 계속 떨어지고 있어요. 모두 내 앞에선 쉬쉬하고 있지만, 난 알아요. 그들은 시청률을 만회하기 위해 뭔가를 준비하고 있어요. 그들이 거기에 들인 돈이 얼마인지 당신은 상상도 못할 거예요."

"저도 짐작이 갑니다."

"천만에요! 당신은 짐작도 하지 못해요. 정말로 엄청난 돈이에요. 바로 그 때문에 그들이 나에게 어빙과 더 많은 시간을 함께 보내라고 점점 더 강력하게 요구하고 있는 거죠."

"네, 당신들이 함께 지나가는 걸 나도 봤어요. 당신들 뒤로 사진기자들이 졸졸 따라가고 있더군요."

"사진? 그것만이 아니에요. 그들은 섹스를 원해요, 아시겠어요. 중요한 부분만 검은 띠로 살짝 가려놓은 사진들. 그들은 결혼, 아기, 그 모든 걸 원해요. 나는 언제나 그 남자한테 달라붙어 있어야 해요. 하지만 내겐 약혼자가 있어요. 그리고 내 약혼자는 그런 걸 견딜 수가 없대요. 요전 날 저녁에 나와 전화 통화를 하고 있었던 것도 바로 그예요. 나는 그에게 설명하려고 애썼어요. 하지만……" 카롤린의 목소리가 촉촉이 젖어들었다.

"거절하면 되잖아요." 내가 바보같이 말했다.

"그럴 수가 없으니까 그러는 거죠. 계약상 그들에게 모든 권리가 있어요. 만약 그들이 오십 명의 군인과 자라고 해도, 나는 그 요구를 받아들일 수밖에 없어요. 하지만 문제는 그게 아니에요."

"그럼 뭐가 문제죠?"

"어빙……"

"뭐라고요?"

"그 사람한테…… 문제가 있어요."

"문제?"

"심각한 문제죠. 그에 관해 떠도는 소문을 알고 있나요?"

"'올리브 숲의 살인마'에 관한 이야기 말입니까?"

"네, 살인마."

"그건 헛소문이에요. 사이비 기자가 아무 근거도 없이 그런 기사를 쓴 거라고요."

"물론 기자는 증거도 없이 그 기사를 썼어요. 하지만 그 얘긴 사실이었어요."

"당신이 그걸 어떻게 알죠?"

"그가 나에게 말해줬으니까요."

나는 소스라치게 놀랐다.

"낙소스가 당신한테 자기가 그런 짓을 저지른 살인마라고 자기 입으로 말했다고요?"

"그래요. 우리가 단둘이 있게 되자마자, 그는 그 독일 관광객들과 자신에게 일어났던 일을 모두 이야기해줬어요. 그가 그들에게 했던 모든 짓을요. 사람의 탈을 쓰고 어떻게 그런 짓을 할 수 있는지 도저히 믿을 수가 없어요."

"그게 사실이라면 폭로해야죠. 최소한 텔레비전 방송국 사람들한테라도."

"그들도 전부 다 알고 있어요. 하지만 그들은 그런 것엔 전혀 관심도 없어요. 아니, 내 생각엔 그가 그런 인물이라는 사실 때문에 오히려 더 매력을 느끼는 것 같아요. 그가 저지른 그 모든 짓, 숲속에서 여자들에게 저지른 그 끔찍하고 잔인한 짓거리 때문에요. 하지만 나도 그가 무슨 짓을 했건 상관하지 않아요. 누구나 나름의 이유가 있는 법이니까. 나는 그에 대해 이러니저러니 판단하고 싶지 않아요. 다만 문제는 그것 때문에 내가 두렵다는 거예요. 그가 옆에 있을 땐 잠을 잘 수가 없어요. 내 얼굴을 보세요. 완전히 시들어버린 것 같잖아요. 하지만 어쩔 도리가 없어요."

"계약 때문에?"

"그래요, 계약 때문에."

카롤린은 눈이 내리는 광경을 오랫동안 바라보았다. 그녀의 얼굴에서 절망적인 슬픔이 느껴졌다. 주변의 땅처럼, 그녀의 뇌역시 하얀 눈으로 뒤덮여 있었다. 그녀는 내 어깨에 머리를 기댔다.

"오늘 저녁만이라도 날 당신 여동생으로 생각해줄래요?" 그녀가 말했다.

그건 내가 바라던 바와는 전혀 달랐지만, 아무것도 아닌 것보다는 나았다. 우리는 그대로 오랜 시간 많은 얘기를 주고받았다. 그녀는 부모 집에서 살던 어린 시절 이야기, 트레일러 운전사와의 사랑 이야기, 그녀가 음악에 눈을 뜨게 된 이야기를 들려주었다. 나는 기분이 아주 좋았고, 그래서 아무것도 개의치 않았다. 짐짐도, 모크타르도, 낙소스도, 텔레비전도, 전쟁도. 그 모든 것은 정말로 존재했지만, 만약 카롤린이 지금 나에게 키스를 한다면 모두 커튼 뒤로 사라질 것이고, 그렇게 되면 우리는 아무 일도 없었던 것처럼 지낼 수 있을 거라고 생각했다. 그런 것들일랑 그런 것에 관심을 가진 사람들에게 맡겨두고, 우리는 멀리 달아날 것이라고. 시간이 흘렀다. 밤이 어느 때보다 더 어둡게 내려앉았다. 카롤린은 나에게 키스하지 않았다.

42

모두가 나를 보고 있었다. 오른손으로 턱을 받치고 있는 병원장, 창턱에 앉아 있는 자그마한 여자 수련의, 내 앞에 있는 '니코틴', 나를 촬영하러 온 제복 차림의 두 멍청이, 젊은 비서실장, 아직 한 마디도 하지 않은 잿빛 머리칼의 작은 피조물, 그리고 방금 나에게 말을 하라고 요구한 투피스 차림의 여자. 짧은 순간, 나의 사고력이 빛보다 더 빠르게 움직이는 것처럼 느껴졌다. 나는 내가 처한 상황을 명확하게 파악하려 애썼다. 한편으로는, 어떤 사람들이 나에게 원한을 품고 있는 것 같았다. 제일 먼저 '니코틴', 그녀가 왜 나를 미워하는지는 나로서도 알 수 없었다. 또 한편으로는, 내가 무의식 상태에 있는 동안 아마도 나라는 존재가 어떤 장관에게 매우 중요한 인물로 부각된 것 같았다. 하지만 내가 왜 그에게 중요한 인물이 된 건지 그 내막은 전혀 알 수 없었다. 그러나 무엇보다 중요한 건, 의식이 깨어난 후로 나의 마비 상태와 실어증이 그동안 나를 어떤 위협으로부터 보호해주고 있었던 게 확실하다는 사실이다. 그 위협은 내가 마비된 사지를 움직이고 말을 할 수 있게 되었다는 것을 숨겨야 할 정도로 무시무시한 것임에 틀림없었다. 그런데 내가 그 사실을 그리 오랫동안 숨길 수는 없을 거라는 게 점점 더 분명해지는 것 같았다. 그리고 투피스를 입은 여자가 하는 말에서 안심해도 좋을 것 같은 낌새를 챘기 때문에 나는 마침내 그녀의 질문에 입을 열었다.

"그래요, 나는 말을 할 줄 압니다. 하지만 움직이는 건 아직 무리예요. 오늘 새벽에 일어나보려고 발버둥 치다가 앞으로 고꾸라져 무릎을 다쳤거든요."

투피스를 입은 여자가 활짝 웃으면서 젊은 비서실장 쪽을 돌아보았다. 그러자 비서실장이 그녀에게 신호를 보냈다.

"계속 촬영하세요." 그녀는 카메라를 든 멍청이에게 눈길도 주지 않고 지시하고는 내게 말했다. "장관님은 납득할 만한 확실한 증거를 원하십니다. 이분한테 서류들을 갖다드려요."

조금 전까지 죽은 듯이 보이던 잿빛 머리칼의 작은 피조물이 소스라치게 놀라며 내게 다가왔다. 그는 침대에 작은 손가방을 올려놓고 여러 가지 서류를 꺼냈다.

"이건 우리 모두를 위한 일종의 안전장치입니다." 그가 나에게 만년필을 내밀면서 말했다. "당신은 여기에 서명해야 합니다. 그리고 여기, 또 여기."

내가 머뭇거리는 모습을 보이자, 그가 덧붙여 말했다.

"이건 당신이 이 병원에 입원해 있는 동안 훌륭한 치료와 간호를 받았다는 것을 인정하는 서류입니다. 이건 음…… 반체제 동맹들이 당신한테 책임을 전가하려 했던 사건들과 당신이 전혀 무관하다는 것을 증명하는 서류고요. 그리고 이건 당신이 이 모든 것을 누구에게도 절대 발설하지 않을 것이며 정부 대표들을 만났다는 사실을 머릿속에서 깨끗이 지워버리겠다고 약속하는 서류입니다."

나는 그가 가리키는 곳곳에 서명을 했다. 그러고 나서 진작부터 묻고 싶어서 입이 근질거렸던 질문을 했다.

"그런데 그 '사건들'이라는 게 도대체 뭡니까?"

잠시 침묵이 흐른 후, 단정한 투피스를 입은 여자가 대답했다.

"그러니까 당신, 아직 완전히 의식이 돌아오지는 않았군요. 당신이 기억을 모두 회복할 수 있도록 도와주는 건 의사와 간호사가 해야 할 일인 것 같은데요? 여기 얼마간 더 입원해 있어야겠어요. 자연스럽게 두 발을 땅에 딛고 설 수 있을 때까지 말이죠. 그때까지 남은 날들을 잘 활용해 궁금한 것들을 여기 있는 분들한테 물어보세요. 그러면 모든 의문이 풀릴 테니까. 우리는 이제 가봐야겠습니다."

정부 소속의 얼치기들이 사라졌다. 이제 병실에는 나와 병원장, 여자 수련의, '니코틴'뿐이었다. 나는 그들을 쳐다보았다. 셋 모두 흰 가운을 입고 서로 바짝 붙어서 있었다. 마치 새로운 서식지를 찾아 떠나려는 철새들처럼.

"당신이 이 환자를 책임지고 돌봐요. 난 이제 이 일에서 손 뗄 테니. 이 문제에는 더 관여하고 싶지 않군." 병원장이 '니코틴'에게 말하고는 수련의를 문 쪽으로 밀며 나가려 했다. 하지만 그들이 문턱을 넘어가기 전에 내가 말했다.

"사진을 찍도록 도와준 건 바로 저 여자야. 일이 이렇게 된 건 바로 저 여자 때문이라고."

병원장이 멈춰섰다. 그는 새하얗게 질린 젊은 수련의를 보고는 다시 나를 보았다.

"이제 그런 건 아무래도 상관없어." 그는 조용히 말하고는 나를 '니코틴'과 단둘이 남겨두고 병실에서 나갔다.

"대체 '사건들'이라는 게 뭐죠?" 나는 '니코틴'에게 물었다.

그녀는 두르고 있던 앞치마에서 담뱃갑을 꺼내어 담배에 불을 붙였다. 그러고는 내 쪽으로 다가와 침대 모서리에 앉았다.

"그래, 그게 정말이에요? 당신이 그걸 기억하지 못한다는 게?"

"네."

"아이들은? 그것도 전혀 기억 안 나요?"

내가 두번째로 "그렇다"고 대답한 순간, 어떤 희미한 영상이 머릿속에 떠올랐다. 길쭉하게 생긴 건물의 흐릿하고 거무스레한 이미지, 내가 결코 알아볼 수 없는.

"아이들." '니코틴'은 담배가 타들어가는 것을 바라보며 생각에 잠긴 목소리로 되뇌었다.

나는 천장으로 천천히 올라가는 담배 연기를 쳐다보다가, 문득 내 기억의 새로운 조각들을 발견했다. 몽실몽실한 커다란 동그라미들을 보자 모크타르의 일그러진 얼굴이 떠올랐고, 타들어가는 담배 냄새는 우리가 지체 없이 붙였던 그 불을 상기시켰다.

43

모크타르, 코발트 빛 눈과 수력발전소 같은 팔을 가진 내 다정하고 소중한 사랑, 당신이 한없이 그리워.

당신한테 걱정을 끼치지 않으려면 여기서 일어나는 일들을 일일이 알리지 말아야 한다는 거, 나도 잘 알아. 당신은 지금 거기서 해야 할 일을 잘 마무리 짓기 위해 온 신경을 집중해야 할 테니까. 그래서 사소한 집안일로 당신을 괴롭히지 말아야 한다고 몇 번이고 다짐하고 있어. 하지만 나 혼자서만 끙끙거리며 입을 다물고 있으려니 미쳐버릴 것 같아. 얼마 전에 『마음의 대화』라는 책을 읽었어. 부부 사이에 대화가 얼마나 중요한지 일깨워주는 책이야. 할 말을 하지 못하고 참고 있으면 암에 걸릴 수도 있다는 이야기가 그 책에 나와 있어.

그래서 나도 당신한테 말해야겠어. 요즈음 내 건강이 급속도로 악화되고 있어. 어지럼증과 중이염과 신경통을 앓고 있어. 그런데다 오래된 러시아 화학 공장보다 더 형편없이 망가진 내 몸이 내 간을 거부하고 있어. 당신이 지금 내 몰골을 본다면 어떤 일이 벌어질까? 정말 두려워. 의사 말로는, 내 몸이 이렇게 된 건 요 몇 주 동안 스트레스를 너무 많이 받아서래. 그건 분명한 사실일 거야. 나도 몸으로 느끼고 있으니까. 수지가 나를 그렇게 괴롭히지만 않았어도 그런대로 잠을 잘 수 있을 텐데. 엿새 전부터 당신 누이동생은 감감무소식이야. 어떻게 자기 주변 사람들을 그렇게 괴롭힐 수 있는 걸까? 정말 따끔하게 야단쳐줘야 해. 난 얼마 전부터 호르몬요법을 시작했어. 꽤 효과가 있는 것 같아. 하지만 돈이 아주 많이 들어. 그래서 우리의 공동 계좌에서 돈을 빼 쓸 수밖에 없었어(당신이 그 통장으로 돈을 좀 넣어줬으면 좋겠어). 내 사랑, 나는 마음을 가라앉히고 평정을 되찾기 위해 우리가 처음 만났던 순간을 기억해보려고 애쓰고 있어. 내가 병이 났을 때, 그리고 당신이 나에게 과자를 가져다주었을 때, 내가 당신을 피해 달아났던 그 호텔에서 우리가 처음으로 사랑을 나눴을 때……

당신이 너무 걱정돼. 다오 민은 서쪽 하늘에서 동쪽 하늘로 날아가는 철새들을 봤다면서, 그건 아주 "불길한 징조"라고 말했어. 그리고 '천 개의 옥수수' 전투가 벌어지는 전장에서 당신과 함께 있는데 쥐들이 당신 눈을 파먹는 무시무시한 꿈을 계속 꾼다고 했어.

정말 당신에게 걱정을 끼치고 싶지 않지만 이런 얘기들을 하지 않을 수가 없어. 그건 그렇고, 우리는 전직 조종사가 진행하는 방송을 관심 있게 지켜보고 있어. 모두 당신 부대원들과 낙소스를 자랑스러워해. 나는 그 어린 카롤린을 자주 생각해. 당신들이 그 일을 잘 마무리 짓고 하루라도 빨리 집으로 돌아왔으면 좋겠어. 나는 지금 너무 외로워. '우뚝 선 배'로 날마다 가벼운 산책을 나가는 것 말고는 이야기를 나눌 사람이 한 명도 없어. 대화할 상대가 아무도 없다는 건 죽음과 흡사한 것 같아. 그래서 항상 라디오를 듣거나 텔레비전을 봐. 요즘 새 음반을 낸 짐짐의 노래가 점점 더 자주 방송을 타고 있어. 아주 마음에 들더라. 그는 지나간 사랑, 헤어졌다가 다시 만나는 사람들의 이야기를 노래하고 있어. 요즈음은 짐짐이 카롤린보다 인기가 더 좋은 것 같아. 음반도 카롤린보다는 짐짐 게 더 많이 팔리고 있으니까……

몸 생각해서 뭐든지 잘 먹어, 술이랑 담배는 좀 줄이고. 그리고 빨리 돌아와줘.

당신을 사랑하는 당신의 스카폰

모크타르가 편지를 다 읽었을 때, 더크가 호텔 방 안으로 불쑥 들어왔다. 그날 아침부터 모크타르와 나는 줄곧 호텔 방에 처박혀 있었다. 나는 카롤린을 만나고 새벽에 돌아왔다. 내가 돌아오는 걸 모크타르가 봤다. 그는 얼음처럼 차갑고 기이한 시선으로 나를 일 초쯤 노려보더니 이내 고개를 돌렸다. 나는 잠이 들었다. 그 순간, 잔가지들에 주렁주렁 열린 개머루 같은 행복이 내 온몸으로 퍼져나갔다. 그리고 그날 아침 우리는 마치 아무 일도 없었던 것처럼 행동했다. 모크타르는 아무것도 묻지 않았다. 단지 마담 스카폰의 편지를 받았다면서 읽어주었을 뿐이다. 나는 한순간 모든 게 제자리로 돌아온 느낌을 받았다. 하지만 멍청이 더크가 방으로 들어온 뒤에 일어난 일을 보면서, 그런 느낌이 내 어리석은 착각이었음을 깨달았다. 모크타르의 정신 상태는 오래전부터 아무도 알아차리지 못하는 사이에 곪아온 그 모든 상처와 함께, 이제는 완전히 썩어 문드러져 있었다.

"창녀들을 실은 버스가 도착했어." 더크가 말했다. "처음 본 애들도 제법 많던데, 다들 얼굴이 끝내주게 예쁘더라고. 아주 먹음직스럽더라니까. 어서 가보자고!"

모크타르와 나는 호기심을 느끼며 더크를 따라 주차장으로 갔다.

아주 화창할 것 같은 날이었다. 하얗고 밝은 한 줄기 빛이 얼어붙은 대기를 적시고 있었다. 최신형 미제 냉장고 속에 들어앉은 기분이었다. 바깥 공기에는 바닐라 향과 세제 냄새, 중유 냄새가 섞여 있었다. 손으로 해를 가렸지만 거울처럼 매끈거리는 지면에 햇살이 반사되어 눈이 부셨다. 창녀들을 태운 버스가 우리 앞에 화려한 화물을 부려놓고 있었다. 북극처럼 얼얼한 추위에도 불구하고 미소를 지으려 애쓰는 서른 명의 여자, 버스 안에서 갈아입은 듯한 손바닥만 한 짧은 치마들, 그리고 벌써부터 그녀들 주변을 맴돌며 코를 실룩거리는 열 명 남짓의 사내들. 더크가 버스에 예쁜이들이 많다고 한 건 사실이었다. 믿기지 않을 정도로 예쁜 여자들도 있었다. 한순간 카롤린을 잊어버릴 정도로 예쁜 여자들. 모크타르의 침울한 얼굴에도 희미한 미소가 떠오르고 있었다.

하지만 그 미소는 이내 처참한 찡그림으로 변했다. 새로 온 여자들의 부자연스러운 얼굴들 가운데에서 수지를 발견한 것이다. 기괴할 정도로 초췌하고 분을 덕지덕지 바른 얼굴로 우리 두 사람에게 지독한 증오의 시선을 던지고 있는 수지를.

44

모크타르는 한순간 꼼짝도 하지 않았다. 그 짧은 순간, 그의 커다랗게 벌어진 입에서 먹구름이 연이어 뭉게뭉게 빠르게 빠져 나오고 있었다. 이윽고 그가 낮은 목소리로 말했다.

"수지?"

더크가 미소 띤 얼굴로 우리 뒤에 다가섰다.

"어때, 굉장하지? 자네들, 저기 저 뚱땡이, 입이 쫙 찢어진 게 솜씨가 끝내줄 것 같지 않아?" 더크가 수지를 가리키면서 말했다.

수지가 우리 쪽으로 다가오고 있었다.

"어? 저년이 제 발로 이리 오네. 저건 내 거야. 아무도 건드릴 생각 마!" 더크가 말했다.

"수지?" 모크타르가 또다시 낮은 목소리로 말했다.

수지가 우리 앞에 우뚝 섰다. 가까이서 보니 그녀는 스칸디나비아 신화에 나오는 무언가를 닮았다. 노옴* 같기도 하고 트롤** 같기도 한, 거기다 하얀 분과 새빨간 루주까지 칠한 커다란 피조물.

"안녕!" 멍청이 더크가 말했다.

"아가리 닥쳐!" 모크타르가 더크의 멱살을 움켜잡으며 고함을 질렀다. "아가리 닥쳐! 쟤앤 내 동생이야. 그러니까 아가리 닥치라고. 만약 저애를 건드리면, 죽여버릴 줄 알아. 저애를 보기만 해도 너를 죽여버릴 거라고. 네가 저애를 건드리고 싶다는 생각만 해도 난 단번에 알 수 있어. 그러기만 해봐, 네놈의 목을 부러 뜨려놓을 테니까."

더크는 목을 움츠리면서 주눅 든 시선으로 도움을 청하듯 나를 쳐다보았다. 나는 그냥 잠자코 있으라는 뜻으로 고개를 끄덕였다.

"너희는 내 인생을 박살냈어." 수지가 자기 오빠와 나를 향해 말했다. "너희는 내 남편을 죽였어. 내 남편이 너희 마음에 들지 않는다는 이유 하나로. 너희는 주인 없는 집에서 곳간을 거덜내

---

* 대지의 정령 또는 땅속의 보물을 지킨다는 흉측한 난쟁이.
** 깊은 계곡이나 동굴에 살며 인간을 잡아먹는 거대한 괴물.

는 그 파렴치한 늙은 암염소한테 나를 맡겨놓고 감시하게 했어. 너희는 정말 구역질 나는 인간들이야. 너희 머릿속에는 시궁창 냄새 나는 군대와 카롤린에 대한 그 썩은 생각밖에 없지. 그래서 내가 여기 온 거야. 너희가 내 인생을 박살낸 것처럼 나도 너희 인생을 날려버리러 왔다고. 너희가 왜 여기 와 있는지 모든 사람에게 폭로할 거야. 너희가 카롤린 르몽시드를 암살하려 한다고 말할 거란 말이야. 이자들이 르몽시드를 죽이려고 해요! 이 인간들이 **카롤린 르몽시드를 살해하려 해!**" 수지가 미친 여자처럼 소리를 질러대자, 그녀의 오빠도 소리치기 시작했다.

"이제 그만 해, 그만 하란 말이야!"

소동이 일어나자 구경꾼들이 우리 주위로 몰려들었다. 나는 모크타르를 진정시키려고 그의 어깨에 손을 얹었다. 나의 손길에, 그는 고함 지르던 것을 멈추고 나를 보았다. 수지도 잠잠해졌다. 화장이 흘러내려, 그녀의 붉은 뺨에 검은 줄이 죽죽 갔다.

"아무 말이나 막 해대는구나. 넌 미쳤어. 그래, 원한다면 네 마음대로 실컷 지껄여. 하지만 아무도 네 말을 믿지 않을 거야. 넌 정신적으로 문제가 있어. 나? 여기 있는 사람들 모두가 날 믿고 따라. 여기 있는 사람들 중에 누가 네 말을 믿을까, 더러운⋯⋯ 창녀 따위가 지껄여대는 말을." 마지막 단어를 발음할 때 모크타르의 목소리가 떨렸다.

수지는 잠시 생각하고 나서 말을 내뱉었다.

"아무리 그래도 난 끝까지 내가 하고 싶은 말을 할 거야. 그리고 난 네 동생이야. 군인들한테 몸이나 파는 여동생을 둔 너를 동료나 부하들이 과연 어떻게 생각할까? 나랑 잠을 잔 군인들은 모두 네 매제가 되는 거잖아, 안 그래? 네 부하들이 전부 나하고 질탕하게 한 번씩 놀고 나면 네 권위는 과연 어떻게 될까? 네 부하들이 널 어떻게 대할지 궁금하지 않아?"

수지는 귀청을 찢을 듯 날카로운 소리로 거짓 웃음을 웃다가 이내 생각을 바꾼 듯 드러내놓고 울기 시작했다.

"더러운 놈들, 더러운 개자식들……" 그녀는 버스에 다시 올라타기 위해 주변에 몰려든 구경꾼들을 떼밀며 말했다.

"잠깐 기다려." 모크타르가 그녀에게 소리쳤다. "그러지 마. 부탁이야."

그의 여동생은 뒤돌아보지도 않고 어깨를 으쓱했다.

나는 방으로 돌아가는 모크타르를 부축했다. 그는 인생 막바지에 다다른 늙은이처럼 기력이 없었다. 그는 슬로베니아어로 뭐라고 되뇌고 있었지만, 나는 알아들을 수 없었다. 하지만 어딘가 슬프면서도 위압적인 구석이 감지되는 말이었다. 마침내 그는 침대에 앉아 원숭이같이 커다란 두 손으로 얼굴을 눌렀다. 그 때문에 그가 중얼거리던 슬로베니아 말과 그의 눈에 차오르던 오열이 짓눌렀다. 나는 뭘 어떻게 해야 할지 몰라 어정쩡하게 그 앞에 서 있었다. 그가 침대에 앉아 두 손으로 얼굴을 가린 채 더는 미동도 하지 않는 걸 보고야 비로소 나는 그의 어깨에 조심스레 손을 얹었다.

"괜찮아, 괜찮아……" 나는 바보같이 말했다.

그가 나를 향해 얼굴을 들었다. 얼굴은 믿을 수 없을 정도로 붉었고, 두 눈은 유전자 변형을 일으킨 여주 열매처럼 커다랬다.

"자네가 어떻게 '괜찮아'라고 말할 수 있지? 자네가 어떻게 그럴 수 있냐고? 우리가 이 지경이 된 건 모두 자네의 그 멍청한 짓거리 때문이라는 걸 누구보다 잘 알면서. 그런 일 하나 제대로 처리하지 못하는 자네의 무능력, 결단을 내리지 못하고 우물쭈물하는 그 성격 때문에 결국 이런 일이 벌어진 거잖아. 그런데 자네가 어떻게 나한테 '괜찮아'라고 말할 수 있지? 솔직히 자네는 이 상황에서 벗어나기 위해 결국 내가 그 일을 대신 처리해줄 거라고 생각하고 있지? 자네는 다른 사람 생각은 전혀 하지 않아. 자네는 내가 자네 대신 카롤린을 죽여주길 바라고 있어. 그 일을 할 수 있는 사람은 나밖에 없으니까. 그래, 좋아. 자네를 위해 내가 해주지. 하지만 그게 내가 자네를 위해 해주는 마지막 일이 될 거야. 그걸로 자네에게 진 빚은 완전히 갚는 셈이 될 테니까, 안 그래? 그러고 나면 우리 계산은 깨끗이 끝나는 거야,

그렇지? 자네는 '완두콩' 일로 나를 도와줬어. 나는 여가수 일로 자넬 도와주고. 하지만 그 일만 끝나면 나는 집으로 돌아가 내 가족에 충실할 거야, 알아들어? 그러니 다시는 나에게 '괜찮아'라고 말하지 마. 자네한텐 여동생이 없어, 자네한텐 가족이 없다고. 우리나라에서는 가족이 없는 사람들을 '죽은 사람'이라고 부르지. 자네는 죽은 인간이야, 불쌍한 친구. 자네를 보고 있으면 동정심이 샘솟아. 자네는 사랑이 어떤 건지 몰라. 사랑은 주는 것이라는 걸 모른다고. 내 생각에 자네는 '죽은 사람'보다 더 나빠. 자네는 남에게 해를 끼치는 위험한 '죽은 사람'이니까. 그러니 이제 그만 꺼져. 날 혼자 내버려뒀으면 좋겠어. 나 혼자 생각 좀 해야겠어. 그러니 당장 내 눈앞에서 꺼지라고."

슬로베니아인의 장광설을 듣는 내 가슴은 찢어질 듯 괴로웠다. 나는 그가 카롤린을 죽여주겠다고 한 말 때문에 두려움에 떨면서 방을 나왔다. 한순간 걸음을 되돌려 그에게 돌아가 모든 걸 털어놓고 싶었다. 그리고 제발 그냥 놔두라고, 더는 아무도 죽여서는 안 된다고 말하고 싶었다. 하지만 이내 지금은 그런 말을 할 때가 아니며, 그는 전속력으로 달리는 폭주 기관차와 같아서 무엇으로도 그를 멈추지 못하리라는 생각이 들었다.

나는 호텔에서 나왔다. 밖은 불빛으로 눈부셨다. 방송국 사람들이 밤새 내린 눈을 쓸어 벽 쪽으로 치워놓았다. 이제 눈은 더러운 잿빛 산맥처럼 벽을 따라 쌓여 있었다. 창녀들을 태우고 온 텅 빈 버스만이 서 있을 뿐, 호텔 주차장에는 아무도 없었다. 아마도 호텔 방 여기저기에서 한창 욕망이 배설되고 있을 터였다. 더크가 결국 용기를 내어 수지를 데려갔을지 궁금했다. 하지만 곧 나는 그런 것에 전혀 관심이 없다는 것을 깨달았다. 모크타르의 말이 옳은지도 몰랐다. 나에게는 정이라는 게 없었다. 나는 죽은 인간이었다.

45

그날 이후로 나는 모크타르를 거의 보지 못했다. 그는 아주 늦게, 대개는 내가 잠든 후에야 돌아왔고, 해가 뜨기도 전에 일어나 어디론가 사라졌다. 처음에는 그가 카롤린에게 정말로 일을 저지르려는 게 아닌가 싶어 겁이 났다. 하지만 그 슬로베니아인은 작은 도시 외곽의 들판을 거닐며 눈과 나무들, 구름과 무성한 잡초들에게 자신의 불행한 인생을 이야기하며 시간을 보내고 있다고 더크가 말해주었다. 아마도 병든 동물들이 본능적으로 자신에게 필요한 먹이를 찾는 것처럼, 모크타르도 그 오랜 고독의 시간 동안 상처 입은 마음을 달래줄 뭔가를 찾고 있었던 듯하다. 더크는 나와 모크타르의 관계가 소원해진 틈을 이용해 자기가 끼어들 자리가 있을 거라고 생각했는지, 처음에는 내게 슬쩍 달라붙었다. 하지만 나는 그의 기대에 부응하기는커녕 거리를 두고 차갑게 대했던 것 같다. 그가 결국 나를 포기하고 정규군의 썩어빠진 변태들한테 접근해, 그들과 어울려 술과 담배 살 돈을 마련하기 위해 소녀들의 시체를 폴라로이드로 찍어 팔면서 대부분의 시간을 보낸 것을 보면 말이다.

대화 상대 하나 없이 혼자 남겨지자, 음울하고 서글픈 생각이 나를 덮쳤다. 텔레비전에서는 카롤린과 낙소스가 다정하게 거리를 거닐거나 조용한 레스토랑에서 바닷가재를 먹으며 웃고 있는 장면이 여러 번 방송되었다. 어느 인터뷰에서 그녀는 이렇게 행복했던 적이 한 번도 없지만 그렇다고 언론에서 자기 사생활을 함부로 떠벌리지 않았으면 좋겠다고 말했다.

"그럼 어빙 낙소스와의 소문은?"

"소문은 소문일 뿐이죠." 그녀가 말했다. "왜 우리한테 그렇게 관심이 많은지 모르겠어요. 우리도 다른 사람들과 똑같은 사람들이에요."

그러자 기자는 어느 상점, 혹은 파티, 혹은 어느 레스토랑에서 '가을비' 대장과 함께 웃으며 바닷가재를 먹고 있는 그녀를 봤다고 말했다. 그 말에 대답하기 위해 카롤린은 커뮤니케이션 전문가들과 몇 시간씩 연습한 게 분명한 표정을 지었다. 약간은 짜증난다는 듯, 약간은 재미있다는 듯, 약간은 '진지하게'. 그리고 그녀는 그래요, 그건 사실이에요, 라고 말하면서 자기들 두 사람은 최근에 자주 만나고 있으며 아주 가까운 사이이고, 사람들은 알 수 없겠지만 그는 '이만큼 넓은' 마음을 가진 굉장한 남자다, 하지만 사실은 잘 통하는 친구 사이일 뿐 그 이상의 관계는 절대 아니다. 그리고 지금은 중세시대가 아니며 자기 생각에는 한 남자와 한 여자가 만나는 게 온 세상이 수군거릴 일은 아닌 것 같다고 말했다. 사회자는 웃었다. 그녀도 프로답게 이국적인 작은 새처럼 웃었다. 그러고 나서 텔레비전에서는 흐릿하고 어두운, 멀리서 찍은 '문제의 키스 장면들'을 반복해 보여주었다. 카롤린은 약간 화를 냈다. 자기는 그들의 질문에 이미 답변을 했고, 그 사진들은 끔찍한 사생활 침해에다 아무 의미도 없는 것이고, 게다가 그건 입술이 아니라 뺨에다 한 키스일 뿐이라고. 그러자 사회자는 열기를 진정시키기 위해 카롤린 르몽시드의 신작 뮤직비디오를 내보냈다. 제작자들이 '함께 사랑을'이라는 제목을 붙이는 게 좋겠다고 합의를 본 뮤직비디오였다.

모든 것에도 불구하고, 전쟁 영웅과의 로맨스, 그 사진들, 새 앨범, 그 방송들과 '최고의 뮤직비디오'에도 불구하고, 전기 오븐의 세라믹글라스 판 위에 떨어진 한 방울의 에테르처럼 시청률은 순식간에 줄어들었다. 사회자로 변신한 전직 조종사가 미친 듯이 화가 나서 이 사태에 대한 해결책을 집요하게 찾고 있으며, 광고주들이 그에게 엄청난 압력을 가하면서 손해도 이익도 낳지 못하는 계약을 파기하겠노라 위협하는 한편 고급 주택단지에 있는 그의 집을 곧 가압류할 거라는 소문이 떠돌았다. 그래서 그는 더 먹지도 자지도 못하고, 아침부터 저녁까지 동료들을 질책하며 책임을 물었다.

창녀들을 태운 버스가 도착한 지 보름째, 그리고 카롤린의 콘서트가 시작되기 두 달 전쯤, 후안 라울 지미네즈가 운전하는 커다랗고 시커먼 차가 '이비스' 호텔 창 아래 멈춰섰다. 혐오스러운 거인 모이즈 벤 아론의 뒤를 따라 소니뮤직의 작은 일본인, 그리고 큼지막한 낙타털 망토로 몸을 감싼 짐짐 슬레이터가 예의 그 미소를 띤 채 차에서 내리는 것을 보고, 나는 내 눈을 믿을 수가 없었다.

46

나의 재활 훈련은 순조롭게 진행되고 있는 편이다. '니코틴' 의 노력 덕분에, 이제는 침대에서 일어날 수 있을 뿐만 아니라 몇 분 동안 서 있을 수도 있다. 여러 달 동안 전혀 움직이지 않다 가 온몸의 근육을 다시 단련하는 건 아주 지루하고 힘든 일이다. 사람들은 자기 몸에 몇 개의 근육이 있는지에 대해서는 생각하 지 않는다. 그 근육들에서 자잘한 통증이 얼마나 많이 일어나는 지, 그리고 어떤 근육이 어떤 동작에 이용되며 얼마나 많은 움직 임을 만들어내는지에 대해서도 상상하지 않는다. 침대에서 일어 나기 위해서는 무엇보다 복부 근육을 써야 한다. 그 동작에는 극 심한 통증이 수반된다. 그 뒤에는 목 근육들에 예리한 칼로 마구 쑤셔대는 듯한 통증이 일고, 어깨와 등 근육에 잉걸불이 활활 타오르는 것 같은 통증이 퍼져나간다. 음식을 먹기 위해서는 승모 근과 턱 근육을 움직여야 한다. 탁자 위의 물 잔을 잡기 위해서 는 이두근, 삼두근, 삼각근, 등세모근, 그리고 팔뚝 근육을 움직 여야 하는데, 이때는 물림 장치에 끼여 뒤틀리는 것 같은 지독한 통증이 뒤따른다. 하지만 가장 끔찍한 고통이 수반되는 것은 걷 는 동작이다. 걷는 데는 모든 근육이 한꺼번에 사용된다. 발의 미세한 근육부터 등의 큰 근육까지. 그래서 걷는 동작은 칼과 잉 걸불과 물림 장치가 동시에 작동하는 고통의 심포니와도 같다.

'니코틴'은 이제 나에게 말을 걸지 않는다. 그녀는 어린아이 들에 대한 이야기를 들려주었다. 하지만 기다란 잿빛 건물 말고 는 아무것도 기억이 나지 않는다. 그녀는 내 말을 믿지 않는 것 같았다. 사실 나도 그녀의 이야기를 믿지 않았다. 병원장은 이제 나를 보러 오지 않는다. 작은 여자 수련의도 마찬가지다. 나는 요 며칠간의 소동 이후로 내가 혼잣말을 중얼거리고 있는 것을 보고 스스로 놀랐다. 그렇게 나 혼자 남겨지는 것은 내게 도움이 되지 않는다. 나의 생각들은 더럽고 시커멓고 악취 풍기는 물속 에 고여 있다.

그들은 내 침대 맞은편의 조그만 탁자 위에 텔레비전 수상기 를 갖다놓았다. '니코틴'이 말하기를, 이 병원은 광고주들한테 막대한 후원금을 받고 있기 때문에 어쩔 수 없이 텔레비전을 갖다나야만 하고, 환자들이라 할지라도 일반인처럼 방송과 광고를 무조건 봐야 한다고 했다. 나는 하루에 몇 시간씩 텔레비전을 본다. 케이블채널에서는 이제 전쟁에 대해 떠들어대지 않는다. 케이블채널이 가진 전쟁 중계방송 독점권은 그전까지 요리와 동물 다큐멘터리를 전문으로 다루던 경쟁 채널로 넘어갔다. 그래서 요즈음 케이블채널에서는 사회자로 변신한 전직 조종사가 해설하는 국제 학술 심포지엄을 날마다 중계방송하고 있다. 부드럽게 속삭이는 듯한 짐짐 슬레이터의 노래가 중계방송 사이사이 흘러나온다. 카롤린의 노래는 전혀 나오지 않는다.

내 기억에는 아직도 몇몇 간극이 남아 있다. 그리고 처음부터 줄곧 내 머릿속에서 맴돌고 있는 몇몇 이미지를 제외하고는 1978년 3월의 그날, 엄청난 연쇄 폭발이 있었던 당시 정말로 어떤 일이 일어났는지 여전히 알 수가 없다. 게다가 며칠 전부터 기다란 잿빛 건물의 이미지가 꿈에 자주 나오지만, 알 수 없는 모호한 불안과 거북스러운 느낌에 대한 기억만 일깨울 뿐이다.

침대에서 몸을 일으킨다. 통증이 몰려들면서 아우성을 친다. 창문까지 간다. 창 너머에는 볼 게 아무것도 없다. 맞은편 건물들의 벽과 커튼이 쳐진 창들, 그 아래의 일고여덟 개 되는 층, 그리고 커다란 초록 플라스틱 쓰레기통들이 가지런히 정렬되어 있는 뒷마당. 뒷마당에는 의료 폐기물 소각장인 듯한 건물의 출입구가 보인다. 앞치마를 두른 남자들이 수술실에서 나온 비닐봉지들을 가득 실은 작은 손수레를 밀고 그곳으로 들어가는 것이 자주 보인다. 그 봉지들에는 더러워진 거즈와 붕대, 습포, 온갖 튜브와 일회용 센서, 그리고 아마도 절제 수술로 잘려나온 갖가지 신체기관이 담겨 있을 것이다.

나는 9월의 아름다운 하늘에 피어오르는 연기를 본다. 연기의 미립자들이 바람을 타고 내 병실까지 날아든다. 냄새가 이상하다. 테플론 코팅 냄비가 가스레인지 위에서 타는 냄새와 비슷하다. '니코틴'이 병실로 들어온다. 그녀가 이 시간에 나를 찾아오는 건, 그게 그녀에게 주어진 하루 일과이기 때문이다.

창에서 뒤돌아섰을때, 나는 방금 막 끔찍한 교통사고를 목격한 것 같은 표정을 짓고 있었음에 틀림없다. 나는 떨기 시작한다. 내 이마에 식은땀이 방울방울 맺힌다. 나는 순식간에 모든 것을 기억해냈다.

47

짐짐과 그의 얼간이 무리가 나타난 것을 보고 나는 한순간 공황 상태에 빠졌다. 그들이 기어이 날 찾아온 거라고 생각했기 때문이다. 나는 침대에 앉아 문을 노려보면서, 당겨진 활시위처럼 바짝 긴장한 채로 그들을 기다렸다. 심장은 귀가 먹먹할 정도로 쿵쿵 방망이질을 해댔다.

그렇게 십 분쯤 기다린 후, 나는 문을 열고 복도를 두리번거렸다. 복도는 텅 비어 있었다. 그래서 현관 입구까지 나가 살펴보기로 마음먹었다. 현관 입구에는 대머리 군인이 보디빌딩 잡지를 보다가 졸고 있었다.

"그는 텔레비전 사회자를 만나러 갔는데. 미리 약속이 돼 있었거든." 대머리가 기지개를 켜면서 내게 말했다.

나는 그 말뜻을 즉시 알아차리지 못했다. 단지 짐짐이 최근에 조금씩 인기를 회복하고 있으니, 시청률 하락으로 위기를 겪는 채널이 짐짐에게 다시 한번 모험을 걸어볼 생각인가보다, 라고만 짐작했다. 수익 측면에서 방송국의 재정 상태는 최악이라고 할 정도는 전혀 아니었다. 파산이나 부도와는 거리가 멀었다. 그렇다고 적자도 아니었다. 하지만 전문가들은 그 채널이 이삼 년 전의 아주 잘나가던 시절 덕분에 아직까지는 현상 유지를 하고 있지만, 아무래도 올해를 넘기기는 힘들 거라고 예측했다. 새로운 채널들이 속속 등장해 시청자들의 입맛에 맞는 다양한 프로그램을 방송하면서 시청률 경쟁에서 점점 더 앞서나가기 시작했고 하루가 다르게 고정 시청자들이 늘어가고 있었다. 게다가 그들은 기존 케이블채널의 광고 논리에 불만이었던 기업들에 유리한 조건을 제시하며 이전 계약을 파기하고 자신들과 새롭게 계약할 것을 권하고 있었다. 이미 엄청난 돈을 투자한 탓에 계약 해지도 힘든 기존의 대형 광고주들과 케이블채널 책임자들은 신경이 극도로 날카로워졌고, 시청률 하락에는 분명하고도 확실한 원인이 있다는 결론으로 의견을 모았고, 한 건의 가입이 해지될 때마다 그들의 위장은 수 리터의 위산으로 타들어갔고, 오랫동안 알프스 산맥 한가운데 우뚝 솟아 있는 몽블랑처럼 선망 어린 위치를 점유하고 있던 독보적인 존재에서 삼류 방송국으로 전락해버린 자신들의 신세에 통한의 눈물이 흘러내렸다.

　나는 짐짐 일당이 호텔에 나타났다는 걸 알리기 위해 모크타르를 찾았다. 하지만 그는 외출하고 없었다. 그의 누이동생이 이곳에 온 후로 늘 그랬듯이, 그는 아무도 모르는 어느 작은 숲, 초목이 자라는 곳에서 눈과 나무와 구름을 벗 삼아 이야기를 나누고 있다고 했다. 나는 방으로 되돌아와 텔레비전 화면 앞에 바짝 붙어앉아 있었다. 몇 시간이 흘렀다. 저녁이 되면서 세찬 북풍이 눈과 얼음을 몰고 왔다. 창밖을 보니 눈송이들이 전기 모터 소리를 내면서 맹렬히 소용돌이치고 있었다. 그걸 보자 마치 거대한 믹서 안에 갇혀 있는 기분이 들었다. 화면 앞에서 몇 시간을 보낸 탓에 내 눈은 종잇장처럼 바짝 말라 있었다. 그리고 머릿속에서는 한 남자가 나의 뇌를 용접기로 녹이고 있었다.

　누군가가 문을 두드렸다. 모이즈 벤 아론이 내 방으로 들어오고, 어느 때보다 더 고리타분해 보이는 후안 라울 지미네즈가 즉시 그 뒤를 따라 들어왔다. 그 순간 나는 그들이 나를 죽도록 두들겨패러 온 거라고 믿어 의심치 않았다. 하지만 달아날 수가 없었다. 임무가 지연되고 있는 것에 대해 납득할 만한 변명을 할 수도 없었다. 온몸이 후끈후끈거렸고, 부인할 수 없는 증거들 앞에서 엄청난 무력감에 사로잡혔다. 나는 침대에 앉아 어서 때리기만을 기다렸다.

모이즈의 얼굴에 뱃사람 같은 끈적끈적한 미소가 희미하게 떠올랐다. 그는 후안 라울을 문 앞에 그대로 세워둔 채 내 옆으로 다가와 앉았다.

"이봐, 친구, 우린 정말 자넬 신뢰할 수가 없어. 우린 자네한테 정중하게 도움을 청했는데, 자넨 우리 얘기를 개똥으로 알아들었더군. 자네에겐 빚이 있어, 그리고 자넨 무슨 짓이든 해서 그 빚을 갚아야 했다고. 내 말이 틀렸나?"

"아닙니다. 죄송합니다." 나는 최대한 불쌍해 보이려고 애쓰면서 말했다. 그들에게 불쌍해 보이려고 애쓰는 것만이 내게 남은 유일한 방어수단이었다.

"자네는 미니트립의 이를 몽땅 부러뜨렸어!"

"죄송합니다." 나는 되풀이해 말했다.

"하지만 좋아. 이제 상황이 변하고 있어. 자네도 짐짐이 요즘 꽤 잘나가기 시작했다는 얘기를 들었을 거야."

"그렇다는 말을 들었습니다."

"그건 기적이나 다름없는 부활이야. 자네도 알다시피, 그는 아주 힘든 시기를 보내고 가까스로 회복하는 중이야. 그동안 겉보기에는 살아 있는 것 같았지만, 내 장담하건대 그는 죽어 있었어. 그의 눈 속에는 그 뭐냐, 사람을 휘어잡는 야릇한 광채가 늘 번득였잖아, 자네도 알지? 그런데 언제부턴가 그에게서 그 광채

가 사라져버렸거든. 다행히 후안과 내가 그를 지극 정성으로 돌
봤어. 한동안 짐짐의 엄마 아빠 노릇을 했지. 우린 그가 자살하
지 못하게 막았어. 그리고 그에게 남아 있는 티끌 같은 의지가
핵에너지처럼 폭발할 수 있도록 격려했지. 우린 그에게 말했어.
'당신한텐 핵에너지가 있습니다. 용기를 내십시오. 우린 당신이
아직 살아 있다는 걸 알아요. 당신은 다시 일어설 수 있습니다.'
그러자 놀랍게도 그 핵에너지가 다시 솟아오르기 시작하더군.
마치 기지개를 켜며 잠에서 깨어나는 작은 병사처럼 말이야. 처
음에 그 에너지는 딱 하나뿐이었어. 그런데 그게 둘이 되더라고.
그러더니 백이 되고 천이 되었지. 그리고 어느 화창한 아침에 짐
짐이 드디어 우리 앞에 모습을 드러냈어. 후안, 자네도 기억하
지? 그리고 그는 말했어. '이 세상의 벽이란 벽을 모조리 도배
할 멋진 앨범을 만들 거야.' 후안, 자네도 기억나지? '벽을 모조
리 도배할' 거라던 그 말. 그리고 그후에 무슨 일이 일어났는지
알아?"

　나는 그의 말에 약간 얼이 빠져 모른다고 도리질을 했다. 모이
즈가 말을 이었다.

　"그의 눈에 광채가 다시 번쩍이고 있었어."

　그는 입을 다물었다. 그의 하나뿐인 눈은 어떤 경이로운 기억
에 빠져 있는 것 같았다. 그가 다시 말을 이었다.

"짐짐은 핵에너지, 광채, 그 모든 것은 어쩌면 신이 자기한테 주는 기회일지도 모른다고 생각했어. 자넨 신을 믿나?"

"모르겠습니다." 내가 대답했다.

"모르겠다고 말하는 건 믿지 않는다는 말이지. 짐짐은 알아. 그리고 신이 무슨 말을 했는지도 알지. 신은 이렇게 말했어. '용서해야 한다.' 짐짐에게 용서는, 그가 매일 신에게 감사하는 방식이야. 무슨 뜻인지 알겠어?"

나는 다시 한번 고개를 가로저었다.

"짐짐은 자기 여자가 당했던 그 사건을 잊고 자넬 용서하기로 마음먹은 거야. 부러진 이와 그 모든 걸. 그리고 짐짐은 그 작은 카롤린조차 이제 자신의 장롱 깊숙이 처박아두고 잊어버릴 정도로 다 지나간 이야기라고 생각하고 있어. 더군다나 팬들과 시청자들이 그녀에게 완전히 등을 돌려버린 지금 괜히 쓸데없는 짓을 해서 긁어 부스럼을 만들 필요가 없다고 생각한 거지. 내가 여기 와서 자네한테 이런 말을 굳이 하는 이유는 바로 그거야. 우린 이제 자네에게 아무것도 요구하지 않는다는 걸 말해주러 온 거라고. 그리고 짐짐의 지시대로 사과도 할 겸 해서. 그 왜, 자네 친구 다오 민과 함께 마작을 하던 그 베트남 녀석 말이야, 그 일은 미안하게 됐어. 그건 고약한 시절의 고약한 사건이었어, 안 그래? 자, 바로 이게 우리가 자네한테 해주고 싶었던 말이야.

그러니 피차 지나간 일들은 깨끗이 잊자고, 응?"

그는 일어나서 나에게 손을 내밀었다. 나는 그의 손을 맞잡으면서 그만 한 덩치의 남자치고는 놀라울 정도로 손이 단단하다고 생각했다. 그러고 나서 그는 내 방에서 나갔고, 커다란 발굽 동물 같은 후안 라울 지미네즈의 그림자가 그 뒤를 따랐다. 혼자가 되자, 이상한 현기증 같은 게 일었다. 나는 이제 어떤 것에도 묶여 있지 않았다. 이제 그 누구에게도 빚이 없었다. 나는 자유로웠다. 그리고 카롤린은 죽지 않을 것이다.

밖의 깜깜한 어둠 속에는 어느 때보다 세찬 겨울바람이 눈보라를 일으키며 불고 있었다. 모크타르는 아직 돌아오지 않았다.

48

조만간 여기서 나가게 될 것 같다. 얼마 안 있어 나의 행동반경이 넓어질 거라는 사실에 약간 불안하다. 앞으로 어떤 일들이 벌어질지 두렵고 걱정된다. 사실 나는 자유로워지고 싶은 욕구가 전혀 없다. 이제까지 한 번도 자유를 누려본 적이 없을 뿐만 아니라 자유라는 것에 아무런 관심도 없다.

'니코틴'이 방금 내 병실에서 나갔다. 그녀가 가져오는 소식은 쓸 만한 게 하나도 없다. 그녀가 전해주는 바에 따르면, 나에게는 아무것도 남아 있지 않다. 아니 그보다 훨씬 더 고약하게도, 내가 모르는 사이에 빚이 폐허에서 번식하는 쥐 떼처럼 늘어났단다. 그리고 이 모든 사건이 일어나기 전에 내가 살던 아파트로 돌아갈 수도 없게 되었다. 집주인이 다른 사람에게 세를 줘버린 것이다. 내가 이 병원에 머무는 동안 집세를 지불하지 않아서다…… 집세가 삼 개월치나 밀려 있는데다, 내가 그곳에 살았건 살지 않았건 관리비와 재임대를 위한 부동산 중개 수수료, 개보수 작업의 터무니없는 비용까지 임대차 계약에 따라 모두 내가 부담해야 한다. 뿐만 아니라 수도 요금, 전기 요금, 청구된 보험료도 고소당하고 싶지 않으면 고스란히 지불해야 한다. 모크타르가 잘나가던 시절에 내가 틈틈이 모아두었던 돈은 이렇게 병원에 누워 있는 신세가 되기까지 오랜 여정을 거쳐오는 동안 전부 날아가버리고 땡전 한푼 남지 않았다. 이런 처지에 자유가 주어진들 무슨 소용일까.

이젠 친구도 없다. 내가 이 빌어먹을 병실에 들어온 그날부터 마담 스카폰은 모든 걸 내 책임으로 돌려 반체제 동맹들을 선동했다. 그 작자들이 좋아서 환장하는 이 모든 역겨운 일을 떡밥으로 던져주면서. 수익금의 대부분을 인도주의 사업에 쓰고 있는 한 민영 텔레비전 채널의 지원을 받는 그 동맹들은, 마치 길 한가운데 떨어진 구운 송아지고기 조각에 달려드는 개 떼처럼 그 사건에 달려들었다. 그러자 그 인도주의 채널의 광고주들은 반색했고, 이전에 전쟁 중계 독점권을 갖고 있던 케이블채널의 광고주들은 곤혹스러워했다. 그 사건은 어떤 이들에게는 즐거움이고 어떤 이들에게는 말할 수 없는 골칫거리였다. 그리고 양측 모두는 버스 사건과 어린아이들 사건에 내 얼굴과 이름을 곁들여 하루 종일 화면에 내보냈다. 그런데 무엇보다 웃기는 건, 그 얼굴과 사건에 대해 아무도 관심조차 갖지 않았다는 사실이다. 하지만 낙숫물이 바위를 뚫는다는 영원불변의 진리에 따라, 그리고 결과적으로 인도주의적인 채널과 그 채널 광고주들의 뛰어난 미디어 플래닝 덕분에, 나는 마침내 그 도시 전체에서 가장 달갑지 않은 인물이 되었다. 모크타르도 죽었다. 수지도 죽었다. 마담 스카폰은 나에게 원한을 품고 있다. 다오 민은 내 전화를 받으려 하지도 않고, 내 빚은 산더미처럼 불어나 있다. 이게 바로 나를 기다리는 멋진 미래였다.

병실에서 나가면서 '니코틴'은 의사가 처방한 진통제 몇 알을 주었다. 그걸 먹으면 기분이 좋아진다. 비단처럼 부드러운 솜뭉치에 파묻혀 있는 느낌. 어쩌면 상황이 지금과 달라질 수도 있었을 거라는 생각이 든다. 예를 들어, 만약 내가 모크타르를 진정시킬 수 있었더라면, 모이즈 벤 아론이 날 찾아온 후 내가 그 춥고 어두운 밤에 모크타르를 기어코 찾아냈더라면, 그리고 내가 그에게 "이봐, 친구, 자네 여동생 일로 너무 걱정하지 마. 우린 해결책을 찾아낼 수 있을 거야. 사실 자네 동생은 자네를 사랑해. 다만 어떻게 사랑해야 제대로 사랑하는지 방법을 모를 뿐이지. 하지만 그녀가 자넬 사랑하는 것만큼은 확실해. 그리고 나

역시 자네를 사랑해. 우리 함께 여기를 떠나자. 이런 구역질 나는 짓들은 모두 내팽개치고 집으로 돌아가자"라고 말하면서 그를 껴안았더라면. 하지만 물론 나는 그에게 그런 말을 하지 않았다. 아니, 나는 그에게 아무 말도 하지 않았다. 그날 밤, 나는 바람에 창문들이 삐걱거리는 소리를 들으며 방 안에 혼자 남아 있었다.

한 헛간 뒤로 오줌을 누러 갔던 경비병이 수지의 시신을 발견한 건 그날 새벽이었다. 푸른 얼룩들로 뒤덮인 커다란 잿빛 살덩어리는 태아처럼 눈 속에 웅크리고 있었고, 그녀의 옷가지가 수학여행을 떠난 고아들처럼 슬픈 모습으로 그녀 주위에 원을 그리며 흩어져 있었다.

49

모크타르는 이미 연락을 받은 상황이었다. 나는 누이의 벌거
벗은 시신 앞에 서 있는 그를 보았다. 두세 명의 호기심 어린 구
경꾼이 그의 등을 가볍게 토닥거려주었지만, 모크타르는 그것도
느끼지 못하는 듯했다. 그는 나에게 아무 말도 하지 않았고, 나
를 보지도 않았다. 그는 자기 누이의 옷가지들을 주워 주머니에
쑤셔넣고는, 특별히 누구에게랄 것도 없이 그녀의 몸을 뭔가로
덮어주라고 부탁했다. 누군가가 달려가 구내식당의 꽃무늬 방수
천으로 된 식탁보를 가져왔다. 꽃무늬 방수 천을 뒤집어쓴 수지
의 시신은 기이하고도 우스꽝스러웠다.

다섯 명의 범인은 쉽게 찾아낼 수 있었다. 그들이 수지를 데리
고 술집에서 나가는 것을 본 사람이 있었다. 그리고 용의자들은

범행을 순순히 시인했다. 목격자까지 있는 마당에 쓸데없이 부인해봤자 처지만 더 곤란해질 거라는 걸 알았던 것이다. 더크는 어떻게 해서 새로운 친구 네 명과 함께 죽은 여자들의 폴라로이드 사진과 젊은 피난민 여자들을 강간하는 장면을 찍은 비디오 테이프 장사를 시작하게 되었는지, 그리고 술에 떡이 되어 호객 행위를 하던 수지를 만나게 된 경위를 우리에게 이야기했다. 그 날 오후 그들은 비디오 영화를 한 편 찍었고, 그 테이프를 누군가에게 팔아 돈을 챙겼다. 그들은 그 돈으로 수지와 함께 술을 마시러 갔다. 자기와 네 친구는 "아주 재미있는 농담을 주고받았다"고 더크는 말했다. 수지는 그날 하루 종일 일진이 사나웠다면서, 그들 다섯 명 모두를 한 명 값으로 해주겠다고 제안했다. 가이드를 동반한 관광 여행처럼. 그건 좀 황당한 제안이었다. 그래서 그들은 수지의 말을 농담으로 받아들이면서 계속 웃고 마셨다. 그런데 맹세코 누구인지 알 수는 없지만 다섯 명 중 하나가 갑자기 가이드를 동반한 그 관광 여행을 하고 싶다고 말했다. 수지는 거기서 멀지 않은 곳에 자기가 얻어놓은 아파트가 있으니 그리로 가서 하자고 했다. 그래서 그들은 수지를 앞세우고 모두 자리에서 일어났다. 큰 소리로 웃고 떠들면서, 자신들이 찍은 비디오에 자극되고, 눈앞에서 요염하게 흔들리는 수지의 커다란 엉덩이에 한껏 흥분해서. 그들은 수지를 따라 꽁꽁 얼어붙은 좁다란 골목으로 들어갔다.

그런데 잠시 후, 수지가 멈춰서서 울기 시작했다. 자기 아파트가 어딘지 도저히 찾을 수가 없다는 거였다. 그녀는 그날 오후 짐을 갖다놓고 일주일치 집세를 지불하기 위해 딱 한 번 아파트에 가봤을 뿐이었다. 그 다섯 명은 말했다. "그래서 우린 화가 났어요." 그들 중 한 명이 방은 필요 없다고 말했다. 수지는 "방이 없으면 관광 여행도 없어"라고 말했다. 그 말을 듣자 그들은 열이 치솟고 화가 났다. 그래서 그녀를 한 헛간 뒤로 끌고 갔다. 그녀가 "방이 없으면 관광 여행도 없어"라고 되풀이해 말했기 때문에, 맹세코 누구인지는 알 수 없지만 그들 중 하나가 그녀를 두들겨패기 시작했고, 뒤이어 나머지 네 명도 함께 달려들어 구타를 했다. 그녀는 끝내 땅바닥에, 눈 속에, 소리 없이 푹, 쓰러졌다. 그들은 계속 그녀를 두들겨팼다. 그런 식으로, "자신들이 왜 그런 행동을 하는지도 잘 모르면서" 그들은 그녀의 옷을 벗겼다. 그녀가 나체가 되어 기절해 있는 모습을 보자, 그들은 누군가와 성교를 하기에는 날씨가 너무 춥고 자신들이 술에 너무 취해 있다는 것을 깨달았다. 그리고 맹세코 누구인지는 알 수 없지만 그들 중 하나가 폴라로이드 사진기를 꺼내 사진을 몇 장 찍었다.

나는 그 사진들을 보았다. 너무도 끔찍하고 처참하고, 슬픈 사진들이었다. 모크타르는 그 사진들이 군인들 사이에 떠돌아다닐 거라고 생각하자 견딜 수가 없었다. 그래서 사진들을 불태우기 위해 돈을 주고 전부 사들였다. 더크와 나머지 네 명은 징계를 받았다. 그들은 모크타르에게 용서를 빌면서 악수를 하고, 도시까지 시신을 운반하는 비용을 지불하겠다고 약속해야 했다. 그 슬로베니아인의 내면에서 간신히 버티고 서 있던 몇몇 정신적 구조물이, 마치 성냥개비로 만든 성들이 돌풍에 힘없이 무너지듯 하루아침에 와르르 무너져내린 것 같았다. 하지만 모크타르는 그 이후로 닷새 동안은 정신을 가다듬고 맡은 역할을 해내야 했다. 사람들과 악수를 하고, 문상객들을 맞이하고, 먼 곳에서 치러질 누이의 장례식을 준비해야 했다. 하지만 그는 그 모든 절차에 전혀 관심이 없었다. 그에게 남은 그 마지막 닷새는 텅 비고, 춥고, 불빛도 없이, 회한과 망령의 무리만을 동반자로 거느린 다섯 개의 감옥과 같았을 것이다.

50

사랑하는 나의 모크타르에게

내 모든 애도의 감정과, 그 소식에 엄청난 충격을 받았다는 다오 민의 조의를 먼저 전할게. 당신 누이의 시신은 트럭에 실려 무사히 도착했어. 장례식을 치를 때까지 시신은 군 병원 영안실에 안치되어 있을 거야. 당신 누이의 시신은 거기서 당신이 돌아올 때까지 기다리고 있을 거야. 여기까진 좋은 소식이었고, 이제 나쁜 소식을 말할게. 만약 당신이 군대식으로 장례를 치르겠다고 끝까지 고집을 부리면 비용이 엄청나게 들 거야. 당신 누이는 총알과 커프스단추조차 구별할 줄 몰라. 그런 그녀의 장례식을 어떻게 군대식으로 치를 수 있어? 도대체 그녀에게 그럴 자격이 있는지 아무도 납득을 못하고 있어. 하지만 이제 난 그 문제에 대해 더는 왈가왈부하지 않겠어. 결국 그건 당신 돈이니까.

그건 그렇고, 나는 당신 소식을 애타게 기다리고 있어. 지난번 내 편지에는 왜 답장을 않는 거야? 별로 좋지 않은 태도라고 생각해. 난 그 편지에서 우리 두 사람 모두와 관련되었지만 언제나 나 혼자 고민해왔던 여러 가지 문제를 이야기했어. 난 부부란 한 사람이 일방적으로 퍼주기만 하다가 지쳐가는 그런 사이가 아니라, 상호교환의 원칙이 제대로 지켜지는 사이여야 한다고 생각해왔어. 내 사랑, 나 역시 다른 여자들처럼 관심과 배려가 필요해. 여자들이란 원래 그런 거야. 살아남으려고 애쓰고 있는 당신을 이런 문제로 힘들게 하고 싶지는 않아. 하지만 내가 뭘 말하고 싶어하는지 당신이 이해해줬으면 좋겠어. 어쨌든 부탁이야, 제발 당신 소식을 전해줘.

당신을 그리워하는 당신의 스카폰

수지가 죽은 후로 모크타르는 나에게 말을 걸지 않았다. 우리가 마주칠 때마다, 그는 넋 나간 표정으로 내 어깨 너머 먼 곳을 응시했다. 물론 나는 그에게 모이즈와 후안 라울을 만났고, 우리의 목표가 사라졌으며, 따라서 우리가 여기 있을 이유도 없어졌다는 것을 이야기하려고 했다. 하지만 그는 반응을 보이지 않았다. 그는 내 입에서 나오는 말을 성가신 벌레라도 되는 양 손등으로 쫓아버렸다. 이제 나는 그를 이해할 수 없었다. 그의 행동은 초기 에너지가 소진되었을 때에야 비로소 움직임이 멈출 수 있다는 난해한 열역학법칙을 따르는 것 같아 보였다. 한마디로, 나의 가장 친한 친구였던 사람은 멈추는 방법을 모른 채 계속 질주하고 있었다.

나는 불안 때문에, 내 가슴에 타임스뉴로만 서체로 또렷하게 새겨진 카롤린을 다시 만날 수 있을 거라는 희망 때문에, 그리고 누군가를 따르고 의지하는 게 습관이 되어버렸기 때문에, '가을비' 대원들과 함께 머물러 있었다. '이런들 어떻고 저런들 어떠리?' 하는 생각에서였다. 그런 태도가 얼마나 어리석고 멍청한 것인지를 몸소 증명하면서. 지금 그때의 상황을 전체적으로 되돌아볼 때, 나의 선조 가운데 민달팽이들이 있었던 게 분명하다.

달력대로라면 크리스마스가 지나고 곧 새해였다. 모든 텔레비전 채널들은 명절 프로그램을 기획하느라 정신이 없었다. 텔레비전 방송 종사자들은 이 시기에 오히려 의기소침해지는 신경쇠약자들을 유인하기 위해 저마다 독창적인 아이디어를 짜내려고 너나 할 것 없이 노심초사했다. 방송국 운영자 입장에서 보자면, 가족들을 한데 모으고 사람들의 심금을 울리고 겨울이라는 계절을 나누고 베푸는 계절로 인식시켜 흥청거리는 분위기를 조성할 뭔가가 필요했다. 소비 행위가 가능한 모든 생명체의 고혈을 짜내기 위해 이 시기를 이용하고 있던 광고주들은 그 의견에 100퍼센트 동의했다. 기부하고 나누는 분위기, 그러려면 결코 돈에 인색해서는 안 됐다.

그렇게 해서 그 케이블채널은 대중의 호응을 다시 얻고 궁극적으로 광고주들의 마음을 되돌려놓을 아이디어를 하나 생각해 냈다. 물론 정확히 누가 생각해낸 아이디어인지는 알 수 없었다. 경영진의 수많은 브레인스토밍 회의 중 하나에서 나온 것일 수도 있었다. 하지만 분명한 건, 전직 조종사가 '위독한 어린이들에게 도움의 손길'이라는 거창한 제목의 프로그램에 서명을 했다는 사실이다.

새해 전야에 녹화 중계로 방송될 그 이벤트에서는 사양길에 접어든 스타 카롤린 르몽시드, 카리스마 넘치는 어빙 낙소스, 영원히 인기가 수그러들지 않는 전직 조종사가 주인공으로 활약할 계획이었다. 그리고 켈로그 사의 스토어 씨, 제너럴푸드 사의 본 씨, 페트로피나 사의 터닝 씨, 스피닝프로세서의 스피닝 씨가 텔레비전 화면에 처음으로 출연하기로 되어 있었다. 그 프로젝트를 이용해 자신들의 회사가 이윤만 추구하는 자본주의 회사에 머물지 않고 사회 소외 계층을 위해 활동하는 자선단체이기도 하다는 것을 대중에게 보여줌으로써 이미지를 쇄신할 수 있을 거라는 생각에서였다.

그날은 수지가 죽은 지 닷새째 되는 날이었다. 전날 저녁부터 우리는 낙소스, 전직 조종사와 함께 방송을 준비하고 있었다. 준비는 순조롭게 진행되었다. 방송국에서는 들판 한가운데 오랫동안 버려져 있던 한 농가에 병원 세트를 만들었다. 그리고 병원 안에 약간의 의료 시설과 1백여 개의 병원 침대를 들여놓고, 돈을 주고 간호학과 학생들을 데려와 단역을 맡겼으며, 피난민 수용소와 인근 마을들에서 다섯 살부터 열한 살까지의 아이들을 끌어모아 병원을 가득 채워놓았다. 거기서 카롤린은 크리스마스 캐럴을 부르고, 광고주들은 우리의 도움을 받아 아이들에게 선물을 나눠줄 예정이었다. 복잡할 건 하나도 없었다.

우리는 암페타민과 광고 점퍼를 지급받은 후 호텔 주차장으로 내려가 광고주들과 카롤린, 낙소스, 사회자를 기다렸다. 방송 제작팀은 이미 그곳에 와 있었다. 우리의 첫번째 작전 때와 동일한 팀이었다. 서로 욕을 해대며 싸우는 삼형제, 빈민 임대아파트 안으로 우리를 따라왔던 카메라맨, 그리고 두 대의 지프에 나눠 탄 촬영팀과 녹음팀. 아직 이른 시각이어서 해가 뜨지 않았다. 주위가 어두워 춥고 캄캄한 방 안에 있는 기분이었다. 누군가가 작은 전구들과 꽃 장식으로 반짝이는 크리스마스트리로 호텔 입구를 장식하자는 아이디어를 생각해냈다. 암페타민이 없었더라면 아마도 나는 지독한 우울증에 걸렸을 것이다.

마침내 그날의 주인공들이 도착했다. 여느 때처럼 범접하기 힘든 표정을 짓고 있는 낙소스를 제외하고, 카롤린과 사회자와 광고주들은 승용차를 타고 스튜디오까지 가는 긴 여정을 위해 꼭두새벽부터 잠을 설치며 서두른 탓에 기진맥진한 표정들이었다. 우리는 트럭들에 나눠탔고, 텔레비전 제작팀들 역시 사륜구동 차량에 각각 올라탔다. 그리고 우리는 출발했다.

51

촬영 세트장까지 가는 여정은 재미와는 거리가 멀었다. 모두
가 모크타르와 더크의 일을 알고 있는 까닭에 입을 다물고 있었
다. 트럭 안을 짓누르는 팽팽한 침묵이 우리의 사기를 더욱 떨어
뜨렸다. 들판을 가로질러 다섯 시간의 여정 끝에 목적지에 도착
했을 때, 사회자는 우리에게 '트럭에서 내리는 장면'을 두 번이
나 다시 시켜야 했다.

"도대체 왜들 그러는 거야? 하나같이 똥 씹은 표정이잖아."
전직 조종사가 투덜거렸다. "이건 새해 첫날 방송될 거라고. 우
리가 원하는 건, 여기 있는 게 행복해서 환장하겠다는 듯이 웃고
있는 얼굴이야. 인상을 잔뜩 구긴 군바리들이 아니라고."

우리는 트럭에 다시 올라탔다가, 바보 같은 억지웃음을 지으

면서 내렸다.

네 명의 광고주는 희희낙락이었다. 이 여행은 그들에게 일종의 피크닉이었다. 사업을 위한 형식적인 점심식사와 끝없는 회의에서 벗어나 확실하게 기분 전환할 수 있는 피크닉. 카롤린과 낙소스로 말하자면, 그 겨울아침에 실제로 행복했든 아니든 그들은 우리 중 가장 노련한 전문가였고, 그래서 행복과 삶의 환희로 밝게 빛나는 표정을 짓고 있었다. 그 여가수가 요전 날 저녁 내게 '올리브 숲의 살인마' 이야기를 털어놓았던 걸 기억하지 못했더라면 나 역시 깜빡 속았을 정도였다.

"정말 형편없는 곳이로군." 더크가 긴 회색 건물들을 가리키면서 말했다.

밖에서 보면 텔레비전 스튜디오와 병원 세트장, 그리고 단역을 맡은 간호사들과 예순 명의 아이가 그 안에 있으리라고는 전혀 짐작할 수 없었다. 사회자가 우리를 건물 안으로 들였을 때, 줄곧 내 곁에 붙어 있던 더크가 감탄 어린 휘파람을 불면서 말했다.

"젠장, 더럽게 잘 만들어놨네!"

페인트칠을 새로 한 지 얼마 되지 않은 그곳은 얼룩 하나 없이 새하얬다. 내부에는 문과 칸막이들이 설치되어 있고, 링거나 주사기 같은 의료기구들이 구석에 놓여 있었다. 촬영이 시작되고 아이들이 누워 있는 침대 사이를 간호사들이 오가는 동안 카메라에 비치게 할 목적으로 비치해둔 소품이었다.

"저 아이들은 어제 도착했다." 낙소스가 우리에게 말했다. "저 아이들은 여기서 하룻밤을 보냈다. 우린 저 아이들에게 따뜻한 음식을 제공하고, 얌전히 있도록 장난감도 나눠줬어. 카메라가 돌아가면 저 아이들은 어느 정도 고통스러운 표정을 짓고 있어야 한다. 지나치게 명랑한 표정이거나 즐거움에 들떠 웃고 있어서는 안 돼. 물론 카롤린이 캐럴을 부를 때와 광고주들이 선물을 나눠줄 때는 행복하고 감동한 표정을 지어야 하지만."

지금으로서는 아이들은 전혀 고통스러운 표정이 아닐 뿐만 아니라 고함 소리, 웃음소리, 울음소리가 마구 뒤섞인 불협화음을 일으키고 있었다. 그 시끄러운 소리 때문에 우리는 낙소스가 하는 말을 제대로 알아들을 수가 없었다.

"한 시간 후부터 촬영이 시작될 것이다. 아이들이 출연하는 방송은 시청률을 올리는 데는 그만이지만 촬영하기는 아주 힘들다. 아이들을 데리고 촬영할 때는 항상 난장판이 벌어지니까. 그래서 시간도 많이 걸리고, 한 장면을 몇 번씩 반복해서 촬영해야 할 때도 많다. 그걸 당연한 거라 생각하고 받아들여야 한다. 게다가 예순 명이나 되는 아이들을 계속 조용히 시키는 건 거의 불가능한 일이다."

그가 그렇게 말하는 순간, 아이 셋이 그의 옆으로 달려 지나가다 그를 넘어뜨릴 뻔했다. 그의 눈에 분노의 불길이 스쳐지나갔다.

"카메라를 설치중인데 애새끼들이 이렇게 온 사방으로 뛰어다니다니! 정말 눈 뜨고 봐줄 수가 없군! 이건 애들 장난이 아니야. 엄청난 돈이 들어가는 일이란 말이다. 애들이 뛰어다니지 못하게 어떻게든 해봐. 저애들은 병들고 불쌍한 아이처럼 보여야 한다고, 제기랄!" 그가 한 젊은 간호사에게 소리를 지르자 간호사는 갑자기 바쁜 척을 했다.

방송국 제작진이 카메라, 조명, 모니터, 마이크를 설치하기 시작했다. 아이들은 순식간에 조용해져서, 푹 빠진 표정으로 제작진이 일하는 모습을 구경했다. 광고주들은 사회자와 함께 커피를 마시고 있고, 카롤린은 침대에 앉아 무릎에 곱슬머리 여자아이를 앉히고 마이크 시험을 하고 있었다. 모크타르는 한쪽 구석에서 침울한 표정으로 그 모든 것을 지켜보고 있었고, 나는 가장 소중하게 간직하던 모든 것을 잃어버린 그에게 문득 연민을 느꼈다.

사회자가 '가을비' 대원들을 불러모아 촬영 과정을 설명했다.

"촬영은 크게 세 장면으로 나뉩니다. 우선 카롤린이 노래하는 장면, 여기서는 아이들이 노래를 부르고 손뼉을 쳐야 합니다. 두

번째는 여러분이 선물을 들고 도착하는 장면, 그리고 마지막으로 광고주들에게 고마워하는 아이들. 촬영 분량은 약 한 시간 정도입니다. 하지만 중간 중간에 광고가 삽입되기 때문에 텔레비전에 방송되는 최종 분량은 한 시간 반쯤이 될 겁니다. 방송은 12월 31일 저녁에 제1부가 방송될 겁니다. 그러니 여러분은 지금이 실제로 한 해의 마지막 날인 것처럼 행동해야 합니다. 아직 오전이긴 하지만, 여러분이 인사를 주고받을 때는 '좋은 저녁입니다'라고 말해야 합니다. 질문 있습니까?"

"그럼 제2부의 스트립쇼는 언제 하는 겁니까?" 더크가 물었다.

모두가 키득댔다. 하지만 단 한 사람, 모크타르만은 침울한 표정을 풀지 않았다.

52

 폭발이 시작된 건 스피닝프로세서 사의 스피닝 씨가 오줌을 누러 가서 화장실 널빤지를 들어올린 순간이었다. 그 폭탄이 어떻게 작동했는지는 당시로서는 전혀 알 길이 없었다. 나중에 면밀히 조사한 결과, 기폭 장치는 아주 기발하고 간단하면서도 쉽게 탐지할 수 없도록 설치되어 있었을 뿐 아니라, 엄청난 분량의 폭탄이 연쇄 폭발하도록 장치되어 있었다. 책임자들에 대한 문책은 의외로 경미했다. 다행히 간이 화장실은 촬영 현장과 상당히 먼 곳에 있는, 마구간으로 쓰이던 배수가 용이한 곳에 임시로 설치되어 있었다. 하지만 화장실에서 반경 30미터 이내에 있던 사람들은 대부분 중상을 입었다. 폭발은 촬영이 시작되기 오 분전에 일어났다. 그 시각 대다수의 '가을비' 대원들과 본 씨, 스

토어 씨, 스피닝 씨, 낙소스, 카롤린, 간호사 한 명, 방송국 스태
프 여섯 명이 조심스럽게 방광을 비우러 간 탓에, 결과는 엄청난
참사로 이어질 수밖에 없었다. 본 씨는 대퇴부 동맥에 유리 파편
이 박혔다. 스토어 씨는 복부에 뜨겁게 달궈진 금속 파편이 박혔
다. 간호사는 갑자기 날아온 농기구에 척추가 두 동강이 났고,
휘발유가 잔뜩 든 연료 탱크 옆에서 줄서서 차례를 기다리던 여
섯 명의 스태프는 눈, 손, 다리에 화상을 입었다. 운수가 사나운
경우 무릎부터 머리끝까지 화상을 입었다. 낙소스는 문틀에서
튕겨나가 하늘 높이 치솟았다 떨어진 육중한 문에 깔려 늑골 여
러 대와 어깨뼈가 부러졌다. 그리고 카롤린은 어디선가 전속력
으로 날아든 곡괭이 자루에 이마를 얻어맞고 그대로 의식을 잃
었다. 커다란 유리벽 아래에서 시시껄렁한 농담을 주고받으며
시시덕거리고 있던 스무 명가량의 '가을비' 대원들은 면도날처
럼 날카로운 유리 파편 세례를 받았다. 마지막으로 스피닝 씨는
오줌 한 방울 누지 못하고 산산조각이 나서 사방으로 흩어졌다.

　나를 포함해 운 좋게도 세트장 안에 머물러 있던 사람들은 거
대한 화물 수송기가 불과 몇 미터 떨어진 곳에서 산산조각 나는
듯한 폭발음을 들었다. 우리는 밖으로 달려나갔다. 폭발음 때문
에 공포에 질린 아이 몇몇이 얼떨결에 우리를 뒤쫓아 나왔다. 우
리는 한 무리의 부상자들과 시체들을 발견했다.

눈밭은 피로 물들어 선홍빛으로 변해 있었다. 우리는 살아남은 두 광고주, 골절 때문에 의식이 오락가락하는 낙소스, 눈더미 위에 웅크린 채 쓰러져 있는 카롤린, 신음하는 스태프들의 몸뚱이들, 중상을 입고 피투성이로 변한 '가을비' 대원들을 발견했다. 모크타르는 다른 사람들과 좀 떨어진 곳에 쓰러져 있었다. 그 역시 정신을 잃은 상태였다. 나는 그에게 달려갔다. 그의 오른다리는 반대 방향으로 꺾여 있고 코에서는 피가 약간 흘러나오고 있었다. 그런데도 그는 숨을 쉬고 있었다. 나는 어떻게 해야 할지 알 수가 없었다. 남아 있는 사람들이라고는 더크만큼이나 덜떨어진 '가을비' 대원들, 충격에 사로잡혀 정신을 못 차리는 텔레비전 사회자, 두 명의 스태프, 신경질적인 비명을 내지르는 너덧 명의 간호사, 그리고 부상자들을 보고 비명을 질러대기 시작한 예순 명의 아이뿐이었다.

나는 지휘하는 걸 결코 좋아하지 않았다. 나는 대장 역을 맡을 위인이 아니었다. 하지만 그 순간 내겐 선택의 여지가 없었다.

"모두 힘을 합해 부상자들을 안으로 옮겨 침대에 눕혀야 합니다." 내가 말했다.

사지가 멀쩡한 몇몇 성인은 자기가 다른 누군가에게 도움을 줄 수 있음에 한편으로는 신기해하고 한편으로는 기뻐하면서 일을 시작했다.

카롤린은 내가 몸소 옮겼다. 그녀는 여전히 의식이 없었고, 얼굴은 끔찍할 정도로 부풀어올라 있었다. 목이 부러지고 척추가 두 동강 난 간호사와 아직 발견되지 않은 스피닝 씨 말고는 사망자는 더 없었다. 기적이나 다름없었다. 하지만 우리에게는 서른한 명의 부상자가 있었고, 그 중 스토어 씨, 본 씨, 스무 명의 '가을비' 대원은 중태였다.

"본부에 무전을 쳐서 헬리콥터와 의사들을 빨리 보내라고 해. 부상자 수를 말하고, 응급처치에 필요한 도구를 챙겨올 수 있도록 부상자들이 어떤 상태인지 설명해줘." 내가 더크에게 말했다.

더크가 트럭으로 무전기를 찾으러 달려갔다.

나는 카롤린에게 다가가 그녀의 얼굴을 어루만졌다. 내가 그녀를 만진 건 그때가 처음이었다. 그녀의 피부는 부드럽고 따뜻했다.

"소용없어, 무전 연락이 안 돼." 더크가 숨을 헐떡거리며 돌아와 말했다.

그것은 진짜 군사작전이 아니었다. 아마도 그 때문인 듯했다.

나는 욕을 내뱉었다. 염병할, 진짜 군사작전이 아니었어!

"할 수 없지, 여기 어딘가에 전화기가 있을 텐데?" 나는 다갈색 머리칼이 얼굴로 쏟아져내려와 있는 간호사에게 물었다.

"어……없어요. 아시잖아요, 이곳은 버려진 지 오래된 폐가라고요. 게다가 이건 세트장일 뿐이에요. 그들은 전화기가 필요한 상황이 발생하리라고는 전혀 생각하지 못했어요."

나는 눈을 감았다. 대재앙이었다. 우리는 응급처치가 필요한 부상자들과 함께 속수무책으로 그곳에 처박혀 있었다. 우리에게는 연락을 취할 만한 통신 시설도 없었다.

"지프로 시내까지 얼마나 걸릴까요?" 나는 두 손에 화상을 입고 한구석에서 고통으로 신음하고 있는 카메라맨에게 물었다.

"고장을 일으키지 않고 제대로 굴러가주고 길을 제대로 찾아가기만 한다면, 두 시간쯤 걸릴 거요. 운이 따라준다면……"

"거기서 구조대를 조직하는 데 한 시간 이상, 그리고 헬리콥터로 이곳까지 오는 데 또 반 시간."

"최소한." 더크가 말했다.

"최소한." 내가 말했다. "하지만 달리 선택의 여지가 없어."

살아남은 '가을비' 대원 하나가 자원했다. 입대하기 전에 화물 트럭을 운전했다는 그 남자는 키는 작지만 체격이 다부지고 힘이 넘쳐 보였다.

"나는 빨리 운전하는 데는 이력이 난 사람이야. 그런 일이라면 당연히 내가 해야지!"

"서둘러. 금방이라도 숨이 넘어갈 사람들이 많으니까."

트럭 운전사는 말이 떨어지기가 무섭게 지프로 달려가 시동을 걸고 출발했다.

모든 부상자들이 촬영 세트장의 병원 침대에 눕혀졌다. 그 중
어떤 이들은 신음하고 있었고, 모크타르나 카롤린 같은 이들은
의식불명 상태였다. 공포의 물결이 지나갔고, 아이들은 호기심
어린 눈으로 그들을 보고 있었다. 카롤린이 크리스마스 캐럴을
연습하는 동안 그녀의 무릎에 앉아 있던 곱슬머리 여자아이는
주인의 건강을 염려하는 애완동물처럼 곁을 지키고 있었다. 나
는 사고를 면한 간호사 다섯 명을 불러모아놓고 부상자들의 상
태를 정확히 파악해 보고하라고 지시했다. 잠시 후, 다갈색 머리
간호사가 검진 결과를 가지고 돌아왔다.

"몇 군데 골절되긴 했지만 전혀 심각하지는 않고 단지 쇼크
상태인 사람들이 있습니다. 당신 친구인 건장한 남자분과 당신
상관, 카롤린 르몽시드, 그들은 괜찮아요. 화상 환자들에게는 어
떤 조치를 취해야 할지 잘 모르겠어요. 내 생각엔 환부를 함부로
건드리면 안 될 것 같아요. 혹시 진통제가 있으면 도움이 될 텐
데. 하지만 생명이 위험할 정도는 아니니까 괜찮을 거예요……
그런데 당신 부대원 스무 명과 양복을 입은 두 사람은 피를 너무
많이 흘렸어요. 빨리 수혈을 하지 않으면, 출혈 과다로 생명을
잃을 수도 있어요."

"수혈?" 나는 되물었다.

"네, 수혈이요." 다갈색 머리 간호사가 말했다.

"그럼 당신, 그거 할 줄 알아요?"

"아, 직접 해보진 않았지만 수업시간에 배웠어요. 그다지 어려운 건 아니에요."

"하지만 수혈을 하려면 장비가 필요할 텐데."

"그것도 문제될 건 없어요. 세트를 만든 사람들이 현실감을 살리려고 웬만한 의료장비는 모두 갖춰놓았으니까요. 그들이 완벽주의자였던 게 천만다행이죠."

"그럼 뭐가 문제죠?"

"그러니까 피요. 스물두 명분의 피, 아시겠지만 엄청난 양의 피가 필요해요."

"아, 그렇군." 나는 전속력으로 머리를 굴렸다.

"그리고 헌혈을 하면 엄청나게 힘이 빠지지." 전직 조종사가 말했다. "전쟁중인 군인들은 헌혈 못해. 헌혈을 하고 나면 실신할 수도 있고 힘이 없어 전투력을 잃게 되니까. 어쨌든 그건 내가 공군에 복무하던 시절의 규칙이었어. 그 규칙은 지금도 달라지지 않았을 거야."

그렇다고 간호사들의 피를 뽑을 수도 없는 노릇이었다.

그때 사내아이 둘이 우리 코앞에서 다투고 있었다. 그러다 갑자기 한 아이가 코피를 흘렸다. 핏방울이 후두둑 떨어져 내리면서, 아이에게는 너무 헐렁한 미키마우스 티셔츠가 순식간에 얼룩졌다. 그 순간 한 가지 생각이 떠올랐다.

"그럼 아이들은?" 내가 간호사에게 묻자, 그녀는 충격을 받은 얼굴이 됐다.

"애들은 너무 어려요. 이애들에게는 충분한 피가 없다고요." 그녀가 대답했다.

하지만 나는 우겨댔다. 해결책을 손에 넣었다고 확신했다.

"어른 한 명당 아이들 몇 명을 붙이면 되지 않을까. 당신 생각에는 몇 명이 필요할 것 같아요?"

"저…… 잘 모르겠어요. 수업 때 헌혈은 체중과 관련이 있다는 말을 들었어요. 하지만 정확한 건 잘 몰라요. 부상자 중에는 45킬로그램이 안 되는 사람들도 있긴 해요. 하지만 아이들 중에서 아무리 체중이 많이 나가는 애라고 해도 35킬로그램이 넘지 않을 거예요. 대부분의 아이들은 15 내지 20킬로그램 사이일 겁니다……"

"그럼 어른 한 명당 아이 넷이면 되겠군."

"그 정도면 될 것 같네요." 다갈색 머리 간호사가 머리를 긁적이며 말했다.

"지금 부상자가 스물두 명이니까 여든여덟 명의 아이들이 필요하겠군."

"어림도 없어요. 여기 있는 애들은 전부 해야 예순 명밖에 되지 않는걸요." 다갈색 머리 간호사가 머릿속으로 열심히 계산하는 표정으로 말했다.

"음, 꼭 그렇지만은 않아요. 부상자들에게 충분할 정도로 수혈하는 게 아니라 죽지 않을 만큼만 하면 대충 계산이 맞을 겁니다. 지금 당장 시작할 수 있을 거예요……"

"정말로 애들 피를 뽑겠다고요?"

"네. 여기 있는 모든 사람들과 아이들이 동의만 한다면 할 수 있을 겁니다. 어쨌든 달리 방법이 없잖아요."

'가을비' 대원 가운데 반대하는 사람은 아무도 없었다. 방송 제작팀들도 아무 말 하지 않았다. 사회자도 아무 말 하지 않았다. 모두 동의하는 표정이었다. 우리 주위에서 사방으로 뛰어다니는 아이들을 보자 잘 익은 밀밭이 떠올랐다. 우리는 곧 수확을 할 참이었다.

53

　아이들을 조용히 시키고 두 줄로 세우는 데는 꽤 많은 시간이 걸렸고, 특히 탁아소 실습 경험이 있는 간호사의 도움이 컸다. 그 간호사는 아이들에게 헌혈을 해야 한다는 사실과 그 이유를 분명하게 설명해줘야 한다고 말했다. 그러지 않으면 아이들의 상상력이 작은 증기기관차처럼 마구 달려서 집단적인 공황 상태를 불러일으킬 위험이 있기 때문이었다. 내가 동의하자, 그녀는 유치원 보모처럼 능숙하게 교육적인 연설을 시작했다.

　"여러분, 지금 아주 많이 아픈 어른들이 있어요. 여러분도 그분들을 봤죠? 그분들은 지금 빨리 돌봐주지 않으면 죽을 수도 있어요. 엘렌(다갈색 머리 간호사)과 안카트린(드골 장군을 닮은 간호사)이 여러분의 팔에 주사를 놓을 거예요. 그건 하나도 아프지 않아요. 약간 따끔하긴 하지만 그게 다예요. 여러분의 피를 조금 뽑아서 어른들한테 나눠줄 거예요. 그러면 그분들은 평생 동안 여러분이 도와준 것을 잊지 않고 고마워할 거예요. 여러분이 그분들의 생명을 구해줬으니까요. 더 궁금한 것 있나요?"

얼굴빛이 창백한 사내아이가 손을 들었다.

"폭탄은 왜 있는 거예요?"

"다른 사람들을 괴롭히는 것밖에 생각 안 하는 아주 못된 사람들이 있기 때문이에요." 간호사가 대답했다.

개구리처럼 생긴 또다른 사내아이가 물었다.

"폭탄은 어떻게 터지나요?"

"그건 나도 몰라요. 그리고 그런 건 몰라도 돼요. 그건 다른 사람들을 다치게 하려는 거예요. 그러니까 그런 것들을 만들어서는 안 되죠. 자, 그런 것에는 더 관심 가질 필요가 없어요. 내가 알고 싶은 건, 지금부터 우리가 여러분의 피를 조금씩 뽑을 텐데, 그것에 관해 궁금한 게 없는가 하는 거예요. 물어볼 거 없어요?"

예순 명의 아이 사이에 잠시 침묵이 흐르더니, 곱슬머리 여자아이가 손을 들었다.

"우린 죽는 거예요?" 여자아이의 목소리는 아주 작았다.

간호사는 아이에게 부드러운 미소를 보냈다.

"절대 그렇지 않단다. 원한다면 네가 제일 먼저 해. 그러면 제일 먼저 알게 될 테니까."

그 대답이 여자아이 마음에는 들지 않는 듯했다. 그러고 나서 내가 끼어들어, 시간이 없으니 서둘러야 한다고 말했다.

얇은 합판으로 칸막이를 세워 세트장과 분리해놓은, 스태프들을 위한 공간에 네 개의 침대를 갖다놓았다. 바깥에서는 탁아소 실습 경험이 있는 간호사가 줄을 서서 웅성거리고 있는 아이들을 감독하면서 둘씩 짝을 지어 차례차례 안으로 들여보냈다. 안에서는 엘렌과 안카트린이 아이들을 맞아들여, 각각 부상자들 옆에 눕혔다. 엘렌은 아이의 팔과 부상자의 팔에 주삿바늘을 꽂았다. 그렇게 해서 수혈이 시작되었다. 아주 쉬운 일이었다. 이번엔 더크가 웬일로 유익한 생각을 해냈다. 자기 차례를 기다리는 아이들이 보는 앞에서 핏기를 잃고 늘어진 아이들을 실어나르면 아이들이 겁을 먹고 소란을 피울 수도 있는데, 그럴 경우 우리가 또다시 아이들의 소란을 진정시킬 여유는 없으니 아예 그런 불상사를 예방하기 위해 헌혈을 끝내고 쓰러진 아이들을 창문으로 내보내 농가의 커다란 벽 뒤에 숨겨야 한다는 주장이었다.

나는 본 씨와 스토어 씨가 가장 위독한 상태라고 판단해 그들부터 수혈을 하라고 지시했다. 그리고 약속한 대로 우리는 제일 먼저 곱슬머리 여자아이를 들여보냈다. 우리를 경계의 눈빛으로 관찰하던 개구리처럼 생긴 사내아이도 함께 들여보냈다. 두 아이의 피를 다 뽑은 후, 의식을 잃긴 했지만 미약하게 몸을 바동거리는 아이들을 창으로 내보내기까지는 몇 분의 시간이 걸렸다. 창으로 아이들을 내보내면 '가을비' 대원 두 명이 그들을 받아 벽 가까이, 부드러운 눈더미 위에 내려놓았고, 곧이어 불행한 일을 당한 친구들이 그 아이들과 합류했다. 둘, 넷, 여섯…… 기다리는 줄은 점차 줄어들었고, 눈 속에 누워 있는 아이들의 더미는 점점 불어났다. 그리고 응급처치로 소독을 하고 붕대를 감은 부상자들은 수혈을 받고 조금씩 조금씩 회생하고 있었다.

잠시 바깥 공기를 쐬려고 밖으로 나갔다가 예순 명이나 되는 아이들의 그 거대한 더미를 본 기억이 난다. 그때 나는 아이들이 예순 명보다 더 많아 보인다고 생각했고, 그러다 곧 그런 착각을 불러일으킨 건 아이들의 팔과 다리가 한데 뒤얽혀 있기 때문이라는 것을 알게 되었다. 그 덩어리 전체는 이상하게도 아주 느리고 아름답게 흐느적거리고 있었다. 새하얀 바탕 위에 쌓인 창백하고 가느다란 팔과 다리들. 아이들의 덩어리는 마치 밀려드는 파도를 타고 넘실거리는 말미잘 같았다.

다섯 시간 후, 우리는 헬리콥터가 다가오는 소리를 들었다.

54

오늘은 나의 마지막 날이다. 병실 한구석에 '니코틴'이 비닐 봉지 하나를 갖다놓았다. 그 안에는 내가 이곳에 왔을 때 지니고 있던 두세 가지 물품이 들어 있다. 나는 침대 위에 그것들을 모두 늘어놓는다. 빨아서 다림질해놓은 '가을비' 군복 한 벌, 낡은 터틀넥 스웨터 하나, 그리고 내가 언제 그런 걸 가지고 있었는지 기억조차 나지 않는 면바지 하나. 나는 터틀넥 스웨터와 면바지를 입는다. 내 몸은 그 옷 안에서 떠다닐 수 있을 정도로 형편없이 여위었다. 어쨌든 그 옷들은 나한테 잘 어울린다. 환자복을 벗고 평상복을 입는 기분이 이상하다. 나 자신으로 되돌아온 느낌이다.

텔레비전은 하루 종일 켜져 있다. 텔레비전이 꺼지면, 나는 생각하기 시작한다. 요즈음 나는 내 생각의 냄새도 색깔도 마음에 들지 않는다. 텔레비전 화면에서는 몸에 기름을 잔뜩 바른 보디 빌더가 국제 학술 심포지엄의 이런저런 테스트를 위해 준비를 하고 있다. 그의 면도된 관자놀이에 스포츠 용품 광고를 위한 가짜 문신이 새겨져 있다. 나는 운동을 좀 해야겠다고 마음먹는다. 팔굽혀펴기, 턱걸이, 복근 운동. 내 몸이 기다란 뼛조각을 이어 놓은 것처럼 보이는 게 싫다. 적절한 영양을 공급해주고 운동을 하면 틀림없이 해결될 수 있을 것이다. 요즘은 날씨가 기가 막힐 정도로 좋다. 처음으로 나는 창을 열고 도시의 더운 냄새를 병실 안으로 들인다. 바람 냄새가 참 좋다.

요즘 잠을 제대로 이루지 못한다. 그 곱슬머리 여자아이가 꿈에 자주 나타난다. 꿈속에서 그 아이에게 몇 시간씩 열변을 토하는데, 아이는 내가 하는 말을 하나도 알아듣지 못한다. 그리고 나 역시 내 말을 알아듣지 못한다. 하지만 아이는 내가 자기 손을 잡아주기를 바라고, 그래서 나는 기분이 좋아진다. 이상한 꿈이다.

내 기억 중에서 아주 작은 한 부분은 아직도 안개 자욱한 교외 지역 어딘가로 희미하게 사라지고 없다. 그 작은 한 조각을 도저히 찾을 수가 없다. 나는 '니코틴'에게 그 이야기를 했다. 그리고 '니코틴'은 병원장에게 그 말을 전했다. 병원장은 그건 정상이며, 어떤 기억, 특히 1978년 3월의 그날 밤과 직결된 기억은 영원히 떠오르지 않을 거라고 했다. 그 기억의 조각은 아드레날린에 용해되었다. 퐁당! 마치 커피 속의 설탕처럼. 하지만 병원장은 나를 그곳까지 데려간 사건들을 순서대로, 그러니까 가장 옛날 것부터 가장 최근 것까지 차례로 기억해낼 수 있는 훈련 방법을 가르쳐주었다.

나는 며칠 동안 열심히 훈련을 했다. 구조대가 마침내 폐허가 된 농가에 도착했던 그 순간을 출발점으로 해서. 한 대가 아니라 석 대의 헬리콥터가 왔던 것이 기억난다. 어마어마하게 커다란 헬리콥터들이었다. 군대는 광고주들의 목숨을 가지고 장난을 치지 않았다. 서른 명으로 구성된 의료진이 엄청난 분량의 응급처치 도구와 의약품을 가지고 헬리콥터에서 내렸다. 내가 그들에게 아이들과 수혈에 관한 이야기를 들려주었을 때, 그리고 벽 뒤에 쌓인 팔다리들의 거대한 더미를 보여주었을 때 그들이 짓던 그 놀란 표정이 기억난다. 그들이 세트장 침대에서 회복되고 있던 부상자들을 검진하고 만족한 표정을 짓던 것도 기억난다. 혈액형이 맞지 않아 용혈반응을 일으킨 몇몇을 제외하고는 아무 이상이 없었다. 그들이 나에게 응급 상황에 아주 훌륭하게 대처했다고 말했던 것이 기억난다. 그들의 칭찬에 나는 기분이 좋았다. 내가 응급 상황에 훌륭하게 대처한 사람이라는 사실이 무척 만족스러웠다.

"무슨 일이 일어난 거죠? 도대체 무슨 일이 일어난 거예요?" 카롤린이 되살아나서 말했다.

"염병할, 염병할, 염병할……" 모크타르가 되살아나서 말했다.

"직류에다 저전압을 연결하면 지탱할 수 있는 확률이 거의 제로야……" 낙소스가 되살아나서 말했다.

'가을비' 대원들이 되살아났고, 광고주들이 되살아났다. 모두 혈색이 좋아 보였다. 모두 뺨이 발그스름하니 생기가 돌았다. 모두 스무 살은 더 어려 보였다.

멋지게 옷을 차려입고 멋지게 머리를 손질하고 멋지게 미소를 짓는 여자가 헬리콥터들과 함께 도착했던 것이 기억난다. 여자는 케이블방송국의 경영진 중 하나였다. 그녀는 사회자와 켈로그 사의 스토어 씨, 제너럴푸드 사의 본 씨와 격렬한 말다툼을 벌이기 시작했다. 그러고 나서 그녀는 그 멋진 옷차림과 멋진 머리 모양과 멋진 미소를 그대로 간직한 채, 휘발유를 뿌려 아이들을 태워 없애라고 나에게 명령했다. 나는 기억한다. 그건, 그건 정말로 끔찍한 일이었다. 하지만 그보다 며칠 전에 인도주의적인 방송국이 방송을 개시한 터라, 케이블방송국 사람들은 인도주의적인 방송국에 꼬투리를 잡힐 만한 증거를 남기고 싶어하지 않았다. 당연한 일이었다.

우리가 그 작은 도시로 되돌아가던 것이 기억난다. 하늘에서 내려다본 도시는 음울하기 그지없었다. 누르스름한 바탕 위에 온통 잿빛인 들판. 내 두 손은 휘발유 냄새를 풍겼다. 그들은 우리에게 다음 달에 있을 콘서트를 위해 세트장이 손상되지 않도록 잘 유지해야 하며, 카롤린은 핵 잠수함만큼이나 견고하기 때문에 곧 기력을 되찾을 것이고, 그때 부디 즐거운 축제를 즐기기 바란다고 말했다. 전나무와 전구들이 여전히 그곳에 남아 있던 것이 기억난다. 방송국 경영진 여자가 겉으로는 그 멋들어진 미소를 내내 짓고 있지만 속으로는 벌벌 떨고 있을 거라고 생각했던 것이 기억난다. 대형 광고주 한 명이 사망하고 나머지는 부상을 입은데다 그 초라한 케이블방송국의 정문이 박살날 정도로 무시무시했던 아비규환이 높은 시청률을 마지막으로 보장해주었을 것이다. 하지만 과즙이 풍부한 과일이었던 전쟁은 이제 보잘것없는 똥 덩어리에 지나지 않았다.

바로 그날 저녁 더크가 모크타르를 죽였던 것을 나는 완벽하게 기억한다. 그 멍청이가 그건 정당방위였다고, 슬로베니아인이 자기한테 먼저 덤벼들었다고 주장했던 것을 기억한다. 모두가 그의 말을 믿었다. 설사 나와 가장 가까운 사이였던 그 남자의 죽음 때문에 밤마다 더크가 가위에 눌리게 되었다 할지라도. 그리고 그 순간부터 모든 것이 본격적으로 실패를 향해 내달리기 시작했던 것을 기억한다. 텔레비전에서는 이제 짐짐의 모습밖에 보이지 않았다. 모든 방송에서 그의 멜로디가 방울져 떨어졌다. 이제 아무도 카롤린에 대해서 이야기하지 않았다. 나는 카롤린의 콘서트를 왜 그대로 방송 프로그램에 편성해두는지 의아했다. 그 뒤 나는 그런 의문을 접어두고, 나 자신도 믿을 수 없을 만큼 모크타르를 그리워하면서 그의 자취를 따라 숲과 눈밭을 홀로 거닐며 몇 주를 보냈다.

그럼에도 나의 일부분이 계속 카롤린의 손짓을 원하고 있었고, 그 때문에 나 자신에게 몹시 화가 났던 것을 기억한다. 그리고 내 성격의 이런저런 약점에 달라붙어 기생하던 그 바보 같은 나의 일부분이, 카롤린의 손짓이야말로 내 인생에서 일어난 그 모든 비열하고 조악한 일들을 견디게 해준 일종의 백신이었을 거라고 나 자신을 납득시키려 애쓰던 것을 기억한다. 콘서트가 열릴 세트장 앞을 우연히 지나갈 때면, 우리는 그 콘서트가 분명히 흥행에 실패할 거라고 말했다. 우리가 그걸 가지고 웃으며 농담을 주고받았던 게 기억난다.

그 기억 다음으로는, 아무것도 더 떠오르지 않는다.

'니코틴' 말고는 나에게 작별 인사를 해줄 사람이 아무도 없다. 게다가 '니코틴'도 작별 인사를 하기 위해 나를 찾아온 건아니다. 어떤 서류에 내 서명을 받으려고 찾아온 듯하다. 병원규칙과 관련된 이런저런 서류. 우스꽝스러운 순간이다. 조금도감동적이지 않다. 우습다.

의사가 가르쳐준 방법대로 열심히 훈련을 했음에도 불구하고 나의 기억은 여전히 선명하지 않다. 그래서 나는 '니코틴'에게 묻는다. 그녀는 무감한 표정이다. 평소와 마찬가지로 우울한얼굴.

"콘서트 날 저녁에 무슨 일이 일어난 거죠?"

"그 공습을 말하는 거예요?"

"네. 폭발과 조명탄들은 기억이 납니다. 하지만 무슨 일이 일어났는지, 누가 우리를 공격한 건지, 그런 것은 전혀 기억이 나지 않아요."

"누가 당신들을 공격했냐고?" '니코틴'이 미소 띤 얼굴로 고개를 절레절레 저으면서 되묻는다.

"네?"

"얼마 지나지 않아 모든 게 밝혀졌어요. 한 광고주가 그 채널에 소송을 제기하는 바람에 결국 모든 내막이 드러나게 된 거죠. 그 공습은 그 채널이 스스로 조작한 거였어요. 카롤린의 콘서트가 한창 진행중일 때 공습이 일어난 것처럼 꾸미면 시청률이 다시 뛰어오를 거라고 생각했던 것 같아요."

"그 방법이 통했나요?"

"분명히 아닐 거예요. 어쨌든 아무도 그 방송을 보지 않았으니까."

"내가 카롤린을 뒤쫓아 달리고 있었고 카롤린이 나에게 뭐라고 소리쳤던 게 기억나요. 그건 뭐였을까요?"

"그걸 내가 어떻게 알겠어요? 어쨌든 그녀는 당신을 사랑하지 않았던 게 틀림없어요. 그녀는 지금 경쟁 채널에 출연하고 있어요. 그리고 당신 목을 아주 야비하게 비틀었죠. 아이들과의 그 일을 폭로하고 그게 모두 당신 책임이라고 말한 게 바로 그녀니까. 그녀는 텔레비전 제작팀을 데리고 사건 현장으로 갔어요. 그리고 그 채널 제작팀은 완전히 타서 숯이 된 시신들이 있는 그 구덩이를 촬영했죠."

나는 아무 말도 하지 않는다. 나는 '니코틴'이 내민 서류들에 서명을 한다. '니코틴'은 내가 멀어져 가는 모습을 보지 않는다. 그저 내 침대만 정리할 뿐. 나는 출구 표지판들을 따라간다. 거리로 나오자, 내 정맥에 엄청난 분량의 약이 한꺼번에 주사된 것 같은 기분이 든다. 나는 인도에 주저앉는다. 지나가는 사람들이 불쌍한 알코올중독자를 보듯 나를 본다. 나는 억지로라도 숨을 쉬려고 애쓴다. 침착하게. 조용하게. 그리고 중얼거린다.

"괜찮아, 심각할 것 전혀 없어. 그래, 별것 아니야."

병든 세계와 짝사랑

다의성과 함축성

『어느 완벽한 2개 국어 사용자의 죽음』은 자조 섞인 조롱과 해학, 우수 어린 블랙 유머, 힘이 넘치는 젊은 문체, 부조리한 현대사회에 대한 날카로운 투시력으로 사람들을 매료하며 문단의 '앙팡테리블'로 떠오른 벨기에의 작가 토마 귄지그의 첫 장편이다. 단편들에서 보여주었던 그만의 독특한 매력을 십분 발휘한 이 소설은 벨기에의 가장 권위 있는 문학상인 빅토르 로셀 상을 받았을 뿐 아니라 연극 무대에도 올라 호평을 받았다.

이 소설은 제목부터 우리에게 수수께끼를 던진다. 『어느 완벽한 2개 국어 사용자의 죽음』. '완벽한 2개 국어 사용자'가 전혀 등장하지 않는 소설에 붙은 제목이라니 아이러니하다. 따라서

'2개 국어 사용자'라는 어휘에서 어떤 상징성을 찾아내야 할 것이다. 이 제목에 대해서는 매우 다양한 해석이 가능하겠지만 우선 두 언어, 두 문화, 두 진지 사이에 놓여 있는 인간, 즉 정체성을 상실한 '회색인간'이라고 정의할 수 있을 것이다. 이 소설에서 귄지그는 의도적으로 이원화된 사회를 보여주려 한다. 소설속 가공의 도시는 더럽고 초라한 교외지역과 휘황찬란한 중심지, 또는 대기업과 군인들이 중심이 되어 펼쳐치는 화려한 텔레비전 쇼의 세계와 피로 물든 관람석에서 그 쇼를 구경하는 민간인들의 세계로 양분되어 있다. 그런데 화자인 '나'는 그 대립되는 두 세계 모두에 속한다. 물론 자신의 의지로 소속되는 게 아니라, 법도 신념도 존재하지 않는 세상에서 오직 살아남기 위해부득이하게 '소속당한다'. 그리고 두 세계 모두에 속한다는 것은 바꾸어 말해 두 세계 모두에 속하지 못한다는 말이다. 아무런가치관도 없이 그저 주변을 맴도는 회색인간인 '나'는 그렇게이리저리 흔들리면서 자신도 모르는 사이에 가해자가 된다. 그는 체제의 피해자인 동시에 타인들에 대한 가해자이다. 그의 우유부단함과 어리석음이 모크타르를 비롯해 많은 인물들을 불행에 빠뜨리고, 결국 죽음으로 몰아넣기 때문이다. 살아남기 위해자신에게 마지막 남은 인간성까지 내던져야 했던 '완벽하지 못한' '2개 국어 사용자'의 허우적거림은 그래서 '죽음'으로 끝난다. 그리고 그는 다시 태어난다. 아무런 희망도 없이, 분명한 자기반성이나 새로운 인식도 없이, 오직 흐릿한 기억만을 가지고.

반항하지 않는 이방인

프랑스 평단에서는 이 소설을 두고 카프카, 셀린, 카뮈의 계보를 잇는 작품이라고 찬사를 아끼지 않았다. 무력한 개인이 권력 혹은 국가 폭력에 의해 무참히 파괴되는 과정을 해부하고 있다는 점에서 이 소설은 카프카 계열로 분류될 수 있을 것이다. 그리고 물신숭배와 인위적인 욕망을 양산해내는 병든 세계를 신랄하고 과격한 어조로 비판하고 있다는 점에서는 셀린을 닮아 있으며, 부조리한 가치체계가 지배하는 세계 속에 던져진 인물을 통해 그 가치 체계를 폭로한다는 점에서 카뮈를 연상시킨다. 그러나 귄지그는 그들을 답습하지 않는다. 그는 귄지그식 'K', 귄지그식 '바르다뮈', 귄지그식 '뫼르소'를 만들어낸다. 그것은 바로 그가 이 시대, 우리 시대를 호흡하며 살아가고 있는 작가이기 때문일 것이다. 카뮈는 부조리한 세계를 인식하고 그 세계에 맞서 인간의 가치를 회복해야 한다고 주장한다. 당연히 카뮈에게 부조리는 반항적 인간을 낳는다. 그리고 부조리에 맞서려는 반항적 인간은 기존 사회에서 소외되어 고독한 이방인으로 전락할 수밖에 없다. 하지만 귄지그의 '2개 국어 사용자', 다시 말해 귄지그의 이방인은 반항하지 않는다. 반항하는 방법뿐 아니라 반항의 의미나 가치조차 모른다.

나는 자유로워지고 싶은 욕구가 전혀 없다. 이제까지 한 번도 자유를 누려본 적이 없을 뿐만 아니라 자유라는 것에 아무런 관심도 없다. (290쪽)

그는 물결에 휩쓸리는 자갈같이 무력한 존재일 뿐이며, 자신이 현실적으로 존재한다는 사실조차 의식하지 못한다. 그는 사회적으로 매장당할 만한 엄청난 짓을 저지르지만, 그것은 반항이 아니라 살아남기 위한 자기방어일 뿐이다. 카뮈의 뫼르소가 아무런 의지도 목적도 없이 오로지 태양 때문에 무고한 아랍인을 쏘아 죽였다면, 『어느 완벽한 2개 국어 사용자의 죽음』의 '나'가 '완두콩' 피에르 로베르를 죽인 데는 '배고픔'이라는 구체적인 의지 또는 목적이 있다. 그는 지극히 즉물적이다. 즉물적인 고통, 즉물적인 사랑, 즉물적인 공포, 즉물적인 분노…… 헤겔의 용어를 빌리자면, 그는 '실체가 자기 속에 머물러 있어 자기가 무엇인지 모르는 최초의 상태', 즉 '즉자존재'이다. 게다가 카뮈의 뫼르소는 졸고 있는 의식에서 깨어나는 과정, 그리고 깨어나는 의식이 불가피하게 허망한 모순에 부딪혀 부조리를 낳게 되는 결과를 보여주는 반면, 귄지그의 '나'는 의식을 통해 자기가 무엇인지 깨달아가는 모습을 보여주지도 않는다. 그는 소설이 끝나는 순간까지 즉자존재로 반수상태에 머문다. 한 마디로, 그는 의식없이 휩쓸리다 끝내 버려지는 체제의 소모품에 지나지 않는다. 그럼에도,

나는 억지로라도 숨을 쉬려고 애쓴다. 침착하게. 조용하게. 그리고 중얼거린다.
"괜찮아, 심각할 것 전혀 없어. 그래, 별것 아니야." (330쪽)

이것이 우리의 실제적인 자화상이라면 너무 우울하다. 하지만 이것이 21세기식 실존이라는 주장에 정당한 반론을 내세우기도 어렵다.

이 소설은 대단한 함축성과 다의성을 지니고 있어서 읽는 사람의 관점에 따라 해석이 달라질 수 있지만, 우리 시대를 풍자하는 한 편의 통렬한 익살극이라는 것만큼은 부인할 수 없는 사실일 것이다. 우울한 영혼의 그림자와 서글픔과 비열함이 유머와 빈정거림, 그리고 현재를 살아가는 우리의 희화화된 모습과 교차한다. 뚜렷한 명분도 없이 계속되는 이상하고 우스꽝스러운 전쟁의 소용돌이에 휘말려 있는 가상의 도시. 이 세상의 온갖 2개

국어 사용자들이 몰려와 살고 있는 음울한 도시. 그곳은 부르주아 자본주의의 거대한 힘이 인간들을 지배하는 세계, 이데올로기가 아니라 시청률 경쟁을 위한 가짜 전쟁이 쇼처럼 펼쳐지는 어이없는 세계, 그러면서도 불안과 혼돈으로 가득 차 있으며 전망도 탈출구도 없는 답답한 세계, 바로 지금 우리가 살고 있는 세계의 모형이다. 이 도시에는 모든 것이 조작되고 상품화되어 있다. 모든 가치는 허상이며, 무관심과 잔혹성이 인간을 지배한다. 위협에 길들여진 이 도시의 시민들은 비판 능력과 통합 능력을 빼앗기고 꼭두각시처럼 조종당하며 반쯤 잠든 상태로 살아간다. 그들에게는 탈출 의지조차 없다. 식물인간이 되어 병원 침대에 누워 있는 '나'의 상황이 바로 흐릿한 의식으로 살아가는 이 도시의 모든 인물들을 대변한다.

모크타르, 수지, 더크, 다오 민을 비롯해 언뜻 보기에는 가해자인 듯한 짐짐 슬레이터, 소니뮤직의 일본 남자, 어빙 낙소스, 전직 전투기 조종사에 이르기까지, 이 모든 인물들은 사실상 자본주의 세력이 휘두르는 폭력의 피해자다. 이 상처 입은 영혼들은 저마다 정신적 결함과 속물근성을 갖고 있으며 어딘가 결핍되어 있다. 그들은 자신들에게 결핍된 무언가를 갈구하지만, 자신들이 그것을 갈구하고 있다는 사실조차 의식하지 못한다. 그런데 결핍된 그 무엇, 이 소설을 읽는 내내 우리를 허전하게 만드는 그 무엇, 그것은 인간 본성일 수도 있고 사랑이나 신뢰, 우정, 연민 또는 도덕성 같은 어떤 가치의 진정성일 수도 있을 것이다. 소설을 읽으면서 이야기가 왜 여기서 벌써 끝나는가, 뭔가 더 풀어내야 할 것이 남아 있지 않은가라는 느낌이 드는 것도, 바로 그 누락된 무엇 때문일 것이다. 그 허전함, 그것은 화자인 '나'가 끝내 기억해내지 못한 퍼즐의 한 조각이며, 천부적인 이야기꾼이자 탁월한 연출가인 작가 권지그가 의도적으로 누락시켜 주제와 교묘하게 맞물려놓은 장치일 것이다.

상품화된 사랑

병든 세계에도 사랑은 존재한다. 하지만 그 사랑은 등장인물들이 갈구하는 '주는 사랑, 베푸는 사랑'이 아니다. 슬프게도 그 사랑은 상품화된 사랑이다.

"모두 나에게 박수갈채를 보내죠. 그들은 나를 열렬히 사랑한다고 말해요. 그리고 돈을 내고 내 음반을 사죠. 하지만 그들이 원하는 건, 딱 한 가지밖에 없어요. 나랑 한 번 자보고 싶다는 생각, 그것뿐이죠. 그래요, 난 그들과 기꺼이 자줄 수도 있어요. 사랑이라는 게 있다면 말이에요. 자기를 사랑해주는 사람과 자는 건 당연한 거니까. 하지만 그들은 날 '정말로' 사랑하지 않아요.

내 말이 무슨 뜻인지 이해하겠어요?" (220쪽)

진정한 사랑, 상대방에게 아낌없이 주는 사랑을 갈망하는 카롤린 르몽시드는 방송국과의 계약 때문에 어빙 낙소스와 사랑을 연출하고, 대중은 그렇게 공모된 가짜 사랑, '영화 같은 사랑'을 티브이로 관람하면서 대리 만족을 한다. 다오 민이 '나'와 미니트립의 애정 싸움을 마치 로맨틱 코미디 영화를 보듯 구경하는 장면이나 마담 스카폰이 모크타르의 격렬한 애무에 텔레비전 연속극 주인공처럼 "사랑해, 사랑해, 사랑해"라고 화답하는 장면역시 이와 같은 맥락이다. 그래서 그들은 하나같이 유행가 가사처럼 사랑을 한다. 그들은 "죽도록 사랑해" "당신 두 팔은 타오르는 나무둥치이고, 당신 두 다리는 장밋빛 대리석 기둥이고, 당신 몸은 바람에 단련된 바윗덩어리야" "내겐 대류식 난방기 같은 당신의 체온이 절실해" 같은 유치한 문구들을 천연덕스럽게 남발한다.

나와 미니트립 또는 짐짐과 미니트립, 모크타르와 마담 스카폰, 수지와 '완두콩' 로베르, 카롤린 르몽시드와 라플란드 사나이, 카롤린 르몽시드와 '나', '나'와 모크타르…… 그들은 뜨겁게 사랑한다고 말하지만 사실 그건 진정한 사랑이 아니라 사랑의 흉내이거나 자위행위에 불과하다. 그들의 사랑은 자아도취적인 사랑이며 말뿐이고 허울뿐이다. 그들에게는 '주는 사랑'이 불가능하다. 영화 같은 사랑, 한 겹의 막을 사이에 두고 이미지를 쫓는 사랑, 그래서 이 인물들의 사랑은 궁극적으로 짝사랑일 수밖에 없다. 그것도 상대방에 대한 짝사랑이 아니라 자기 자신에 대한 짝사랑이다. 여동생의 죽음 때문에 절망하는 남편에게 장례식 비용에 대한 불만을 늘어놓고, 자신의 외로움을 호소하는 마담 스카폰이 그것을 단적으로 보여준다.

스스로 만들어낸 사랑의 허상을 껴안고 있을 뿐인 그들에게는 애절함이 없다. 그래서 그들의 사랑은 배설을 통해 또는 외부적인 방해 요인으로 인해 허무하게 파괴된다. "중요한 건 겉모습이 아니라 내면이야"라고 부르짖으며 맨가슴으로 아파하는 모크타르조차 있는 그대로의 마담 스카폰을 사랑하는 게 아니라 자신의 말처럼 그녀의 영혼, 다시 말해 자신이 만들어낸 허상을 사랑하고 있다는 점에서 진실의 핵에 가닿지 못한다.

'완벽한 2개 국어 사용자'

이 소설에는 모든 인물들이 주인공화되어 있다. 다시 말해 각각의 인물에게 무게중심이 부여되고 저마다의 스토리가 주어져 있다. 귄지그는 한 사람 한 사람을 냉소적으로 희화화하면서 그들을 슬픈 눈으로 바라보게 만든다. 이 다국적 인물들 중에 2개 국어를 '완벽하게' 사용하는 인물은 단 한 명도 없다. 그들 모두는 도시의 주변인이자 상대방에게 영원한 이방인이다.

> 사는 낙도 없이 똥 묻은 개처럼 겉돌던 이전의 삶과는 영영 이별이었다. (…) 우리는 분명히 느낄 수 있었다. 서서히 세계의 중심과 비슷한 위치에 다가서고 있다는 것을. 그리고 그 느낌은 감미로웠다. (165쪽)

외곽에서 중심으로…… 2개 국어를 완벽하게 구사한다면 결렬된 두 세계와 자유롭게 화합할 수 있을 것이다. 하지만 그들의 2개 국어는 어설프기 짝이 없고, 세상의 중심으로 다가서고 있다는 느낌은 환상에 불과하다. 이 정신 나간 인물들에게는 열망 자체가 결여되어 있기 때문이다. 그러한 결함은 그들 사이의 교감을 깨뜨리고, 그런 의미에서 '완벽한 2개 국어 사용자'는 반어적 표현이자 궁극적 희망이다. 그리고 그의 죽음은, 희망의 죽음이다.

우리 시대의 실존

표면적으로 이 소설은 부르주아 자본주의라는 거대 권력에 휘둘리는 인간 군상을 보여주지만, 본질적으로 그러한 세계를 낳은 것은 흐리멍덩한 의식과 자신만 생각하는 이기심의 노예인 인간 자신이다. 이러한 세계 속에서 우리는 어떻게 살아가야 할 것인가? 이것은 우리의 현실에서 절실한 물음이다. 하지만 귄지그는 이 물음에 대한 해답을 들려주지 않는다. '나'는 소용돌이치는 사건들을 겪고 나서도 아무런 변화도 진전도 없이, 혼수상태로 "괜찮아, 별것 아니야"라는 말을 되뇌며 거리로 나설 뿐이다.

환상적이고 비현실적인 우화 같은 면모들을 작품 속에 그려냄에도 불구하고, 귄지그는 절대적인 사실주의 작가이다. 그는 우리 시대의 실존을 블랙코미디라는 덧옷을 입혀 보여주면서 우리의 궁극적 희망이 무엇인지를 일깨워줌과 동시에 충격적인 물음을 던짐으로써 동시대 작가로서의 의무를 다하고 있다. 해답 없는 귄지그식 사실주의는 21세기식 사실주의이다. '완벽한 2개 국어 사용자'의 죽음 이후 그가 다시 부활할 것인가, 하지 않을 것인가? 부활한다면 어떤 모습으로 부활할 것인가? 그가 부활한 세계는 이전 세계와 다를 것인가? 그 물음에 대한 해답은 우리 각자가 찾아야 할 것이다.

2010년 봄
윤미연

지은이 **토마 귄지그**
1994년 소설집 『8월을 향해 기우는 불안정한 상황』을 발표하여 브뤼셀 시 청년작가상을
수상하면서 벨기에 문단에 샛별로 떠오른 작가. 첫 장편소설 『어느 완벽한 2개 국어 사용
자의 죽음』으로 빅토르 로셀 상과 클럽 메데테라네 상을, 소설집 『세상에서 가장 작은 동
물원』으로 편집자들이 뽑은 좋은 소설 상을, 그리고 2004년도에는 벨기에 프랑스문학 왕
립 아카데미 상을 수상했다. 현재 브뤼셀에 살면서 라 캉브르 대학에서 문학을 가르치고
있다.

옮긴이 **윤미연**
부산대학교 불어불문학과 및 동 대학원을 졸업하고, 프랑스 캉 대학에서 박사 과정을 수
료한 뒤 전문 번역가로 활동하고 있다. 『세상에서 가장 작은 동물원』 『우리는 함께 늙어갈
것이다』 『마지막 숨결』 『사랑을 막을 수는 없다』 『구해줘』 『홍당무』 『첫 번째 부인』 『나의
라디오 아들』 등 다수의 책을 우리말로 옮겼다.

문학동네 세계문학
어느 완벽한 2개 국어 사용자의 죽음

초판 인쇄 2010년 3월 10일 | 초판 발행 2010년 3월 25일

지은이 토마 귄지그 | 옮긴이 윤미연 | 펴낸이 강병선
기획 김지연 | 책임편집 김지연 | 독자 모니터 레삭매냐 행운바다
디자인 윤종윤 이원경 | 저작권 김미정 한문숙
마케팅 정민호 이지현 김도윤 | 온라인 마케팅 이상혁 한민아
제작 안정숙 서동관 김애진 | 제작처 (주)상지사P&B

펴낸곳 (주)문학동네
출판등록 1993년 10월 22일 제406-2003-000045호
주소 413-756 경기도 파주시 교하읍 문발리 파주출판도시 513-8
전자우편 editor@munhak.com | 대표전화 031) 955-8888 | 팩스 031) 955-8855
문의전화 031) 955-3576(마케팅) 031) 955-8860(편집)
문학동네카페 http://cafe.naver.com/mhdn

ISBN 978-89-546-1069-8 03860

www.munhak.com